汪曾祺
经典散文

大家经典

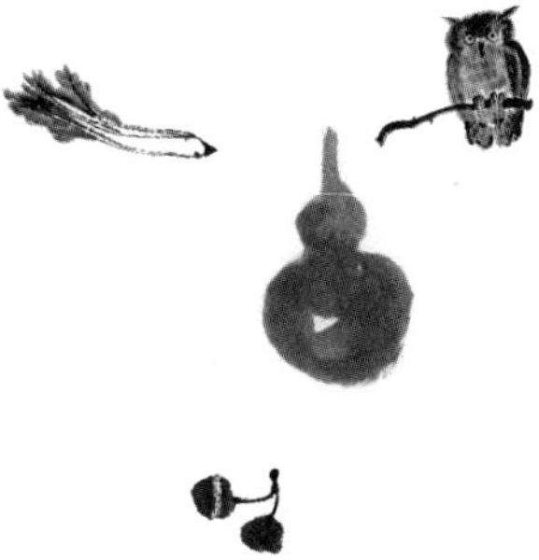

# 偶笑集

汪曾祺 著 | 梅 杰 选编

山東文藝出版社

图书在版编目（CIP）数据

偶笑集/汪曾祺著；梅杰编. —济南：山东文艺出版社，2021.4

ISBN 978－7－5329－6289－1

Ⅰ.①偶… Ⅱ.①汪…②梅… Ⅲ.①散文集—中国—当代 Ⅳ.①I267

中国版本图书馆CIP数据核字(2021)第018936号

# 偶笑集

汪曾祺著

| | |
|---|---|
| 主管部门 | 山东出版传媒股份有限公司 |
| 出版发行 | 山东文艺出版社 |
| 社　　址 | 山东省济南市英雄山路189号 |
| 邮　　编 | 250002 |
| 网　　址 | www.sdwypress.com |
| 读者服务 | 0531－82098776(总编室) |
| | 0531－82098775(市场营销部) |
| 电子邮箱 | sdwy@sdpress.com.cn |
| 印　　刷 | 山东新华印务有限公司 |
| 开　　本 | 880毫米×1230毫米　1/32 |
| 印　　张 | 9 |
| 字　　数 | 190千 |
| 版　　次 | 2021年4月第1版 |
| 印　　次 | 2021年4月第1次印刷 |
| 书　　号 | ISBN 978－7－5329－6289－1 |
| 定　　价 | 52.00元 |

# 目 录

## 第一辑

## 第二辑

## 第三辑

## 第四辑

## 第五辑

# 第一辑

# 人间草木

## 山丹丹

我在大青山挖到一棵山丹丹。这棵山丹丹的花真多。招待我们的老堡垒户看了看，说："这棵山丹丹有十三年了。"

"十三年了？咋知道？"

"山丹丹长一年，多开一朵花。你看，十三朵。"

山丹丹记得自己的岁数。

我本想把这棵山丹丹带回呼和浩特，想了想，找了把铁锹，把老堡垒户的开满了蓝色党参花的土台上刨了个坑，把这棵山丹丹种上了。问老堡垒户："能活？"

"能活。这东西，皮实。"

大青山到处是山丹丹，开七朵花、八朵花的，多的是。

山丹丹花开花又落，
一年又一年……

这支流行歌曲的作者未必知道，山丹丹过一年多开一朵花。唱歌的歌星就更不会知道了。

## 枸杞

枸杞到处都有。枸杞头是春天的野菜。采摘枸杞的嫩头，略焯过，切碎，与香干丁同拌，浇酱油、醋、香油，或入油锅爆炒，皆极清香。夏末秋初，开淡紫色小花，谁也不注意。随即结出小小的红色的卵形浆果，即枸杞子。我的家乡叫作狗奶子。

我在玉渊潭散步，在一个山包下的草丛里看见一对老夫妻弯着腰在找什么。他们一边走，一边搜索。走几步，停一停，弯腰。

“您二位找什么？”

“枸杞子。”

“有吗？”

老同志把手里一个罐头玻璃瓶举起来给我看，已经有半瓶了。

“不少！”

“不少！”

他解嘲似的哈哈笑了几声。

“您慢慢捡着！”

“慢慢捡着！”

看样子这对老夫妻是离休干部，穿得很整齐干净，气色很好。

他们捡枸杞子干什么？是配药？泡酒？看来都不完全是。真要是需要，可以托熟人从宁夏捎一点或寄一点来。——听口音，老同志是西北人，那边肯定会有熟人。

他们捡枸杞子其实只是玩！一边走着，一边捡枸杞子，这比单纯的散步要有意思。这是两个童心未泯的老人，两个老孩子！

人老了，是得学会这样的生活。看来，这二位中年时也是很会生活，会从生活中寻找乐趣的。他们为人一定很好，很厚道。他们还一定不贪权势，甘于淡泊。夫妻间一定不会为柴米油盐、儿女婚嫁而吵嘴。

从钓鱼台到甘家口商场的路上，路西，有一家的门头上种了很大的一丛枸杞，秋天结了很多枸杞子，通红通红的，礼花似的，喷泉似的垂挂下来，一个珊瑚珠穿成的华盖，好看极了。这丛枸杞可以拿到花会上去展览。这家怎么会想起在门头上种一丛枸杞？

## 槐花

玉渊潭洋槐花盛开，像下了一场大雪，白得耀眼。来了放蜂的人。蜂箱都放好了，他的“家”也安顿了。一个刷了涂料的很厚的黑色的帆布棚子。里面打了两道土堰，上面架起几块木板，是床。床上一卷铺盖。地上排着油瓶、酱油瓶、醋瓶。一个白铁桶里已经有多半桶蜜。外面一个蜂窝煤炉子上坐着锅。一个女人在案板上切青蒜。锅开了，她往锅里下了一把干切面。不大会儿，面熟了，她把面捞在碗里，加了佐料、撒上青蒜，在一个碗里舀了半勺豆瓣。一人一碗。她吃的是加了豆瓣的。

蜜蜂忙着采蜜，进进出出，飞满一天。

我跟养蜂人买过两次蜜，绕玉渊潭散步回来，经过他的棚子，大都要在他门前的树墩上坐一坐，抽一支烟，看他收蜜，刮蜡，跟他聊两句，彼此都熟了。

这是一个五十岁上下的中年人，高高瘦瘦的，身体像是不太好，他做事总是那么从容不迫，慢条斯理的。样子不像个农民，倒有点像一个农村小学校长。听口音，是石家庄一带的。他到过很多省。哪里有鲜花，就到哪里去。菜花开的地方，玫瑰花开的地方，苹果花开的地方，枣花开的地方。每年都到南方去过冬——广西、贵州。到了春暖，再往北翻。我问他是不是枣花蜜最好，他说是荆条花的蜜最好。这很出乎我的意外。荆条是个不起眼的东西，而且我从来没有见过荆条开花，想不到荆条花蜜却是最好的蜜。我想他每年收入应当不错。他说比一般农民要好一些，但是也落不下多少：蜂具，路费；而且每年要赔几十斤白糖——蜜蜂冬天不采蜜，得喂它糖。

女人显然是他的老婆。不过他们岁数相差太大了。他五十了，女人也就是三十出头。而且，她是四川人，说四川话。我问他："你们是怎么认识的？"他说："她是新繁县人。"那年他到新繁放蜂，认识了。她说北方的大米好吃，就跟来了。

有那么简单？也许她看中了他的脾气好，喜欢这样安静平和的性格？也许她觉得这种放蜂生活，东南西北到处跑，好耍？这是一种农村式的浪漫主义。四川女孩子做事往往很洒脱，想咋个就咋个，不像北方女孩子有那么多考虑。他们结婚已经几年了。丈夫对她好，她对丈夫也很体贴。她觉得她的选择没有错，很满意，不后悔。我问养蜂人：她回去过没有？他说，回去过一次，一个人。他让她带了两千块钱，她买了好些礼物送人，风风光光地回了一趟新繁。

一天，我没有看见女人，问养蜂人，她到哪里去了。养蜂人说：“到我那大儿子家去了，去接我那大儿子的孩子。”他有个大儿子，在北京工作，在汽车修配厂当工人。

她抱回来一个四岁多的男孩，带着他在棚子里住了几天。她带他到甘家口商场买衣服，买鞋，买饼干，买冰糖葫芦。男孩子在床上玩鸡啄米，她靠着被窝儿用钩针给他钩一顶大红的毛线帽子。她很爱这个孩子。这种爱是完全非功利的，既不是讨丈夫的欢心，也不是为了和丈夫的儿子一家搞好关系。这是一颗很善良、很美的心。孩子叫她奶奶，奶奶笑了。

过了几天，她把孩子又送了回去。

过了两天，我去玉渊潭散步，养蜂人的棚子拆了，蜂箱集中在一起。等我散步回来，养蜂人的大儿子开来一辆卡车，把棚柱、木板、煤炉、锅碗和蜂箱装好，养蜂人两口子坐上车，卡车开走了。

玉渊潭的槐花落了。

载一九九〇年第三期《散文》

# 北京的秋花

## 桂花

桂花以多为胜。《红楼梦》薛蟠的老婆夏金桂家“单有几十顷地种桂花”，人称“桂花夏家”。“几十顷地种桂花”，真是一个大观！四川新都桂花甚多。杨升庵祠在桂湖，环湖植桂花，自山坡至水湄，层层叠叠，都是桂花。我到新都谒升庵祠，曾作诗：

桂湖老桂发新枝，
湖上升庵旧有祠。
一种风流谁得似，
状元词曲罪臣诗。

杨升庵是才子，以一甲一名中进士，著作有七十种。他因“议大礼”获罪，充军云南，七十余岁，客死于永昌。陈老莲曾画过他的像，“醉则簪花满头”，面色酡红，是喝醉了的样子。从陈老莲的画像看，升庵是个高个儿的胖子。但陈老莲恐怕是凭想象画的，未必即像升庵。新都人为他在桂湖建祠，升庵死若有知，亦当欣慰。

北京桂花不多，且无大树。颐和园有几棵，没有什么人注意。我曾在藻鉴堂小住，楼道里有两棵桂花，是种在盆里的，不到一人高！

我建议北京多种一点桂花。桂花美阴，叶坚厚，入冬不凋。开花极香浓，干制可以做元宵馅、年糕。既有观赏价值，也有经济价值，何乐而不为呢？

## 菊花

秋季广交会上摆了很多盆菊花。广交会结束了，菊花还没有完全开残。有一个日本商人问管理人员："这些花你们打算怎么处理？"答云："扔了！"——"别扔，我买。"他给了一点钱，把开得还正盛的菊花全部包了，订了一架飞机，把菊花从广州空运到日本，张贴了很大的海报："中国菊展"。卖门票，参观的人很多。他捞了一大笔钱。这件事叫我有两点感想：一是日本商人真有商业头脑，任何赚钱的机会都不放过，我们的管理人员是老爷，到手的钱也抓不住。二是中国的菊花好，能得到日本人的赞赏。

中国人长于艺菊，不知始于何年，全国有几个城市的菊花都负盛名，如扬州、镇江、合肥，黄河以北，当以北京为最。

菊花品种甚多，在众多的花卉中也许是最多的。

首先，有各种颜色。最初的菊大概只有黄色的。"鞠有黄华""零落黄花满地金"，"黄华"和菊花是同义词。后来就发展到什么颜色都有了。黄色的、白色的、紫的、红的、粉的，都有。挪威的散文家别伦·别尔生说各种花里只有菊花有绿色的，也不尽然，牡丹、芍药、月季都有绿的，但像绿菊那样绿得像初新的嫩蚕豆那样，确乎是没有。我几年前回乡，在公园里看到一盆绿菊，花大盈尺。

其次，花瓣形状多样，有平瓣的、卷瓣的、管状瓣的。在镇江焦山见过一盆“十丈珠帘”，细长的管瓣下垂到地，说“十丈”当然不会，但三四尺是有的。

北京菊花和南方的差不多，狮子头、蟹爪、小鹅、金背大红……南北皆相似，有的连名字也相同。如一种浅红的瓣，极细而卷曲如一头乱发的，上海人叫它“懒梳妆”，北京人也叫它“懒梳妆”，因为得其神韵。

有些南方菊种北京少见。扬州人重“晓色”，谓其色如初日晓云，北京似没有。“十丈珠帘”，我在北京没见过。“枫叶芦花”，紫平瓣，有白色斑点，也没有见过。

我在北京见过的最好的菊花是在老舍先生家里。老舍先生每年要请北京市文联、文化局的干部到他家聚聚，一次是腊月，老舍先生的生日（我记得是腊月二十三）；一次是重阳节左右，赏菊。老舍先生的哥哥很会莳弄菊花。花很鲜艳；菜有北京特点（如芝麻酱炖黄花鱼、“盒子菜”）；酒“敞开供应”，既醉既饱，至今不忘。

我不赞成搞菊山菊海，让菊花都按部就班，排排坐，或挤成一堆，闹闹嚷嚷。菊花还是得一棵一棵地看，一朵一朵地看。更不赞成把菊花缚扎成龙、成狮子，这简直是糟蹋了菊花。

## 秋葵、鸡冠、凤仙、秋海棠

秋葵我在北京没有见过，想来是有的。秋葵是很好种的，在篱落、石缝间随便丢几个种子，即可开花。或不烦人种，也能自己开落。花瓣大、花浅黄，淡得近乎没有颜色，瓣有细脉，瓣内侧近花心处有紫色斑。秋葵风致楚楚，自甘寂寞。不知道为什么，秋葵让我想起女道士。秋葵亦名鸡脚葵，以其叶似鸡爪。

我在家乡县委招待所见一大丛鸡冠花，高过人头，花大如扫地笤帚，颜色深得吓人一跳。北京鸡冠花未见有如此之粗野者。

凤仙花可染指甲，故又名指甲花。凤仙花捣烂，少入矾，敷于指尖，即以凤仙叶裹之，隔一夜，指甲即红。凤仙花茎可长得很粗，湖南人或以入臭坛腌渍，以佐粥，味似臭苋菜秆。

秋海棠北京甚多，齐白石喜画之。齐白石所画，花梗颇长，这在我家那里叫作“灵芝海棠”。诸花多为五瓣，惟秋海棠为四瓣。北京有银星海棠，大叶甚坚厚，上洒银星，秆亦高壮，简直近似木本。我对这种孙二娘似的海棠不大感兴趣。我所不忘的秋海棠总是伶仃瘦弱的。我的生母得了肺病，怕“过人”——传染别人，独自卧病，在一座偏房里，我们都叫那间小屋为“小房”。她不让人去看她，我的保姆要抱我去让她看看，她也不同意。因此我对我的母亲毫无印象。她死后，这间“小房”成了堆放她的嫁妆的储藏室，成年锁着。我的继母偶尔打开，取一两件东西，我也跟了进去。“小房”外面有一个小天井，靠墙有一个秋叶形的小花坛，不知道是谁种了两三棵秋海棠，也没有人管它，它在秋天竟也开花。花色苍白，样子很可怜。不论在哪里，我每看到秋海棠，总要想起我的母亲。

## 黄栌、 爬山虎

霜叶红于二月花。

西山红叶是黄栌，不是枫树。我觉得不妨种一点枫树，这样颜色更丰富些。日本枫娇红可爱，可以引进。

近年北京种了很多爬山虎，入秋，爬山虎叶转红。

沿街的爬山虎红了。

北京的秋意浓了。

一九九六年中秋

载一九九六年十月二十八日《北京晚报》

# 果园的收获

这是一个地区性的综合的农业科学研究所的供实验研究用的果园，规模不大，但是水果品种颇多。有些品种是外面见不到的。

山西、张家口一带把苹果叫果子。不是所有的水果都叫果子，只有苹果叫果子，有个山西梆子唱“红”（即老生）的演员叫丁果仙，山西人称她为“果子红”（她是女的）。山西人非常喜爱果子红，听得过瘾，就大声喊叫：“果果！”这真是有点特别，给演员喝彩，不是鼓鼓掌，或是叫一声“好”，而是大叫“果果！”，我还没有见过。叫“果果”，大概因为丁果仙的嗓音唱法甜、美、浓、脆。

这个实验果园一般的苹果都有，有的品种，黄元帅、金皇后、黄魁、红香蕉……这些都比较名贵，但我觉得都有点贵族气，果肉过于细腻，而且过于偏甜。水果品种栽培各论，记录水果的特点，大都说是“酸甜合度”，怎么叫“合度”，很难捉摸。我比较喜欢的是国光、红玉，因为它有点酸头。我更喜欢国光，因果肉脆，一口咬下去，嘎叭一声，而且耐保鲜，因为果皮厚，果汁不易蒸发。秋天收的国光，储存到过春节，从地窖里取出来，还是像新摘的一样。

我在果园劳动的时候，“红富士”还没有，后来才引进推广。“红富士”固自佳，现在已经高踞苹果的榜首。

有人警告过我，在太原街上，千万不能说果子红不好。只要说一句，就会招了一大群人围上来和你辩论。碰不得的！

果园品种最多的是葡萄，有四十几种。“柔丁香”“白香蕉”是名种。“柔丁香”有丁香香味，“白香蕉”味如香蕉，这在市面上买不到，是每年留下来给“首长”送礼的。有些品种听名字就知道是从国外引进的：“黑罕”“巴勒斯坦”“白拿破仑”……有些最初也是外来的（葡萄本都是外来的，但在中国落户已久，曹操就作文赞美过葡萄），日子长了，名字也就汉化了，如“大粒白”“马奶子”“玫瑰香”，甚至连它们的谱系也难于查考了。葡萄的果粒大小形状各异。“玫瑰香”的果枝长，显得披头散发；有一种葡萄，我忘记了叫什么名字了，果粒小而密集，一粒一粒挤得紧紧的，一穗葡萄像一个白马牙老玉米棒子。葡萄里我最喜欢的还是玫瑰香，确实有一股玫瑰花的香味，一口浓甜。现在市上能买到的“玫瑰香”已退化失真。

葡萄喜肥，喜水。施的肥是大粪。挨着葡萄根，在后面挖一个长槽，把粪倒入进去。一棵大葡萄得倒三四桶，小棵的一桶就够了。“农家肥”之外，还得下人工肥，硫铵。葡萄喝水，像小孩子喝奶一样，使劲地嘬。葡萄藤中通有小孔，水可从地面一直吮到藤顶，你简直可以听到它吸水的声音。喝足了水，用小刀划破它一点皮，水就从皮破处沁出滴下。一般果树浇水，都是在树下挖一个“树碗”，浇一两担水就足矣，葡萄则是“漫灌”。这家伙，真能喝水！

有一年，结了一串特大的葡萄，“大粒白”。大粒白本来就结得多，多的可达七八斤。这串大粒白竟有二十四五斤。原来是一个技术员把两穗“靠接”在一起了。这穗葡萄只能作展览用，大粒白果大如乒乓球，但不好吃。为了给这串葡萄增加营养，竟给它注射了葡萄糖！给葡萄注射葡萄糖，这简直是胡闹。这是“大跃进”那年的事。“大跃进”整个是一场胡闹。

葡萄一天一个样，一天一天接近成熟，再给它透透地浇一水，喷一次波尔多液（葡萄要喷多次波尔多液——硫酸铜兑石灰水，为了防治病害），给它喝一口“离娘奶”，备齐果筐、剪子，就可以收葡萄了，葡萄装筐，要压紧。得几个壮汉跳上去压。葡萄不怕压，怕压不紧，怕松。装筐装松了，一晃逛，就会破皮掉粒。水果装筐都是这样。

最怕葡萄收获的时候下雹子。有一年，正在葡萄透熟的时候下了一场很大的雹子，“蛋打一条线”——山西、张家口称雹子为“冷蛋”，齐刷刷地把整园葡萄都打落下来，满地狼藉，不可收拾。干了一年，落得这样的结果，真是叫人伤心。

梨之佳种为“二十世纪明月”，为“日面红”。“二十世纪明月”个儿不大，果皮玉色，果肉细，无渣，多汁，果味如蜜。“日面红”朝日的一面色如胭脂，背阳的一面微绿，入口酥脆。其他大部分是鸭梨。

杏树不甚为人重视，只于地头、“四基”、水边、路边种之。杏怕风。一树杏花开得正热闹，一阵大风，零落殆尽。农科所杏多为黄杏，“香白杏”“杏儿——吧哒”没有。

我一九五八年在果园劳动，距今已经三十八年。前十年曾到农科所看了看，熟人都老了。在渠沿碰到张素花和刘美兰，我们以前是天天在一起劳动的。我叫她们，刘美兰手搭凉篷，眯了眼，问："是不是个老汪？"问刘美兰现在还老跟丈夫打架吗（两口子过去老打），她说："偓（她是柴沟堡人，"我"字念成"偓"）都当了奶奶了！"

日子过得真快。

一九九六年四月九日

# 岁朝清供

“岁朝清供”是中国画家爱画的画题。明清以后画这个题目的尤其多。任伯年就画过不少幅。画里画的、实际生活里供的，无非是这几样：天竺果、蜡梅花、水仙。有时为了填补空白，画里加两个香橼。“橼”谐音圆，取其吉利。水仙、蜡梅、天竺，是取其颜色鲜丽。隆冬风厉，百卉凋残，晴窗坐对，眼目增明，是岁朝乐事。

我家旧园有蜡梅四株，主干粗如汤碗，近春节时，繁花满树。这几棵蜡梅磬口檀心，本来是名贵的，但是我们那里重白心而轻檀心，称白心者为“冰心”，而给檀心的起一个不好听的名字：“狗心。”我觉得狗心蜡梅也很好看。初一一早，我就爬上树去，选择一大枝——要枝子好看，花蕾多的，拗折下来——蜡梅枝脆，极易折，插在大胆瓶里。这枝蜡梅高可三尺，很壮观。天竺我们家也有一棵，在园西墙角，不知道为什么总是长不大，细弱伶仃，结果也少。我不忍心多折，只是剪两三穗，插进胆瓶，为蜡梅增色而已。

我走过很多地方，像我们家那样粗壮的蜡梅还没有见过。

在安徽黟县参观古民居，几乎家家都有两三丛天竺。有一家有一棵天竺，结了那么多果子，简直是岂有此理！而且颜色是正红——一般天竺果都偏一点紫。我驻足看了半天，已经走出门了，又回去看了一会儿。大概黟县土壤气候特宜天竺。

在杭州茶叶博物馆，看见一个山坡上种了一大片天竺。我去时不是结果的时候，不能断定果子是什么颜色的，但看梗干枝叶都作深紫色，料想果子也是偏紫的。

任伯年画天竺，果极繁密。齐白石画天竺，果较疏；粒大，而色近朱红；叶亦不作羽状。或云此别是一种，湖南人谓之草天竺，未知是否。

养水仙得会"刻"，否则叶子长得很高，花弱而小，甚至花未放蕾即枯瘪。但是画水仙都还是画完整的球茎，极少画刻过的，即福建画家郑乃珖也不画刻过的水仙。刻过的水仙花美，而形态不入画。

北京人家春节供蜡梅、天竺者少，因不易得。富贵人家常在大厅里摆两盆梅花（北京谓之"干枝梅"，很不好听），在泥盆外加开光丰彩或景泰蓝套盆，很俗气。

穷家过年，也要有一点颜色。很多人家养一盆青蒜。这也算代替水仙了吧。或用大萝卜一个，削去尾，挖去肉，空壳内种蒜，铁丝为箍，以线挂在朝阳的窗下，蒜叶碧绿，萝卜皮通红，萝卜缨翻卷上来，也颇悦目。

广州春节有花市，四时鲜花皆有。曾见刘旦宅画"广州春节花市所见"，画的是一个少妇的背影，背篼里背着一个娃娃，右手抱一大束各种颜色的花，左手拈花一朵，微微回头逗弄娃娃，少妇着白上衣，银灰色长裤，身材很苗条，穿浅黄色拖鞋。轻轻两笔，勾出小巧的脚跟。很美。这幅画最动人之处，正在脚跟两笔。

这样鲜艳的繁花，很难说是“清供”了。

曾见一幅旧画：一间茅屋，一个老者手捧一个瓦罐，内插梅花一枝，正要放到案上，题目——“山家除夕无他事，插了梅花便过年”，这才真是“岁朝清供”！

一九九二年十二月三十一日

# 草木虫鱼鸟兽

## 雁

“爬山调”：“大雁南飞头朝西……”

诗人韩燕如告诉我，他曾经用心观察过，确实是这样。他惊叹草原人民对生活的观察的准确而细致。他说：“生活！生活！……”

为什么大雁南飞要头朝着西呢？草原上的人说这是依恋故土。“爬山调”是用这样的意思做比喻和起兴的。

“大雁南飞头朝西……”

河北民歌：“八月十五雁门开，孤雁头上带霜来……”“孤雁头上带霜来”，这写得多美呀！

## 琥珀

我在祖母的首饰盒子里找到一个琥珀扇坠。一滴琥珀里有一只小黄蜂。琥珀是透明的，从外面可以清清楚楚地看到黄蜂。触须、翅膀、腿脚，清清楚楚，形态如生，好像它还活着。祖母说，黄蜂正在飞动，一滴松脂滴下来，恰巧把它裹住。松脂埋在地下好多年，就成了琥珀。祖母告诉我，这样的琥珀并非罕见，值不了多少钱。

后来我在一个宾馆的小卖部看到好些人造琥珀的首饰。各种形状的都有，都琢治得很规整，里面也都压着一个昆虫。有一个项链上的淡黄色的琥珀里竟压着一只蜻蜓。这些昆虫都很完整，不缺腿脚，不缺翅膀，但都是僵直的，缺少生气。显然这些昆虫是被弄死了以后，被精心地、端端正正地压在里面的。

我不喜欢这种里面压着昆虫的人造琥珀。

我的祖母的那个琥珀扇坠之所以美，是因为它是偶然形成的。

美，多少要包含一点偶然。

## 螃蟹

螃蟹的样子很怪。

《梦溪笔谈》载：关中人不识螃蟹。有人收得一只干蟹，人家病疟，就借去挂在门上。——中国过去相信生疟疾是由于疟鬼作祟。门上挂了一只螃蟹，疟鬼不知道这是什么玩意儿，就不敢进门了。沈括说，不但人不识，鬼亦不识也。“不但人不识，鬼亦不识也”，这说得很幽默！

在拉萨八角街一家卖藏药的铺子里看到一只小螃蟹，蟹身只有拇指大，金红色的，已经干透了，放在一只盘子里。大概西藏人也相信这只奇形怪状的虫子有某种魔力，是能治病的。

螃蟹为什么要横着走呢？

螃蟹的样子很凶恶，很奇怪，也很滑稽。

凶恶和滑稽往往近似。

## 豆芽

朱小山去点豆子。地埂上都点了，还剩一把，他懒得带回去，就搬起一块石头，把剩下的豆子都塞到石头下面。过了些日子，朱小山发现：石头离开地面了。豆子发了芽，豆芽把石头顶起来了。朱小山非常惊奇。

朱小山为这件事惊奇了好多年。他跟好些人讲起过这件事。

有人问朱小山："你老说这件事是什么意思？是要说明一种什么哲学吗？"

朱小山说："不，我只是想说说我的惊奇。"

过了好些年，朱小山成了一个知名的学者，他回他的家乡去看看。他想找到那块石头。

他没有找到。

## 落叶

漠漠春阴柳未青，
冻云欲湿上元灯。
行过玉渊潭畔路，
去年残叶太分明。
汽车开过湖边，
带起一群落叶。

落叶追着汽车，
一直追得很远。
终于没有力气了，
又纷纷地停下了。
“你神气什么？
还嘚嘚地叫！”
“甭理它。
咱们讲故事。”
“秋天，
早晨的露水……”

## 啄木鸟

啄木鸟追逐着雌鸟，
红胸脯发出无声的喊叫，
它们一翅飞出树林，
落在湖边的柳梢。
不知从哪里钻出一个孩子，
一声大叫。
啄木鸟吃了一惊，
它身边已经没有雌鸟。
不一会儿树林里传出啄木的声音，
它已经忘记了刚才的烦恼。

载一九九八年第二期《大家》（有删节）

# 蜡梅花

“雪花、冰花、蜡梅花……”我的小孙女这一阵老是唱这首儿歌。其实她没有见过真的蜡梅花，只是从我画的画上见过。

周紫芝《竹坡诗话》云：“东南之有蜡梅，盖自近时始。余为儿童时，犹未之见。元祐间，鲁直诸公方有诗，前此未尝有赋此诗者。政和间，李端叔在姑溪，元夕见之僧舍中，尝作两绝，其后篇云：‘程氏园当尺五天，千金争赏凭朱栏。莫因今日家家有，便作寻常两等看。’观端叔此诗，可以知前日之未尝有也。”看他的意思，蜡梅是从北方传到南方去的。但是据我的印象，现在倒是南方多，北方少见，尤其难见到长成大树的。我在颐和园藻鉴堂见过一棵，种在大花盆里，放在楼梯拐角处。因为不是开花的时候，绿叶披纷，没有人注意。和我一起住在藻鉴堂的几个搞剧本的同志，都不认识这是什么。

我的家乡有蜡梅花的人家不少。我家的后园有四棵很大的蜡梅。这四棵蜡梅，从我记事的时候，就已经是那样大了。很可能是我的曾祖父在世的时候种的。这样大的蜡梅，我以后在别处没有见过。主干有汤碗口粗细，并排种在一个砖砌的花台上。这四棵蜡梅的花心是紫褐色的，按说这是名种，即所谓“檀心磬口”。蜡梅有两种，一种是檀心的，一种是白心的。我的家乡偏重白心的，美其名曰：“冰心蜡梅”，而将檀心的贬为“狗心蜡梅”。蜡梅和狗有什么关系呢？真是毫无道理！因为它是狗心的，我们也就不大看得起它。

不过凭良心说，蜡梅是很好看的。其特点是花极多——这也是我们不太珍惜它的原因。物稀则贵，这样多的花，就没有什么稀罕了。每个枝条上都是花，无一空枝。而且长得很密，一朵挨着一朵，挤成了一串。这样大的四棵大蜡梅，满树繁花，黄灿灿的吐向冬日的晴空，那样的热热闹闹，而又那样的安安静静，实在是一个不寻常的境界。不过我们已经司空见惯，每年都有一回。每年腊月，我们都要折蜡梅花。上树是我的事。蜡梅木质疏松，枝条脆弱，上树是有点危险的。不过蜡梅多枝杈，便于登踏，而且我年幼身轻，正是“一日上树能千回”的时候，从来也没有掉下来过。我的姐姐在下面指点着：“这枝，这枝！——哎，对了，对了！”我们要的是横斜旁出的几枝，这样的不蠢；要的是几朵半开，多数是骨朵的，这样可以在瓷瓶里养好几天——如果是全开的，几天就谢了。

下雪了，过年了。大年初一，我早早就起来，到后园选摘几枝全是骨朵的蜡梅，把骨朵都剥下来，用极细的铜丝——这种铜丝是穿珠花用的，就叫作“花丝”，把这些骨朵穿成插鬓的花。我们县北门的城门口有一家穿珠花的铺子，我放学回家路过，总要钻进去看几个女工怎样穿珠花，我就用她们的办法穿成各式各样的蜡梅珠花。我在这些蜡梅珠子花当中嵌了几粒天竺果——我家后园的一角有一棵天竺。黄蜡梅、红天竺，我到现在还很得意：那是真很好看的。我把这些蜡梅珠花送给我的祖母，送给大伯母，送给我的继母。她们梳了头，就插戴起来。然后，互相拜年。我应该当一个工艺美术师的，写什么屁小说！

# 故乡的野菜

荠菜。荠菜是野菜，但在我家乡是可以上席的。我们那里，一般的酒席，开头都有八个凉碟，在客人入席前即已摆好，通常是火腿、变蛋（松花蛋）、风鸡、酱鸭、油爆虾（或呛虾），蛤子（是从外面运来的，我们那里不产）、咸鸭蛋之类。若是春天，就会有两样应时凉拌小菜：杨花萝卜（即北京的小水萝卜）切细丝拌海蜇，和拌荠菜。荠菜焯过，碎切，和香干细丁同拌，加姜米，浇以麻酱油醋，或用虾米，或不用，均可。这道菜常抟成宝塔形，临吃推倒，拌匀。拌荠菜总是受欢迎的，吃个新鲜。凡野菜，都有一种园种的蔬菜所缺少的清香。

荠菜大都是凉拌，炒荠菜很少人吃。荠菜可包春卷，包圆子（汤团）。江南人用荠菜包馄饨，亦作“大馄饨”。我们那里没有用荠菜包馄饨的。我们那里的面店中所卖的馄饨都是纯肉馅的馄饨，即江南所说的“小馄饨”。没有“大馄饨”。我在北京的一家有名的家庭餐馆吃过这一家的一道名菜：翡翠蛋羹。一个汤碗里一边是蛋羹，一边是荠菜，一边嫩黄，一边碧绿，绝不混淆，吃时搅在一起。这种讲究的吃法，我们家乡没有。

枸杞头。春天的早晨，尤其是下了一场小雨之后，就可听到叫卖枸杞头的声音。卖枸杞头的多是附近村的女孩子，声音很脆，“卖枸杞头来!”枸杞头放在一个竹篮子里，一种长圆形的竹篮，叫作元宝篮子，枸杞头带着雨水，女孩子的声音也带着雨水。枸杞头不值什么钱，也从不用秤约，给几个钱，她们就能把整篮子倒给你。女孩子也不把这当作正经买卖，卖一点钱，够打一瓶梳头油就行了。

自己去摘，也不费事。一会儿工夫，就能摘一堆。枸杞到处都是。我的小学的操场原是祭天地的空地，叫作“天地坛”。天地坛的四边围墙的墙根，长的都是这东西。枸杞夏天开小白花，秋天结很多小红果子，即枸杞子，我们小时候叫它“狗奶子”，因为很像狗的奶子。

枸杞头也都是凉拌，清香似尤甚于荠菜。

蒌蒿。小说《大淖记事》:“春初水暖，沙洲上冒出很多紫红色的芦芽和灰绿色的蒌蒿，很快就是一片翠绿了。”我在书页下面加了一条注:“蒌蒿是生于水边的野草，粗如笔管，有节，生狭长的小叶，初生二寸来高，叫作‘蒌蒿薹子’，加肉炒食极清香。……”蒌蒿，字典上都注“蒌”音楼，蒿之一种，即白蒿，我以为蒌蒿不是蒿之一种，蒌蒿掐断，没有那种蒿子气，倒是有一种水草气。苏东坡诗:“蒌蒿满地芦芽短”，以蒌蒿与芦芽并举，证明是水边的植物，就是我家乡所说“蒌蒿薹子”。“蒌”字我的家乡不读楼，读“吕”。蒌蒿好像都是和瘦猪肉同炒，素炒好像没有。我小时候非常爱吃炒蒌蒿薹子。桌上有一盘炒蒌蒿薹子，我就非常兴奋，胃口大开。蒌蒿薹子除了清香，还有就是很脆，嚼之有声。

荠菜、枸杞我在外地偶尔吃过，蒌蒿薹子自十九岁离乡后从未吃过，非常想念。去年我的家乡有人开了汽车到北京来办事，我的弟妹托他们带了一塑料袋蒌蒿薹子来，因为路上耽搁，到北京时已经焐坏了。我挑了一些还不太烂的，炒一盘，还有那么一点意思。

马齿苋。中国古代吃马齿苋是很普遍的，马苋与人苋（即红白苋菜）并提。后来不知怎么吃的人少了。我的祖母每年夏天都要摘一些马齿苋，晾干了，过年包包子。我的家乡普通人家平常是不包包子的。只有过年才包，自己家里人吃，有客人来蒸一盘待客。不是家里人包的，一般的家庭妇女不会包，都是备了面、馅，请包子店里的师傅到家里做，做一上午，就够正月里吃了。我的祖母吃长斋，她的马齿苋包子只有她自己吃。我尝过一个，马齿苋有点酸酸的味道，不难吃，也不好吃。

马齿苋南北皆有。我在北京的甘家口住过，离玉渊潭很近，玉渊潭马齿苋极多，北京人叫作马苋儿菜，吃的人很少。养鸟的拔了喂画眉。据说画眉吃了能清火。画眉还会有“火”吗？

莼菜。第一次喝莼菜汤是在杭州的楼外楼，一九四八年四月。这以前我没有吃过莼菜，也没有见过。我的家乡人大都不知莼菜为何物。但是秦少游有《以莼姜法鱼糟蟹寄子瞻》诗，则高邮原来是有莼菜的。诗最后一句是“泽居备礼无麇鹿”，秦少游当时在高邮居住，送给苏东坡的是高邮的土产。高邮现在还有没有莼菜，什么时候回高邮，我得调查调查。

明朝的时候，我的家乡出过一个散曲作家王磐。王磐字鸿渐，号西楼，散曲作品有《西楼乐府》。王磐当时名声很大，与散曲大家陈大声并称为“南曲之冠”。王西楼还是画家。高邮现在还有一句歇后语：“王西楼嫁女儿——画（话）多银子少”。王西楼有一本有点特别的著作：《野菜谱》。《野菜谱》收野菜五十二种。五十二种中有些我是认识的，如白鼓钉（蒲公英）、蒲儿根、马兰头、青蒿儿（即茵陈蒿）、枸杞头、野绿豆、蒌蒿、荠菜儿，马齿苋、灰条。江南人重马兰头。小时读周作人的《故乡的野菜》，提到儿歌："荠菜马兰头，姐姐嫁在后门头"，很是向往，但是我的家乡是不大有人吃的。灰条的"条"字，正字应是"藋"，通称灰菜。这东西我的家乡不吃。我第一次吃灰菜是在一个山东的同学的家里，蘸了稀面，蒸熟，就烂蒜，别具滋味。后来在昆明黄土坡一中学教书，学校发不出薪水，我们时常断炊，就掳了灰菜来炒了吃。在北京我也摘过灰菜炒食。有一次发现钓鱼台国宾馆的墙壁外长了很多灰菜，极肥嫩，就弯下腰来摘了好些，装在书包里。门卫发现，走过来问："你干什么？"他大概以为我在埋定时炸弹。我把书包里的灰菜抓出来给他看，他没有再说什么，走开了。灰菜有点碱味，我很喜欢这种味道。王西楼《野菜谱》中有一些，我不但没有吃过，见过，连听都没有听过，如："燕子不来香""油灼灼"……

《野菜谱》上图下文。图画的是这种野菜的样子，文则简单地说这种野菜的生长季节，吃法。文后皆系以一诗，一首近似谣曲的小乐府，都是借题发挥。以野菜名起兴，写人民疾苦。如

眼子菜

眼子菜，如张目，
年年盼春怀布谷，
犹向秋来望时熟。

何事频年倦不开，
愁看四野波漂屋。

猫耳朵

猫耳朵，听我歌，
今年水患伤田禾，
仓廪空虚鼠弃窝，
猫兮猫兮将奈何！

江荠

江荠青青江水绿，
江边挑菜女儿哭。
爷娘新死兄趁熟，
止存我与妹看屋。

抱娘蒿

抱娘蒿，结根牢，
解不散，如漆胶。
君不见昨朝儿卖客船上，
儿抱娘哭不肯放。

这些诗的感情都很真挚，读之令人酸鼻。我的家乡本是个穷地方，灾荒很多，主要是水灾，家破人亡，卖儿卖女的事是常有的。我小时候就见过。现在水利大有改进，去年那样的特大洪水，也没死一个人，王西楼所写的悲惨景象不复存在了。想到这一点，我为我的家乡感到欣慰。过去，我的家乡人吃野菜主要是为了度荒，现在吃野菜则是为了尝新了。喔，我的家乡的野菜！

# 葡萄月令

一月，下大雪。

雪静静地下着。果园一片白。听不到一点声音。

葡萄睡在铺着白雪的窖里。

二月里刮春风。

立春后，要刮四十八天“摆条风”。风摆动树的枝条，树醒了，忙忙地把汁液送到全身。树枝软了。树绿了。雪化了，土地是黑的。

黑色的土地里，长出了茵陈蒿。碧绿。

葡萄出窖。

把葡萄窖一锹一锹挖开。挖下的土，堆在四面。葡萄藤露出来了，乌黑的。有的梢头已经绽开了芽苞，吐出指甲大的苍白的小叶。它已经等不及了。

把葡萄藤拉出来，放在松松的湿土上。

不大一会儿，小叶就变了颜色，叶边发红；——又不大一会儿，绿了。

三月，葡萄上架。

先得备料。把立柱、横梁、小棍，槐木的、柳木的、杨木的、桦木的，按照树棵大小，分别堆放在旁边。立柱有汤碗口粗的、饭碗口粗的、茶杯口粗的。一棵大葡萄得用八根、十根，乃至十二根立柱。中等的，六根、四根。

先刨坑，竖柱。然后搭横梁，用粗铁丝紧后搭小棍，用细铁丝缚住。

然后，请葡萄上架。把在土里趴了一冬的老藤扛起来，得费一点劲。大的，得四五个人一起来。“起！——起！”哎，它起来了。把它放在葡萄架上，把枝条向三面伸开，像五个指头一样地伸开，扇面似的伸开。然后，用麻筋在小棍上固定住。葡萄藤舒舒展展，凉凉快快地在上面待着。

上了架，就施肥。在葡萄根的后面，距主干一尺，挖一道半月形的沟，把大粪倒在里面。葡萄上大粪，不用稀释，就这样把原汁大粪倒下去。大棵的，得三四桶。小葡萄，一桶也就够了。

四月，浇水。

挖窖挖出的土，堆在四面，筑成垄，就成一个池子。池里放满了水。葡萄园里水气泱泱，沁人心肺。

葡萄喝起水来是惊人的。它真是在喝口哀！葡萄藤的组织跟别的果树不一样，它里面是一根一根细小的导管。这一点，中国的古人早就发现了。《图经》云：“根苗中空相通。圃人将货之，欲得厚利，暮溉其根，而晨朝水浸子中矣，故俗呼其苗为木通。”“暮溉其根，而晨朝水浸子中矣”，是不对的。葡萄成熟了，就不能再浇水了。再浇，果粒就会涨破。“中空相通”却是很准确的。浇了水，不大一会儿，它就从根直吸到梢，简直是小孩嘬奶似的拼命往上嘬。浇过了水，你再回来看看吧：梢头切断过的破口，就嗒嗒地往下滴水了。

是一种什么力量使葡萄拼命地往上吸水呢？

施了肥，浇了水，葡萄就使劲抽条、长叶子。真快！原来是几根根枯藤，几天工夫，就变成青枝绿叶的一大片。五月，浇水，喷药，打梢，掐须。

葡萄一年不知道要喝多少水，别的果树都不这样。别的果树都是刨一个“树碗”，往里浇几担水就得了，没有像它这样的：“漫灌”，整池子地喝。

喷波尔多液。从抽条长叶，一直到坐果成熟，不知道要喷多少次。喷了波尔多液，太阳一晒，葡萄叶子就都变成蓝的了。

葡萄抽条，丝毫不知节制，它简直是瞎长！几天工夫，就抽出好长的一节的新条。这样长法还行呀，还结不结果呀？因此，过几天就得给它打一次条。葡萄打条，也用不着什么技巧，一个人就能干，拿起树剪，劈劈啦啦，把新抽出来的一截都给它铰了就得了。一铰，一地的长着新叶的条。

葡萄的卷须，在它还是野生的时候是有用的，好攀附在别的什么树木上。现在，已经有人给它好好地固定在架上了，就一点用也没有了。卷须这东西最耗养分，——凡是作物，都是优先把养分输送到顶端，因此，长出来就给它掐了，长出来就给它掐了。

葡萄的卷须有一点淡淡的甜味。这东西如果腌成咸菜，大概不难吃。

五月中下旬，果树开花了。果园，美极了。梨树开花了，苹果树开花了，葡萄也开花了。

都说梨花像雪，其实苹果花才像雪。雪是厚重的，不是透明的。梨花像什么呢？——梨花的瓣子是月亮做的。

有人说葡萄不开花，哪能呢！只是葡萄花很小，颜色淡黄微绿，不钻进葡萄架是看不出的。而且它开花期很短。很快，就结出了绿豆大的葡萄粒。

六月，浇水、喷药、打条、掐须。

葡萄粒长了一点了，一颗一颗，像绿玻璃料做的纽子。硬的。

葡萄不招虫。葡萄会生病，所以要经常喷波尔多液。但是它不像桃，桃有桃食心虫；梨，梨有梨食心虫。葡萄不用疏虫果。——果园每年疏虫果是要费很多工的。虫果没有用，黑黑的一个半干的球，可是它耗养分呀！所以，要把它“疏”掉。

七月，葡萄“膨大”了。

掐须、打条、喷药，大大地浇一次水。

追一次肥。追硫铵。在原来施粪肥的沟里撒上硫铵。然后，就把沟填平了，把硫铵封在里面。

汉朝是不会追这次肥的，汉朝没有硫铵。

八月，葡萄“着色”。

你别以为我这里是把画家的术语借用来了。不是的。这是果农的语言，他们就叫“着色”。

下过大雨，你来看看葡萄园吧，那叫好看！白的像白玛瑙，红的像红宝石，紫的像紫水晶，黑的像黑玉。一串一串，饱满、磁棒、挺括，璀璨琳琅。你就把《说文解字》里的玉字偏旁的字都搬了来吧，那也不够用呀！

可是你得快来！明天，对不起，你全看不到了。我们要喷波尔多液了。一喷波尔多液，它们的晶莹鲜艳全都没有了，它们蒙上一层蓝兮兮、白糊糊的东西，成了磨砂玻璃。我们不得不这样干。葡萄是吃的，不是看的。我们得保护它。过不两天，就下葡萄了。

一串一串剪下来，把病果、瘪果去掉，妥妥地放在果筐里。果筐满了，盖上盖，要一个棒小伙子跳上去蹦两下，用麻筋缝的筐盖。——新下的果子，不怕压，它很结实，压不坏。倒怕是装不紧，逛里逛当的。那，来回一晃悠，全得烂！葡萄装上车，走了。

去吧，葡萄，让人们吃去吧！

九月的果园像一个生过孩子的少妇，宁静、幸福，而慵懒。我们还给葡萄喷一次波尔多液。哦，下了果子，就不管了？人，总不能这样无情无义吧。

十月，我们有别的农活。我们要去割稻子。葡萄，你愿意怎么长，就怎么长着吧。

十一月，葡萄下架。

把葡萄架拆下来。检查一下，还能再用的，搁在一边。糟朽了的，只好烧火。立柱、横梁、小棍，分别堆垛起来。

剪葡萄条。干脆得很，除了老条，一概剪光。葡萄又成了一个大秃子。

剪下的葡萄条，挑有三个芽眼的，剪成二尺多长的一截，捆起来，放在屋里，准备明春插条。

其余的，连枝带叶，都用竹筲帚扫成一堆，装走了。葡萄园光秃秃。

十一月下旬，十二月上旬，葡萄入窖。

这是个重活。把老本放倒，挖土把它埋起来。要埋得很厚实。外面要用铁锹拍平。这个活不能马虎。都要经过验收，才给记工。

葡萄窖，一个一个长方形的土墩墩。一行一行，整整齐齐地排列着。风一吹，土色发了白。

这真是一年的冬景了。热热闹闹的果园，现在什么颜色都没有了。眼界空阔，一览无余，只剩下发白的黄土。

下雪了。我们踏着碎玻璃碴似的雪，检查葡萄窖，扛着铁锹。

一到冬天，要检查几次。不是怕别的，怕老鼠打了洞。葡萄窖里很暖和，老鼠爱往这里面钻。它倒是暖和了，咱们的葡萄可就受了冷啦！

# 果园杂记

## 涂白

一个孩子问我：干吗把树涂白了？

我从前也非常反对把树涂白了，以为很难看。

后来我到果园干了两年活，知道这是为了保护树木过冬。

把牛油、石灰在一个大铁锅里熬得稠稠的，这就是涂白剂。我们拿了棕刷，担了一桶一桶的涂白剂，给果树涂白。要涂得很仔细，特别是树皮有伤损的地方、坑坑洼洼的地方，要涂到，而且要涂得厚厚的，免得来年存留雨水，窝藏虫蚁。

涂白都是在冬日的晴天。男的、女的，穿了各种颜色的棉衣，在脱尽了树叶的果林里劳动着。大家的心情都很开朗，很高兴。

涂白是果园一年最后的农活了。涂完白，我们就很少到果园里来了。这以后，雪就落下来了。果园一冬天埋在雪里。从此，我就不反对涂白了。

## 粉蝶

我曾经做梦一样在一片盛开的茼蒿花上看见成千上万的粉蝶——在我童年的时候。那么多的粉蝶，在深绿的蒿叶和金黄的花瓣上乱纷纷地飞着，看得我想叫，想把这些粉蝶放在嘴里嚼，我醉了。

后来我知道这是一场灾难。

我知道粉蝶是菜青虫变的。

菜青虫吃我们的圆白菜。那么多的菜青虫！而且它们的胃口那么好，食量那么大。它们贪婪地、迫不及待地、不停地吃，吃得菜地里沙沙地响。一上午的工夫，一地的圆白菜就叫它们咬得全是窟窿。

我们用 DDT 喷它们，使劲地喷它们。DDT 的激流猛烈地射在菜青虫身上，它们滚了几滚，僵直了，噗的一声掉在了地上，我们的心里痛快极了。我们是很残忍的，充满了杀机。

但是粉蝶还是挺好看的。在散步的时候，草丛里飞着两个粉蝶，我现在还时常要停下来看它们半天。我也不反对国画家用它们来点缀画面。

## 波尔多液

喷了一夏天的波尔多液，我的所有的衬衫都变成浅蓝色的了。

硫酸铜、石灰，加一定比例的水，这就是波尔多液。波尔多液是很好看的，呈天蓝色。过去有一种浅蓝的阴丹士林布，就是那种颜色。这是一个果园的看家的农药，一年不知道要喷多少次。不喷波尔多液，就不成其为果园。波尔多液防病，能保证水果的丰收。果农都知道，喷波尔多液虽然费钱，却是划得来的。

这是个细致的活。把喷头绑在竹竿上，把药水压上去，喷在梨树叶子上、苹果树叶子上、葡萄叶子上。要喷得很均匀，不多，也不少。喷多了，药水的水珠糊成一片，挂不住，流了；喷少了，不管用。树叶的正面、反面都要喷到。这活不重，但是干完了，眼睛、脖颈，都是酸的。

我是个喷波尔多液的能手。大家叫我总结经验。我说：一、我干不了重活，这活我能胜任；二、我觉得这活有诗意。

为什么叫它“波尔多液”呢？——中国的老果农说这个外国名字已经说得很顺口了。这有个故事。

波尔多是法国的一个小城，出马铃薯。有一年，法国的马铃薯都得了晚疫病——晚疫病很厉害，得了病的薯地像火烧过一样，只有波尔多的马铃薯却安然无恙。大伙琢磨，这是什么道理呢？原来波尔多城外有一个铜矿，有一条小河从矿里流出来，河床是石灰石的。这水蓝蓝的，是不能吃的，农民用它来浇地。莫非就是这条河，使波尔多的马铃薯不得疫病？于是世界上就有了波尔多液。

中国的老农现在说这个法国名字也说得很顺口了。

去年，有一个朋友到法国去，我问他到过什么地方，他很得意地说：波尔多！

我也到过波尔多，在中国。

# 第二辑

# 多年父子成兄弟

这是我父亲的一句名言。

父亲是个绝顶聪明的人。他是画家，会刻图章，画写意花卉。图章初宗浙派，中年后治汉印。

他会摆弄各种乐器，弹琵琶，拉胡琴，笙箫管笛，无一不通。他认为乐器中最难的其实是胡琴，看起来简单，只有两根弦，但是变化很多，两手都要有功夫。他拉的是老派胡琴，弓子硬，松香滴得很厚——现在拉胡琴的松香都只滴了薄薄的一层。他的胡琴音色刚亮。胡琴码子都是他自己刻的，他认为买来的不中使。他养蟋蟀，养金铃子。他养过花，他养的一盆素心兰在我母亲病故那年死了，从此他就不再养花。我母亲死后，他亲手给她做了几箱子冥衣——我们那里有烧冥衣的风俗。按照母亲生前的喜好，选购了各种花素色纸做衣料，单夹皮棉四时不缺。他做的皮衣能分得出小麦穗、羊羔，灰鼠、狐肷。

父亲是个很随和的人，我很少见他发过脾气，对待子女，从无疾言厉色。他爱孩子，喜欢孩子，爱跟孩子玩，带着孩子玩。我的姑妈称他为“孩子头”。春天，不到清明，他领一群孩子到麦田里放风筝。放的是他自己糊的蜈蚣（我们那里叫“百脚”），是用染了色的绢糊的。放风筝的线是胡琴的老弦。老弦结实而轻，这样风筝可笔直的飞上去，没有“肚儿”。用胡琴弦放风筝，我还未见过第二人。

清明节前，小麦还没有“起身”，是不怕践踏的，而且越踏会越长得旺。孩子们在屋里闷了一冬天，在春天的田野里奔跑跳跃，身心都极其畅快。用钻石刀把玻璃裁成不同形状的小块，再一块一块逗拢，接缝处用胶水粘牢，做成小桥、小亭子、八角玲珑水晶球。桥、亭、球是中空的，里面养了金铃子。从外面可以看到金铃子在里面自在爬行，振翅鸣叫。他会做各种灯。用浅绿透明的“鱼鳞纸”扎了一只纺织娘，栩栩如生。用西洋红染了色，上深下浅，通草做花瓣，做了一个重瓣荷花灯，真是美极了。用小西瓜（这是拉秧的小瓜，因其小，不中吃，叫作“打瓜”或“笃瓜”）上开小口挖净瓜瓤，在瓜皮上雕镂出极细的花纹，做成西瓜灯。我们在这些灯里点了蜡烛，穿街过巷，邻居的孩子都跟过看，非常羡慕。

父亲对我的学业是关心的，但不强求。我小时了了，国文成绩一直是全班第一。我的作文，时得佳评，他就拿出去到处给人看。我的数学不好，他也不责怪，只要能及格，就行了。他画画，我小时也喜欢画画，但他从不指点我。他画画时，我在旁边看，其余时间由我自己乱翻画谱，瞎抹。我对写意花卉那时还不太会欣赏，只是画一些鲜艳的大桃子，或者我从来没有见过的瀑布。

我小时字写得不错，他倒是给我出过一点主意。在我写过一阵《圭峰碑》和《多宝塔》以后，他建议我写写《张猛龙》。这建议是很好的，到现在我写字还有《张猛龙》的影响。我初中时爱唱戏，唱青衣，我的嗓子很好，高亮甜润。在家里，他拉胡琴，我唱。我的同学有几个能唱戏的，学校开同乐会，他应我的邀请，到学校去伴奏。几个同学都只是清唱。有一个姓费的同学借到一顶纱帽，一件蓝官衣，扮起来唱《朱砂井》，但是没有配角，没有衙役，没有犯人，只是一个赵廉，摇着马鞭在台上走了两圈，唱了一段“郿坞县在马上心神不定”便完事下场。父亲那么大的人陪着几个孩子玩了一下午，还挺高兴。我十七岁初恋，暑假里，在家写情书，他在一旁瞎出主意。我十几岁就学会了抽烟喝酒。他喝酒，给我也倒一杯。抽烟，一次抽出两根，他一根我一根。他还总是先给我点上火。我们的这种关系，他人或以为怪。父亲说：“我们是多年父子成兄弟。”

我和儿子的关系也是不错的。我戴了“右派分子”的帽子下放张家口农村劳动，他那时还从幼儿园刚毕业，刚刚学会汉语拼音，用汉语拼音给我写了第一封信。我也只好赶紧学会汉语拼音，好给他写回信。“文化大革命”期间，我被打成“黑帮”，送进“牛棚”。偶尔回家，孩子们对我还是很亲热。我的老伴告诫他们“你们要和爸爸‘划清界限’”，儿子反问母亲：“那你怎么还给他打酒？”只有一件事，两代之间，曾有分歧。他下放山西忻县“插队落户”。按规定，春节可以回京探亲。我们等着他回来。不料他同时带回了一个同学。他这个同学的父亲是一位正受林彪迫害，搞得人囚家破的空军将领。这个同学在北京已经没有家，按照大队的规定是不能回北京的，但是这孩子很想回北京，在一伙同学的秘密帮助下，我的儿子就偷偷地把他带回来了。他连“临时户口”也不能上，是个“黑人”，我们留他在家住，等于“窝藏”了他。公安局随时可以来查户口，街道办事处的大妈也可能举报。当时人人自危，自顾不暇，儿子惹了这么一个麻烦，使我们非常为难。我和老伴把他叫到我们的卧室，对他的冒失行为表示很不满，我责备他："怎么事前也不和我们商量一下！"我的儿子哭了，哭得委屈，很伤心。我们当时立刻明白了：他是对的，我们是错的。我们这种怕担干系的思想是庸俗的。我们对儿子和同学之间的义气缺乏理解，对他的感情不够尊重。他的同学在我们家一直住了四十多天，才离去。

对儿子的几次恋爱，我采取的态度是"闻而不问"。了解，但不干涉。我们相信他自己的选择，他的决定。最后，他悄悄和一个小学时期女同学好上了，结了婚。有了一个女儿，已近七岁。

我的孩子有时叫我"爸"，有时叫我"老头子"！连我的孙女也跟着叫。我的亲家母说这孩子"没大没小"。我觉得一个现代化的、充满人情味的家庭，首先必须做到"没大没小"。父母叫人敬畏，儿女"笔管条直"，最没有意思。

儿女是属于他们自己的。他们的现在，和他们的未来，都应由他们自己来设计。一个想用自己理想的模式塑造自己的孩子的父亲是愚蠢的，而且，可恶！另外作为一个父亲，应该尽量保持一点童心。

# 星斗其文，赤子其人

沈先生逝世后，傅汉斯、张充和从美国电传来一幅挽词。字是晋人小楷，一看就知道是张充和写的。词想必也是她拟的。只有四句：

不折不从　亦慈亦让
星斗其文　赤子其人

这是嵌字格，但是非常贴切，把沈先生的一生概括得很全面。这位四妹对三姐夫沈二哥真是非常了解。——荒芜同志编了一本《我所认识的沈从文》，写得最好的一篇，我以为也应该是张充和写的《三姐夫沈二哥》。

沈先生的血管里有少数民族的血液。他在填履历表时，“民族”一栏里填土家族或苗族都可以，可以由他自由选择。湘西有少数民族血统的人大都有一股蛮劲，狠劲，做什么都要做出一个名堂。黄永玉就是这样的人。沈先生瘦瘦小小（晚年发胖了），但是有用不完的精力。他小时是个顽童，爱游泳（他叫“游水”）。进城后好像就不游了。三姐（师母张兆和）很想看他游一次泳，但是没有看到。我当然更没有看到过。他少年当兵，漂泊转徙，很少连续几晚睡在同一张床上。吃的东西，最好的不过是切成四方的大块猪肉（煮在豆芽菜汤里）。行军、拉船，锻炼出一副极富耐力的体魄。二十岁冒冒失失地闯到北平来，举目无亲。连标点符号都不会用，就想用手中一支笔打出一个天下。经常为弄不到一点东西“消化消化”而发愁。冬天屋里生不起火，用被子围起来，还是不停地写。我一九四六年到上海，因为找不到职业，情绪很坏，他写信把我大骂了一顿，说：“为了一时的困难，就这样哭哭啼啼的，甚至想到要自杀，真是没出息！你手中有一支笔，怕什么！”他在信里说了一些他刚到北京时的情形，同时又叫三姐从苏州写了一封很长的信安慰我。他真的用一支笔打出了一个天下了。一个只读过小学的人，竟成了一个大作家，而且积累了那么多的学问，真是一个奇迹。

沈先生很爱用一个别人不常用的词：“耐烦”。他说自己不是天才（他应当算是个天才），只是耐烦。他对别人的称赞，也常说“要算耐烦”。看见儿子小虎搞机床设计时，说“要算耐烦”。看见孙女小红做作业时，也说“要算耐烦”。他的“耐烦”，意思就是锲而不舍，不怕费劲。一个时期，沈先生每个月都要发表几篇小说，每年都要出几本书，被称为“多产作家”，但他写东西不是很快的，从来不是一挥而就。他年轻时常常日以继夜地写。他常流鼻血。血液凝聚力差，一流起来不易止住，很怕人。有时夜间写作，竟至晕倒，伏在自己的一摊鼻血里，第二天才被人发现。我就亲眼看到过他的带有鼻血痕迹的手稿。他后来还常流鼻血，不过不那么厉害了。他自己知道，并不惊慌。很奇怪，他连续感冒几天，一流鼻血，感冒就好了。他的作品看起来很轻松自如，若不经意，但都是苦心刻琢出来的。《边城》一共不到七万字，他告诉我，写了半年。他这篇小说是《国闻周报》上连载的，每期一章。小说共二十一章，21×7=147，我算了算，差不多正是半年。这篇东西是他新婚之后写的，那时他住在达子营。巴金住在他那里。他们每天写，巴老在屋里写，沈先生搬个小桌子，在院子里树荫下写。巴老写了一个长篇，沈先生写了《边城》。他称他的小说为“习作”，并不完全是谦虚。有些小说是为了教创作课给学生示范而写的，因此试验了各种方法。为了教学生写对话，有的小说通篇都用对话组成，如《若墨医生》；有的，一句对话也没有。《月下小景》确是为了履行许给张家小五的诺言“写故事给你看”而写的。同时，当然是为了试验一下“讲故事”的方法（这一组“故事”明显地看得出受了《十日谈》和《一千零一夜》的影响）。同时，也为了试验一下把六朝译经和口语结合的文体。这种试验，后来形成一种他自己说是“文白夹杂”的独特的沈从文体，在四十年代的文字（如《烛虚》）中尤为成熟。他的亲戚，语言学家周有光曾说“你的语言是古英语”，甚至是拉丁文。沈先生讲创作，不大爱说“结构”，他说是“组织”。我也比较喜欢“组织”这个词。“结构”过于理智，“组织”更带感情，较多作者的主观。他曾把一篇小说一条一条地裁开，用不同方法组织，看看哪一种形式更为合适。沈先生爱改自己的文章。他的原稿，一改再改，天头地脚页边，都是修改的字迹。蜘蛛网似的，这里牵出一条，那里牵出一条。作品发表了，改。成书了，改。看到自己的文章，总要改。有时改了多次，反而不如原来的，以至三姐后来不许他改了（三姐是沈先生文集的一个极其细心、极其认真的义务责任编辑）。沈先生的作品写得最快，最顺畅，改得最少的，只有一本《从文自传》。这本自传没有经过冥思苦想，只用了三个星期，一气呵成。

他不大用稿纸写作。在昆明写东西，是用毛笔写在当地出产的竹纸上的，自己折出印子。他也用钢笔，蘸水钢笔。他抓钢笔的手势有点像抓毛笔（这一点可以证明他不是洋学堂出身）。《长河》就是用钢笔写的，写在一个硬面的练习簿上，直行，两面写。他的原稿的字很清楚，不潦草，但写的是行书。不熟悉他的字体的排字工人是会感到困难的。他晚年写信写文章爱用秃笔淡墨。用秃笔写那样小的字，不但清楚，而且顿挫有致，真是一个功夫。

他很爱他的家乡。他的《湘西》《湘行散记》和许多篇小说可以做证。他不止一次和我谈起棉花坡，谈起枫树坳，——一到秋天满城落了枫树的红叶。一说起来，不胜神往。黄永玉画过一张凤凰沈家门外的小巷，屋顶墙壁颇零乱，有大朵大朵的红花——不知是不是夹竹桃，画面颜色很浓，水气泱泱。沈先生很喜欢这张画，说:“就是这样!”八十岁那年，和三姐一同回了一次凤凰，领着她看了他小说中所写的各处，都还没有大变样。家乡人闻知沈从文回来了，简直不知怎样招待才好。他说:“他们为我捉了一只锦鸡!”锦鸡毛羽很好看，他很爱那只锦鸡，还抱着它照了一张相，后来知道竟做了他的盘中餐，对三姐说:“真煞风景!”锦鸡肉并不怎么好吃。沈先生说及时大笑，但也表现出对乡人的殷勤十分感激。他在家乡听了傩戏，这是一种古调犹存的很老的弋阳腔。打鼓的是一位七十多岁的老人，他对年轻人打鼓失去旧范很不以为然。沈先生听了，说:“这是楚声，楚声!”他动情地听着“楚声”，泪流满面。

沈先生八十岁生日，我曾写了一首诗送他，开头两句是:

犹及回乡听楚声，
此身虽在总堪惊。

端木蕻良看到这首诗，认为“犹及”二字很好。我写下来的时候就有点觉得这不大吉利，没想到沈先生再也不能回家乡听一次了！他的家乡每年有人来看他，沈先生非常亲切地和他们谈话，一坐半天。每当同乡人来了，原来在座的朋友或学生就只有退避在一边，听他们谈话。沈先生很好客，朋友很多。老一辈的有林宰平、徐志摩。沈先生提及他们时充满感情。没有他们的提挈，沈先生也许就会当了警察，或者在马路旁边“瘪了”。我认识他后，他经常来往的有杨振声、张奚若、金岳霖、朱光潜诸先生，梁思成林徽因夫妇。他们的交往真是君子之交，既无朋党色彩，也无酒食征逐。清茶一杯，闲谈片刻。杨先生有一次托沈先生带信，让我到南锣鼓巷他的住处去，我以为有什么事。去了，只是他亲自给我煮一杯咖啡，让我看一本他收藏的姚茫父的册页。这册页的芯子只有火柴盒那样大，横的，是山水，用极富金石味的墨线勾轮廓，设极重的青绿，真是妙品。杨先生对待我这个初露头角的学生如此，则其接待沈先生的情形可知。杨先生和沈先生夫妇曾在颐和园住过一个时期，想来也不过是清晨或黄昏到后山谐趣园一带走走，看看湖里的金丝莲，或写出一张得意的字来，互相欣赏欣赏，其余时间各自在屋里读书做事，如此而已。沈先生对青年的帮助真是不遗余力。他曾经自己出钱为一个诗人出了第一本诗集。一九四七年，诗人柯原的父亲故去，家中拉了一笔债，沈先生提出卖字来帮助他。《益世报》登出了沈从文卖字的启事，买字的可定出规格，而将价款直接寄给诗人。柯原一九八〇年去看沈先生，沈先生才记起有这回事。他对学生的作品细心修改，寄给相熟的报刊，尽量争取发表。他这辈子为学生寄稿的邮费，加起来是一个相当可观的数字。抗战时期，通货膨胀，邮费也不断涨，往往寄一封信，信封正面反面都得贴满邮票。为了省一点邮费，沈先生总是把稿纸的天头地脚页边都裁去，只留一个稿芯，这样分量轻一点。稿子发表了，稿费寄来，他必为亲自送去。李霖灿在丽江画玉龙雪山，他的画都是寄到昆明，由沈先生代为出手的。我在昆明写的稿子，几乎无一篇不是他寄出去的。一九四六年，郑振铎、李健吾先生在上海创办《文艺复兴》，沈先生把我的《小学校的钟声》和《复仇》寄去。这两篇稿子写出已经有几年，当时无地方可发表。稿子是用毛笔楷书写在学生作文的绿格本上的，郑先生收到，发现稿纸上已经叫蠹虫蛀了好些洞，使他大为激动。沈先生对我这个学生是很喜欢的。为了躲避日本飞机空袭，他们全家有一阵住在呈贡新街，后迁跑马山桃源新村。沈先生有课时进城住两三天。他进城时，我都去看他。交稿子，看他收藏的宝贝，借书。沈先生的书是为了自己看，也为了借给别人看的。"借书一痴，还书一痴"，借书的痴子不少，还书的痴子可不多。有些书借出去一去无踪。有一次，晚上，我喝得烂醉，坐在路边，沈先生到一处演讲回来，以为是一个难民，生了病，走近看看，是我！他和两个同学把我扶到他住处，灌了好些酽茶，我才醒过来。有一回我去看他，牙疼，腮帮子肿得老高。沈先生开了门，一看，一句话没说，出去买了几个大橘子抱着回来了。沈先生的家庭是我见到的最好的家庭，随时都在亲切和谐气氛中。两个儿子，小龙小虎，兄弟怡怡。他们都很高尚清白，无丝毫庸俗习气，无一句粗鄙言语，——他们都很幽默，但幽默得很温雅。一家人于钱上都看得很淡。《沈从文文集》的稿费寄到，九千多元，大概开过家庭会议，又从存款中取出几百元，凑成一万，寄到家乡办学。沈先生也有生气的时候，也有极度烦恼痛苦的时候，在昆明，在北京，我都见到过，但多数时候都是笑眯眯的。他总是用一种善意的、含情的微笑，来看这个世界的一切。到了晚年，喜欢放声大笑，笑得合不拢嘴，且摆动双手作势，真像一个孩子。只有看破一切人事乘除，得失荣辱，全置度外，心地明净无渣滓的人，才能这样畅快地大笑。

沈先生五十年代后放下写小说散文的笔（偶然还写一点，笔下仍极活泼，如写纪念陈翔鹤的文章，实写得极好），改业钻研文物，而且钻出了很大的名堂，不少中国人、外国人都很奇怪。实不奇怪。沈先生很早就对历史文物有很大兴趣。他写的关于展子虔游春图的文章，我以为是一篇重要文章，从人物服装颜色式样考订图画的年代和真伪，是别的鉴赏家所未注意的方法。他关于书法的文章，特别是对宋四家的看法，很有见地。在昆明，我陪他去遛街，总要看看市招，到裱画店看看字画。昆明市政府对面有一堵大照壁，写满了一壁字（内容已不记得，大概不外是总理遗训），字有七八寸见方大，用二爨掺一点北魏造像题记笔意，白墙蓝字，是一位无名书家写的，写得实在好。我们每次经过，都要去看看。昆明有一位书法家叫吴忠荩，字写得极多，很多人家都有他的字，家家裱画店都有他的刚刚裱好的字。字写得很熟练，行书，只是用笔枯扁，结体少变化。沈先生还去看过他，说“这位老先生写了一辈子字！”意思颇为他水平受到限制而惋惜。昆明碰碰撞撞都可见到黑漆金字抱柱楹联上钱南园的四方大颜字，也还值得一看。沈先生到北京后即喜欢搜集瓷器。有一个时期，他家用的餐具都是很名贵的旧瓷器，只是不配套，因为是一件一件买回来的。他一度专门搜集青花瓷。买到手，过一阵就送人。西南联大好几位助教、研究生结婚时都收到沈先生送的雍正青花的茶杯或酒杯。沈先生对陶瓷赏鉴极精，一眼就知是什么朝代的。一个朋友送我一个梨皮色釉的粗瓷盒子，我拿去给他看，他说："元朝东西，民间窑！"有一阵搜集旧纸，大都是乾隆以前的。多是染过色的，瓷青的、豆绿的、水红的，触手细腻到像煮熟的鸡蛋白外的薄皮，真是美极了。至于茧纸、高丽发笺，那是凡品了。（他搜集旧纸，但自己舍不得用来写字。晚年写字用糊窗户的高丽纸，他说："我的字值三分钱。"）

在昆明，搜集了一阵耿马漆盒。这种漆盒昆明的地摊上很容易买到，且不贵。沈先生搜集器物的原则是"人弃我取"。其实这种竹胎的，涂红黑两色漆，刮出极繁复而奇异的花纹的圆盒是很美的。装点心，装花生米，装邮票杂物均合适，放在桌上也是个摆设。这种漆盒也都陆续送人了。客人来，坐一阵，临走时大都能带走一个漆盒。有一阵研究中国丝绸，弄到许多大藏经的封面，各种颜色都有：宝蓝的、茶褐的、肉色的；花纹也是各式各样。沈先生后来写了一本《中国丝绸图案》。有一阵研究刺绣，除了衣服、裙子，弄了好多扇套、眼镜盒、香袋。不知他是从哪里"寻摸"来的。这些绣品的针法真是多种多样。我只记得有一种绣法叫打子"，是用一个一个丝线疙瘩缀出来的。他给我看一种绣品，叫"七色晕"，用七种颜色的绒绣成一个团花，看了真叫人发晕。他搜集、研究这些东西，不是为了消遣，是从发现、证实中国历史文化的优越这个角度出发的，研究时充满感情。我在他八十岁生日写给他的诗里有一联：

玩物从来非丧志，
著书老去为抒情。

这全是纪实。沈先生提及某种文物时常是赞叹不已。马王堆那副不到一两重的纱衣，他不知说了多少次。刺绣用的金线原来是盲人用一把刀，全凭手感，就金箔上切割出来的。他说起时非常感动。有一个木俑（大概是楚俑）一尺多高，衣服非常特别：上衣的一半（连同袖子）是黑色，一半是红的；下裳正好相反，一半是红的，一半是黑的。沈先生说："这真是现代派！"如果照这样式（一点不用修改）做一件时装，拿到巴黎去，由一个长身细腰的模特儿穿起来，到表演台上转那么一转，准能把全巴黎都"镇"了！他平生搜集的文物，在他生前全都分别捐给了几个博物馆、工艺美术院校和工艺美术工厂，连收条都不要一个。

沈先生自奉甚薄。穿衣服从不讲究。他在《湘行散记》里说他穿了一件细毛料的长衫，这件长衫我可没见过。我见他时总是一件洗得褪了色的蓝布长衫，夹着一摞书，匆匆忙忙地走。解放后是蓝卡其布或涤卡的干部服，黑灯芯绒的"懒汉鞋"。有一年做了一件皮大衣（我记得是从房东手里买的一件旧皮袍改制的，灰色粗线呢面），他穿在身上，说是很暖和，高兴得像一个孩子。吃得很清淡。我没见他下过一次馆子。在昆明，我到文林街二十号他的宿舍去看他，到吃饭时总是到对面米线铺吃一碗一角三分钱的米线。有时加一个西红柿，打一个鸡蛋，超不过两角五分。三姐是会做菜的，会做八宝糯米鸭，炖在一个大砂锅里，但不常做。他们住在中老胡同时，有时张充和骑自行车到前门月盛斋买一包烧羊肉回来，就算加了菜了。在小羊宜宾胡同时，常吃的不外是炒四川的菜头，炒茨菰。沈先生爱吃茨菰，说“这个好，比土豆‘格’高”。他在《自传》中说他很会炖狗肉，我在昆明、在北京都没见他炖过一次。有一次他到他的助手王亚蓉家去，先来看看我（王亚蓉住在我们家马路对面，——他七十多了，血压高到二百多，还常为了一点研究资料上的小事到处跑），我让他过一会来吃饭。他带来一卷画，是古代马戏图的摹本，实在是很精彩。他非常得意地问我的女儿：“精彩吧？”那天我给他做了一只烧羊腿，一条鱼。他回家一再向三姐称道：“真好吃。”他经常吃的荤菜是：猪头肉。

他的丧事十分简单。他凡事不喜张扬，最反对搞个人的纪念活动。反对“办生做寿”。他生前累次嘱咐家人，他死后，不开追悼会，不举行遗体告别。但火化之前，总要有一点仪式。新华社消息的标题是沈从文告别亲友和读者，是合适的。只通知少数亲友。——有一些景仰他的人是未接通知自己去的。不收花圈，只有约二十多个布满鲜花的花篮，很大的白色的百合花、康乃馨、菊花、菖兰。参加仪式的人也不戴纸制的白花，但每人发给一枝半开的月季，行礼后放在遗体边。不放哀乐，放沈先生生前喜爱的音乐，如贝多芬的“悲怆”奏鸣曲等。沈先生面色如生，很安详地躺着。我走近他身边，看着他，久久不能离开。这样一个人，就这样地去了。我看他一眼，又看一眼，我哭了。

沈先生家有一盆虎耳草，种在一个椭圆形的小小钧窑盆里。很多人不认识这种草。这就是《边城》里翠翠在梦里采摘的那种草，沈先生喜欢的草。

一九八八年五月二十六日

载一九八八年第七期《人民文学》

# 金岳霖先生

西南联大有许多很有趣的教授，金岳霖先生是其中的一位。金先生是我的老师沈从文先生的好朋友。沈先生当面和背后都称他为“老金”，大概时常来往的熟朋友都这样称呼他。关于金先生的事，有一些是沈先生告诉我的。我在《沈从文先生在西南联大》一文中提到过金先生。有些事情在那篇文章里没有写进，觉得还应该写一写。

金先生的样子有点怪。他常年戴着一顶呢帽，进教室也不脱下。每一学年开始，给新的一班学生上课，他的第一句话总是：“我的眼睛有毛病，不能摘帽子，并不是对你们不尊重，请原谅。”他的眼睛有什么病，我不知道，只知道怕阳光。因此他的呢帽的前檐压得比较低，脑袋总是微微地仰着。他后来配了一副眼镜，这副眼镜一只的镜片是白的，一只是黑的，这就更怪了。后来在美国讲学期间把眼睛治好了，——好一些，眼镜也换了，但那微微仰着脑袋的姿态一直还没有改变。他身材相当高大，经常穿一件烟草黄色的麂皮夹克，天冷了就在里面围一条很长的驼色的羊绒围巾。联大的教授穿衣服是各色各样的。闻一多先生有一阵穿一件式样过时的灰色旧夹袍，是一个亲戚送给他的，领子很高，袖口极窄。联大有一次在龙云的长子、蒋介石的干儿子龙绳武家里开校友会——龙云的长媳是清华校友，闻先生在会上大骂："蒋介石，王八蛋！混蛋！"那天穿的就是这件高领窄袖的旧夹袍。朱自清先生有一阵披着一件云南赶马人穿的蓝色毡子的一口钟。除了体育教员，教授里穿夹克的，好像只有金先生一个人。他的眼神即使是到美国治了后也还是不大好，走起路来有点深一脚浅一脚。他就这样穿着黄夹克，微仰着脑袋，深一脚浅一脚地在联大新校舍的一条土路上走着。

金先生教逻辑。逻辑是西南联大规定文学院一年级学生的必修课，班上学生很多，上课在大教室，坐得满满的。在中学里没有听说有逻辑这门学问，大一的学生对这课很有兴趣。金先生上课有时要提问，那么多的学生，他不能都叫得上名字来——联大是没有点名册的，他有时一上课就宣布："今天，穿红毛衣的女同学回答问题。"于是所有穿红衣的女同学就都有点紧张，又有点兴奋。那时联大女生在蓝阴丹士林旗袍外面套一件红毛衣成了一种风气。——穿蓝毛衣、黄毛衣的极少。问题回答得流利清楚，也是件出风头的事。金先生很注意地听着，完了，说："Yes！请坐！"

学生也可以提出问题，请金先生解答。学生提的问题深浅不一，金先生有问必答，很耐心。有一个华侨同学叫林国达，操广东普通话，最爱提问题，问题大都奇奇怪怪。他大概觉得逻辑这门学问是挺"玄"的，应该提点怪问题。有一次他又站起来提了一个怪问题，金先生想了一想，说："林国达同学，我问你一个问题：'Mr. 林国达 is perpendicular to the blackboard（林国达君垂直于黑板）'，这什么意思？"林国达傻了。林国达当然无法垂直于黑板，但这句话在逻辑上没有错误。

林国达游泳淹死了。金先生上课，说："林国达死了，很不幸。"这一堂课，金先生一直没有笑容。

有一个同学，大概是陈蕴珍，即萧珊，曾问过金先生："您为什么要搞逻辑？"逻辑课的前一半讲三段论，大前提、小前提、结论、周延、不周延、归纳、演绎……还比较有意思。后半部全是符号，简直像高等数学。她的意思是，这种学问多么枯燥！金先生的回答是："我觉得它很好玩。"

除了文学院大一学生必修逻辑，金先生还开了一门"符号逻辑"，是选修课。这门学问对我来说简直是天书。选这门课的人很少，教室里只有几个人。学生里最突出的是王浩。金先生讲着讲着，有时会停下来，问："王浩，你以为如何？"这堂课就成了他们师生二人的对话。王浩现在在美国，前些年写了一篇关于金先生的较长的文章，大概是论金先生之学的，我没有见到。

王浩和我是相当熟的。他有个要好的朋友王景鹤，和我同在昆明黄土坡一个中学教学，王浩常来玩。来了，常打篮球。大都是吃了午饭就打。王浩管吃了饭就打球叫"练盲肠"。王浩的相貌颇"土"，脑袋很大，剪了一个光头——联大同学剪光头的很少，说话带山东口音。他现在成了洋人——美籍华人，国际知名的学者，我实在想象不出他现在是什么样子。前年他回国讲学，托一个同学要我给他画一张画。我给他画了几个青头菌、牛肝菌、一根大葱、两头蒜，还有一块很大的宣威火腿。——火腿是很少入画的。我在画上题了几句话，有一句是"以慰王浩异国乡情"。王浩的学问，原来是师承金先生的。一个人一生哪怕只教出一个好学生，也值得了。当然，金先生的好学生不止一个人。

金先生是研究哲学的，但是他看了很多小说，从普鲁斯特到福尔摩斯，都看。听说他很爱看平江不肖生的《江湖奇侠传》。有几个联大同学住在金鸡巷，陈蕴珍、王树藏、刘北汜、施载宣（萧荻）。楼上有一间小客厅。沈先生有时拉一个熟人去给少数爱好文学、写写东西的同学讲一点什么。金先生有一次也被拉了去。他讲的题目是《小说和哲学》。题目是沈先生给他出的。大家以为金先生一定会讲出一番道理。不料金先生讲了半天，结论却是：小说和哲学没有关系。有人问："那么《红楼梦》呢？"金先生说："红楼梦里的哲学也不是哲学。"他讲着讲着，忽然停下来："对不起，我这里有个小动物。"他把右手伸进后脖颈，捉出了一个跳蚤，捏在手里看看，甚为得意。

金先生是个单身汉（联大教授里不少光棍儿，杨振声先生曾写过一篇游戏文章《释鳏》，在教授间传阅），无儿无女，但是过得自得其乐。他养了一只很大的斗鸡（云南出斗鸡）。这只斗鸡能把脖子伸上来，和金先生一个桌子吃饭。他到处搜罗大梨、大石榴，拿去和别的教授的孩子比赛。比输了，就把梨或石榴送给他的小朋友，他再去买。

金先生朋友很多，除了哲学家的教授外，时常来往的，据我所知，有梁思成、林徽因夫妇，沈从文，张奚若……君子之交淡如水，坐定之后，清茶一杯，闲话片刻而已。金先生对林徽因的谈吐才华，十分欣赏。现在的年轻人多不知道林徽因。她是学建筑的，但是对文学的趣味极高，精于鉴赏，所写的诗和小说如《窗子以外》《九十九度中》风格清新，一时无二。林徽因死后，有一年，金先生在北京饭店请了一次客，老朋友收到通知，都纳闷：老金为什么请客？到了之后，金先生才宣布："今天是徽因的生日。”

金先生晚年深居简出。毛主席曾经对他说：“你要接触接触社会。”金先生已经八十岁了，怎么接触社会呢？他就和一个蹬平板三轮车的约好，每天蹬着带他到王府井一带转一大圈。我想象金先生坐在平板三轮上东张西望，那情景一定非常有趣。王府井人挤人，熙熙攘攘，谁也不会知道这位东张西望的老人是一位一肚子学问、为人天真、热爱生活的大哲学家。

金先生治学精深，而著作不多。除了一本大学丛书里的《逻辑》，我所知道的，还有一本《论道》。其余还有什么，我不清楚，须问王浩。

我对金先生所知甚少。希望熟知金先生的人把金先生好好写一写。

联大的许多教授都应该有人好好地写一写。

一九八七年二月二十三日

载一九八七年第五期《读书》

# 沈从文先生在西南联大

沈先生在联大开过三门课：各体文习作、创作实习和中国小说史。三门课我都选了——各体文习作是中文系二年级必修课，其余两门是选修。西南联大的课程分必修与选修两种。中文系的语言学概论、文字学概论、文学史（分段）……是必修课，其余大都是任凭学生自选。《诗经》、《楚辞》、《庄子》、《昭明文选》、唐诗、宋诗、词选、散曲、杂剧与传奇……选什么，选哪位教授的课都成，但要凑够一定的学分（这叫“学分制”）。一学期我只选两门课，那不行。自由，也不能自由到这种地步。

创作能不能教？这是一个世界性的争论问题。很多人认为创作不能教。我们当时的系主任罗常培先生就说过，大学是不培养作家的，作家是社会培养的。这话有道理。沈先生自己就没有上过什么大学。他教的学生后来成为作家的，也极少。但是也不是绝对不能教。沈先生的学生现在能算是作家的，也还有那么几个。问题是由什么样的人来教，用什么方法教。现在的大学里很少开创作课的，原因是找不到合适的人来教。偶尔有大学开这门课的，收效甚微，原因是教得不甚得法。

教创作靠“讲”不成。如果在课堂上讲鲁迅先生所讥笑的“小说作法”之类，讲如何作人物肖像，如何描写环境，如何结构，结构有几种——攒珠式的、橘瓣式的……那是要误人子弟的，教创作主要是让学生自己“写”。沈先生把他的课叫作“习作”“实习”，很能说明问题。如果要讲，那“讲”要在“写”之后。就学生的作业，讲他的得失。教授先讲一套，让学生照猫画虎，那是行不通的。

沈先生是不赞成命题作文的，学生想写什么就写什么。但有时在课堂上也出两个题目。沈先生出的题目都非常具体。我记得他曾给我的上一班同学出过一个题目:“我们的小庭院有什么。”有几个同学就这个题目写了相当不错的散文，都发表了。他给比我低一班的同学曾出过一个题目:“记一间屋子里的空气!”我的那一班出过些什么题目，我倒不记得了。沈先生为什么出这样的题目？他认为：先得学会车零件，然后才能学组装。我觉得先做一些这样的片段的习作，是有好处的，这可以锻炼基本功。现在有些青年文学爱好者，往往一上来就写大作品，篇幅很长，而功力不够，原因就在零件车得少了。

沈先生的讲课，可以说是毫无系统。前已说过，他大都是看了学生的作业，就这些作业讲一些问题。他是经过一番思考的，但并不去翻阅很多参考书。沈先生读很多书，但从不引经据典，他总是凭自己的直觉说话，从来不说亚里士多德怎么说、福楼拜怎么说、托尔斯泰怎么说、高尔基怎么说。他的湘西口音很重，声音又低，有些学生听了一堂课，往往觉得不知道听了一些什么。沈先生的讲课是非常谦抑，非常自制的。他不用手势，没有任何舞台道白式的腔调，没有一点哗众取宠的江湖气。他讲得很诚恳，甚至很天真。但是你要是真正听“懂”了他的话——听“懂”了他的话里并未发挥罄尽的余意，你是会受益匪浅，而且会终生受用的。听沈先生的课，要像孔子的学生听孔子讲话一样，举一隅而三隅反。

沈先生讲课时所说的话我几乎全都忘了（我这人从来不记笔记）！我们有一个同学把闻一多先生讲唐诗课的笔记记得极详细，现已整理出版，书名就叫《闻一多论唐诗》，很有学术价值，就是不知道他把闻先生讲唐诗时的“神气”记下来了没有。我如果把沈先生讲课时的精辟见解记下来，也可以成为一本《沈从文论创作》。可惜我不是这样的有心人。

沈先生关于我的习作讲过的话我只记得一点了，是关于人物对话的。我写了一篇小说（内容早已忘记干净），有许多对话。我竭力把对话写得美一点，有诗意，有哲理。沈先生说：“你这不是对话，是两个聪明脑壳打架！”从此我知道对话就是人物所说的普普通通的话，要尽量写得朴素，不要哲理，不要诗意，这样才真实。

沈先生经常说的一句话是：“要贴到人物来写。”很多同学不懂他的这句话是什么意思。我以为这是小说学的精髓。据我的理解，沈先生这句极其简略的话包含这样几层意思：小说里，人物是主要的、主导的；其余部分都是派生的、次要的。环境描写、作者的主观抒情、议论，都只能附着于人物，不能和人物游离，作者要和人物同呼吸、共哀乐。作者的心要随时紧贴着人物。什么时候作者的心“贴”不住人物，笔下就会浮、泛、飘、滑，花里胡哨，故弄玄虚，失去了诚意。而且，作者的叙述语言要和人物相协调。写农民，叙述语言要接近农民；写市民，叙述语言要近似市民。小说要避免“学生腔”。

我以为沈先生这些话是浸透了淳朴的现实主义精神的。

沈先生教写作，写的比说的多，他常常在学生的作业后面写很长的读后感，有时会比原作还长。这些读后感有时评析本文得失，也有时从这篇习作说开去，谈及有关创作的问题，见解精到，文笔讲究。——一个作家应该不论写什么都写得讲究。这些读后感也都没有保存下来，否则是会比《废邮存底》还有看头的。可惜！

沈先生教创作还有一种方法，我以为是行之有效的，学生写了一个作品，他除了写很长的读后感之外，还会介绍你看一些与你这个作品写法相似的中外名家的作品。记得我写过一篇不成熟的小说《灯下》，记一个店铺里上灯以后各色人的活动，无主要人物、主要情节，散散漫漫。沈先生就介绍我看了几篇这样的作品，包括他自己写的《腐烂》。学生看看别人是怎样写的，自己是怎样写的，对比借鉴，是会有长进的。这些书都是沈先生找来，带给学生的。因此他每次上课，走进教室里时总要夹着一大摞书。

沈先生就是这样教创作的。我不知道还有没有别的更好的方法教创作。我希望现在的大学里教创作的老师能用沈先生的方法试一试。

学生习作写得较好的，沈先生就做主寄到相熟的报刊上发表。这对学生是很大的鼓励。多年以来，沈先生就干着给别人的作品找地方发表这种事。经他的手介绍出去的稿子，可以说是不计其数了。我在一九四六年前写的作品，几乎全都是沈先生寄出去的。他这辈子为别人寄稿子用去的邮费也是一个相当可观的数目了。为了防止超重太多，节省邮费，他大都把原稿的纸边裁去，只剩下纸芯。这当然不大好看。但是抗战时期，百物昂贵，不能不打这点小算盘。

沈先生教书，但愿学生省点事，不怕自己麻烦。他讲《中国小说史》，有些资料不易找到，他就自己抄，用夺金标毛笔，筷子头大的小行书抄在云南竹纸上。这种竹纸高一尺，长四尺，并不裁断，抄得了，卷成一卷。上课时分发给学生。他上创作课夹了一摞书，上小说史时就夹了好些纸卷。沈先生做事，都是这样，一切自己动手，细心耐烦。他自己说他这种方式是“手工业方式”。他写了那么多作品，后来又写了很多大部头关于文物的著作，都是用这种手工业方式搞出来的。

沈先生对学生的影响，课外比课堂上要大得多。他后来为了躲避日本飞机空袭，全家移住到呈贡桃园新村，每星期上课，进城住两天。文林街二十号联大教职员宿舍有他一间屋子。他一进城，宿舍里几乎从早到晚都有客人。客人多半是同事和学生，客人来，大都是来借书，求字，看沈先生收到的宝贝，谈天。

沈先生有很多书，但他不是“藏书家”，他的书，除了自己看，也是借给人看的，联大文学院的同学，多数手里都有一两本沈先生的书，扉页上用淡墨签了“上官碧”的名字。谁借了什么书，什么时候借的，沈先生是从来不记得的。直到联大“复员”，有些同学的行装里还带着沈先生的书，这些书也就随之漂流到四面八方了。沈先生书多，而且很杂，除了一般的四部书、中国现代文学、外国文学的译本，社会学、人类学、黑格尔的《小逻辑》、弗洛伊德、亨利·詹姆斯、道教史、陶瓷史、《髹饰录》、《糖霜谱》……兼收并蓄，五花八门。这些书，沈先生大都认真读过。沈先生称自己的学问为“杂知识”。一个作家读书，是应该杂一点的。沈先生读过的书，往往在书后写两行题记。有的是记一个日期，那天天气如何，也有时发一点感慨。有一本书的后面写道："某月某日，见一大胖女人从桥上过，心中十分难过。"这两句话我一直记得，可是一直不知道是什么意思。大胖女人为什么使沈先生十分难过呢？

沈先生对打扑克简直是痛恨。他认为这样地消耗时间，是不可原谅的。他曾随几位作家到井冈山住了几天。这几位作家成天在宾馆里打扑克，沈先生说起来就很气愤："在这种地方打扑克！"沈先生小小年纪就学会掷骰子，各种赌术他也都明白，但他后来不玩这些。沈先生的娱乐，除了看看电影，就是写字。他写章草，笔稍偃侧，起笔不用隶法，收笔稍尖，自成一格。他喜欢写窄长的直幅，纸长四尺，阔只三寸。他写字不择纸笔，常用糊窗的高丽纸。他说："我的字值三分钱！"从前要求他写字的，他几乎有求必应。近年有病，不能握管，沈先生的字变得很珍贵了。

沈先生后来不写小说，搞文物研究了，国外、国内，很多人都觉得很奇怪。熟悉沈先生历史的人，觉得并不奇怪。沈先生年轻时就对文物有极其浓厚的兴趣。他对陶瓷的研究甚深，后来又对丝绸、刺绣、木雕、漆器……都有广博的知识。沈先生研究的文物基本上是手工艺制品。他从这些工艺品看到的是劳动者的创造性。他为这些优美的造型、不可思议的色彩、神奇精巧的技艺发出的惊叹，是对人的惊叹。他热爱的不是物，而是人，他对一件工艺品的孩子气的天真激情，使人感动。我曾戏称他搞的文物研究是"抒情考古学"。他八十岁生日，我曾写过一首诗送给他，中有一联——"玩物从来非丧志，著书老去为抒情"，是纪实。他有一阵在昆明收集了很多耿马漆盒。这种黑红两色刮花的圆形缅漆盒，昆明多的是，而且很便宜。沈先生一进城就到处逛地摊，选买这种漆盒。他屋里装甜食点心、装文具邮票……的，都是这种盒子。有一次买得一个直径一尺五寸的大漆盒，一再抚摩，说："这可以作一期《红黑》杂志的封面！"他买到的缅漆盒，除了自用，大多数都送人了。有一回，他不知从哪里弄到很多土家族的挑花布，摆得一屋子，这间宿舍成了一个展览室。来看的人很多，沈先生于是很快乐。这些挑花图案天真稚气而秀雅生动，确实很美。

沈先生不长于讲课，而善于谈天。谈天的范围很广，时局、物价……谈得较多的是风景和人物。他几次谈及玉龙雪山的杜鹃花有多大，某处高山绝顶上有一户人家，——就是这样一户！他谈某一位老先生养了二十只猫。谈一位研究东方哲学的先生跑警报时带了一只小皮箱，皮箱里没有金银财宝，装的是一个聪明女人写给他的信。谈徐志摩上课时带了一个很大的烟台苹果，一边吃，一边讲，还说："中国东西并不都比外国的差，烟台苹果就很好！"谈梁思成在一座塔上测绘内部结构，差一点从塔上掉下去。谈林徽因发着高烧，还躺在客厅里和客人谈文艺。他谈得最多的大概是金岳霖。金先生终生未娶，长期独身。他养了一只大斗鸡。这鸡能把脖子伸到桌上来，和金先生一起吃饭。他到处搜罗大石榴、大梨。买到大的，就拿去和同事的孩子的比，比输了，就把大梨、大石榴送给小朋友，他再去买！……沈先生谈及的这些人有共同特点。一是都对工作、对学问热爱到了痴迷的程度；二是为人天真到像一个孩子，对生活充满兴趣，不管在什么环境下永远不消沉沮丧，无机心，少俗虑。这些人的气质也正是沈先生的气质。"闻多素心人，乐与数晨夕"，沈先生谈及熟朋友时总是很有感情的。

文林街文林堂旁边有一条小巷，大概叫作金鸡巷，巷里的小院中有一座小楼。楼上住着联大的同学：王树藏、陈蕴珍（萧珊）、施载宣（萧荻）、刘北汜。当中有个小客厅。这小客厅常有熟同学来喝茶聊天，成了一个小小的沙龙。沈先生常来坐坐。有时还把他的朋友也拉来和大家谈谈。老舍先生从重庆过昆明时，沈先生曾拉他来谈过《小说和戏剧》。金岳霖先生也来过，谈的题目是《小说和哲学》。金先生是搞哲学的，主要是搞逻辑的，但是读很多小说，从普鲁斯特到《江湖奇侠传》。“小说和哲学”这题目是沈先生给他出的。不料金先生讲了半天，结论却是：小说和哲学没有关系。他说《红楼梦》里的哲学也不是哲学。他谈到兴浓处，忽然停下来，说：“对不起，我这里有个小动物！”说着把右手从后脖领伸进去，捉出了一只跳蚤，甚为得意。我们问金先生为什么搞逻辑，金先生说：“我觉得它很好玩！”

沈先生在生活上极不讲究。他进城没有正经吃过饭，大都是在文林街二十号对面一家小米线铺吃一碗米线。有时加一个西红柿，打一个鸡蛋。有一次我和他上街闲逛，到玉溪街，他在一个米线摊上要了一盘凉鸡，还到附近茶馆里借了一个盖碗，打了一碗酒。他用盖碗盖子喝了一点，其余的都叫我一个人喝了。

沈先生在西南联大是一九三八年到一九四六年。一晃，四十多年了！

一九八六年一月二日上午

载一九八六年第五期《人民文学》

# 闻一多先生上课

闻先生性格强烈坚毅。日寇南侵，清华、北大、南开合成临时大学，在长沙少驻，后改为西南联合大学，将往云南。一部分师生组成步行团，闻先生参加步行，万里长征，他把胡子留了起来，声言："抗战不胜，誓不剃须。"他的胡子只有下巴上有，是所谓"山羊胡子"，而上髭浓黑，近似一字。他的嘴唇稍薄微扁，目光灼灼。有一张闻先生的木刻像，回头侧身，口衔烟斗，用炽热而又严冷的目光审视着现实，很能表达闻先生的内心世界。

联大迁至云南后，先在蒙自待了一年。闻先生还在专心治学，整天把自己关在图书馆里。图书馆在楼上。那时不少教授爱起斋名，如朱自清先生的斋名叫"犹贤博弈斋"，魏建功先生的书斋叫"学无不暇簃"，有一位教授戏赠闻先生一个斋主的名称："何妨一下楼主人"，因为闻先生总不下楼。

西南联大校舍安排停当，学校即迁至昆明。

我在读西南联大时，闻先生先后开过三门课：《楚辞》、唐诗、古代神话。

《楚辞》班人不多。闻先生点燃烟斗，我们能抽烟的也点着了烟（闻先生的课可以抽烟的），闻先生打开笔记，开讲：“痛饮酒，熟读《离骚》，便可称名士。”闻先生的笔记本很大，长一尺有半，宽近一尺，是写在特制的毛边纸稿纸上的。字是正楷，字体略长，一笔不苟。他写字有一特点，是爱用秃笔。别人用过的废笔，他都收集起来，秃笔写篆楷蝇头小字，真是一个功夫。我跟闻先生读一年《楚辞》，真读懂的只有两句“袅袅兮秋风，洞庭波兮木叶下”。也许还可加上几句：“成礼兮会鼓，传芭兮代舞，姱女倡兮容与。春兰兮秋菊，长无绝兮终古。”

闻先生教古代神话，非常“叫座”。不单是中文系的、文学院的学生来听讲，连理学院、工学院的同学也来听。工学院在拓东路，文学院在大西门，听一堂课得穿过整整一座昆明城。闻先生讲课“图文并茂”。他用整张的毛边纸墨画出伏羲、女娲的各种画像，用按钉钉在黑板上，口讲指画，有声有色，条理严密，文采斐然，高低抑扬，引人入胜。闻先生是一个好演员。伏羲女娲，本来是相当枯燥的课题，但听闻先生讲课让人感到一种美，思想的美，逻辑的美，才华的美。听这样的课，穿一座城，也值得。

能够像闻先生那样讲唐诗的，并世无第二人。他也讲初唐四杰、大历十才子、《河岳英灵集》，但是讲得最多，也讲得最好的，是晚唐。他把晚唐诗和后期印象派的画联系起来。讲李贺，同时讲到印象派里的 pointillism（点画派），说点画看起来只是不同颜色的点，这些点似乎不相连属，但凝视之，则可感觉到点与点之间的内在联系。这样讲唐诗，必须本人既是诗人，也是画家，有谁能办到？闻先生讲唐诗的妙悟，应该记录下来。我是个大大咧咧的人，上课从不记笔记。听说比我高一班的同学郑临川记录了，而且整理成一本《闻一多论唐诗》，出版了，这是大好事。

我颇具歪才，善能胡诌，闻先生很欣赏我。我曾替一个比我低一班的同学代笔写了一篇关于李贺的读书报告——西南联大一般课程都不考试，只于学期终了时交一篇读书报告即可给学分。闻先生看了这篇读书报告后，对那位同学说："你的报告写得很好，比汪曾祺写得还好！"其实我写李贺，只写了一点：别人的诗都是画在白底子上的画，李贺的诗是画在黑底子上的画，故颜色特别浓烈。这也是西南联大许多教授对学生鉴别的标准：不怕新，不怕怪，而不尚平庸，不喜欢人云亦云，只抄书，无创见。

一九九七年三月十二日

载一九九七年五月三十日《南方周末》

# 西南联大中文系

西南联大中文系的教授有清华的，有北大的，应该也有南开的。但是哪一位教授是南开的，我记不起来了，清华的教授和北大的教授有什么不同，我实在看不出来。联大的系主任是轮流做庄。朱自清先生当过一段系主任。担任系主任时间较长的，是罗常培先生。学生背后都叫他“罗长官”。罗先生赴美讲学，闻一多先生代理过一个时期。在他们“当政”期间，中文系还是那个老样子，他们都没有一套“施政纲领”。事实上当时的系主任“为官清简”，近于无为而治。中文系的学风和别的系也差不多：民主、自由、开放。当时没有“开放”这个词，但有这个事实。中文系似乎比别的系更自由。工学院的机械制图总要按期交卷，并且要严格评分的；理学院要做实验，数据不能马虎。中文系就没有这一套。记得我在皮名举先生的《西洋通史》课上交了一张规定的马其顿国的地图，皮先生阅后，批了两行字：“阁下之地图美术价值甚高，科学价值全无。”似乎这样也可以了。总而言之，中文系的学生更为随便，中文系体现的“北大”精神更为充分。

如果说西南联大中文系有一点什么“派”，那就只能说是

“京派”。西南联大有一本《大一国文》，是各系共同必修。这本书编得很有倾向性。文言文部分突出地选了《论语》，其中最突出的是《子路、曾皙、冉有、公西华侍坐》。“暮春者，春服既成，冠者五六人，童子六七人，浴乎沂，风乎舞雩，咏而归”，这种超功利的生活态度，接近庄子思想的率性自然的儒家思想对联大学生有相当深广的潜在影响。还有一篇李清照的《金石录后序》。一般中学生都读过一点李清照的词，不知道她能写这样感情深挚、挥洒自如的散文。这篇散文对联大文风是有影响的。语体文部分，鲁迅的选的是《示众》。选一篇徐志摩的《我所知道的康桥》，是意料中事。选了丁西林的《一只马蜂》，就有点特别。更特别的是选了林徽因的《窗子以外》。这一本《大一国文》可以说是一本“京派国文”。严家炎先生编中国流派文学史，把我算作最后一个“京派”，这大概跟我读过联大有关，甚至是和这本《大一国文》有点关系。这是我走上文学道路的一本启蒙的书。这本书现在大概是很难找到了。如果找得到，翻印一下，也怪有意思的。“京派”并没有人老挂在嘴上。联大教授的“派性”不强。唐兰先生讲甲骨文，讲王观堂（国维）、董彦堂（董作宾），也讲郭鼎堂（沫若），——他讲到郭沫若时总是叫他“郭沫（读如妹）若”。闻一多先生讲（写）过“擂鼓的诗人”，是大家都知道的。

联大教授讲课从来无人干涉，想讲什么就讲什么，想怎么讲就怎么讲。刘文典先生讲了一年庄子，我只记住开头一句：“《庄子》嘿，我是不懂的喽，也没有人懂。”他讲课是东拉西扯，有时扯到和庄子毫不相干的事。倒是有些骂人的话，留给我的印象颇深。他说有些搞校勘的人，只会说甲本作某，乙本作某，——“到底应该作什么？”骂有些注释家，只会说甲如何说，乙如何说，——“你怎么说?”他还批评有些教授，自己拿了一个有注解的本子，发给学生的是白文:“你把注解发给学生！要不，你也拿一本白文!”他的这些意见，我以为是对的。他讲了一学期《文选》，只讲了半篇木玄虚的《海赋》。好几堂课大讲“拟声法”。他在黑板上写了一个挺长的法国字，举了好些外国例子。曾见过几篇老同学的回忆文章，说闻一多先生讲《楚辞》，一开头总是“痛饮酒，熟读《离骚》，便可称名士”。有人问我:“是不是这样?”是这样。他上课，抽烟。上他的课的学生，也抽。他讲唐诗，不蹈袭前人一语，晚唐诗和后期印象派的画一起讲，特别讲到“点画派”。中国用比较文学的方法讲唐诗的，闻先生当为第一人。他讲《古代神话与传说》非常“叫座”。上课时连工学院的同学都穿过昆明城，从拓东路赶来听。那真是“满坑满谷”，昆中北院大教室里里外外都是人。闻先生把自己在整张毛边纸上手绘的伏羲女娲图钉在黑板上，把相当烦琐的考证，讲得有声有色，非常吸引人。还有一堂“叫座”的课是罗庸（膺中）先生讲杜诗。罗先生上课，不带片纸。不但杜诗能背写在黑板上，连仇注都背出来。唐兰（立庵）先生讲课是另一种风格。他是教古文字学的，有一年忽然开了一门“词选”，不知道是没有人教，还是他自己感兴趣。他讲“词选”主要讲《花间集》（他自己一度也填词，极艳）。他讲词的方法是不讲。有时只是用无锡腔调念（实是吟唱）一遍:“‘双鬓隔香红，玉钗头上风’——好！真好!”这首词就 pass 了。沈从文先生在联大开过三门课：各体文习作、创作实习、中国小说史。沈先生怎样教课，我已写了一篇《沈从文先生在西南联大》，发表在《人民文学》上，兹不赘。他讲创作的精义，只有一句“贴到人物来写”。听他的课需要举一隅而三隅反，否则就会觉得“不知所云”。

联大教授之间，一般是不互论长短的。你讲你的，我讲我的。但有时放言月旦，也无所谓。比如唐立庵先生有一次在办公室当着一些讲师助教，就评论过两位教授，说一个“集穿凿附会之大成”、一个“集啰唆之大成”。他不考虑有人会去“传小话”，也没有考虑这两位教授会因此而发脾气。

西南联大中文系教授对学生的要求是不严格的。除了一些基础课，如文字学（陈梦家先生授）、声韵学（罗常培先生授）要按时听课，其余的，都较随便。比较严一点的是朱自清先生的“宋诗”。他一首一首地讲，要求学生记笔记、背，还要定期考试，小考，大考。有些课，也有考试，考试也就是那么回事。一般都只是学期终了，交一篇读书报告。联大中文系读书报告不重抄书，而重有无独创性的见解。有的可以说是怪论。有一个同学交了一篇关于李贺的报告给闻先生，说别人的诗都是在白底子上画画，李贺的诗是在黑底子上画画，所以颜色特别浓烈，大为闻先生激赏。有一个同学在杨振声先生教的“汉魏六朝诗选”课上，就“车轮生四角”这样的合乎情悖乎理的想象写了一篇很短的报告《方车轮》。就凭这份报告，在期终考试时，杨先生宣布该生可以免考。

联大教授大都很爱才。罗常培先生说过，他喜欢两种学生：一种，刻苦治学；一种，有才。他介绍一个学生到联大先修班去教书，叫学生拿了他的亲笔介绍信去找先修班主任李继侗先生。介绍信上写的是“……该生素具创作夙慧。……”一个同学根据另一个同学的一句新诗（题一张抽象派的画的）“愿殿堂毁塌于建成之先”填了一首词，作为“诗法”课的练习交给王了一先生，王先生的评语是:“自是君身有仙骨，剪裁妙处不须论。”具有“夙慧”，有“仙骨”，这种对于学生过甚其词的评价，恐怕是不会出之于今天的大学教授的笔下的。

我在西南联大是一个不用功的学生，常不上课，但是乱七八糟看了不少书。有一个时期每天晚上到系图书馆去看书。有时只我一个人。中文系在新校舍的西北角，墙外是坟地，非常安静。在系里看书不用经过什么借书手续，架上的书可以随便抽下一本来看，而且可抽烟。有一天，我听到墙外有一派细乐的声音。半夜里怎么会有乐声，在坟地里？我确实是听见的，不是错觉。我要不是读了西南联大，也许不会成为一个作家，至少不会成为一个像现在这样的作家，我也许会成为一个画家。如果考不取联大，我准备考当时也在昆明的国立艺专。

一九八八年

# 老舍先生

北京东城迺兹府丰富胡同有一座小院。走进这座小院，就觉得特别安静，异常豁亮。这院子似乎经常布满阳光。院里有两棵不大的柿子树（现在大概已经很大了），到处是花，院里、廊下、屋里，摆得满满的。按季更换，都长得很精神，很滋润，叶子很绿，花开得很旺。这些花都是老舍先生和夫人胡絜青亲自莳弄的。天气晴和，他们把这些花一盆一盆抬到院子里，一身热汗。刮风下雨，又一盆一盆抬进屋，又是一身热汗。老舍先生曾说："花在人养。"老舍先生爱花，真是到了爱花成性的地步，不是可有可无的了。汤显祖曾说他的词曲"俊得江山助"。老舍先生的文章也可以说是"俊得花枝助"。叶浅予曾用白描为老舍先生画像，四面都是花，老舍先生坐在百花丛中的藤椅里，微仰着头，意态悠远。这张画不是写实，意思恰好。

客人被让进了北屋当中的客厅，老舍先生就从西边的一间屋子走出来。这是老舍先生的书房兼卧室。里面陈设很简单，一桌、一椅、一榻。老舍先生腰不好，习惯睡硬床。老舍先生是文雅的、彬彬有礼的。他的握手是轻轻的，但是很亲切。茶已经沏出色了，老舍先生执壶为客人倒茶。据我的印象，老舍先生总是自己给客人倒茶的。

老舍先生爱喝茶，喝得很勤，而且很酽。他曾告诉我，到莫斯科去开会，旅馆里倒是为他特备了一只暖壶。可是他沏了茶，刚喝了几口，一转眼，服务员就给倒了。“他们不知道，中国人是一天到晚喝茶的！”

有时候，老舍先生正在工作，请客人稍候，你也不会觉得闷得慌。你可以看看花。如果是夏天，就可以闻到一阵一阵香白杏的甜香味儿。一大盘香白杏放在条案上，那是专门为了闻香而摆设的。你还可以站起来看看西壁上挂的画。

老舍先生藏画甚富，大都是精品。所藏齐白石的画可谓“绝品”。壁上所挂的画是时常更换的。挂的时间较久的，是白石老人应老舍点题而画的四幅屏。其中一幅是很多人在文章里提到过的“蛙声十里出山泉”。“蛙声”如何画？白石老人只画了一脉活泼的流泉，两旁是乌黑的石崖，画的下端画了几只摆尾的蝌蚪。画刚刚裱起来时，我上老舍先生家去，老舍先生对白石老人的设想赞叹不止。

老舍先生极其爱重齐白石，谈起来总是充满感情。我所知道的一点白石老人的逸事，大都是从老舍先生那里听来的。老舍先生谈这四幅里原来点的题有一句是苏曼殊的诗（是哪一句我忘记了），要求画卷心的芭蕉。老人踌躇了很久，终于没有应命，因为他想不起芭蕉的心是左旋还是右旋的了，不能胡画。老舍先生说：“老人是认真的。”老舍先生谈起过，有一次要拍齐白石的画的电影，想要他拿出几张得意的画来，老人说：“没有！”后来由他的学生再三说服动员，他才从画案的隙缝中取出一卷（他是木匠出身，他的画案有他自制的“消息儿”)，外面裹着好几层报纸，写着四个大字:“此是废纸。”打开一看，都是惊人的杰作——就是后来纪录片里所拍摄的。白石老人家里人口很多，每天煮饭的米都是老人亲自量，用一个香烟罐头。“一下、两下、三下……行了!”“再添一点，再添一点!”“吃那么多呀!”有人曾提出把老人接出来住，这么大岁数了，不要再操心这样的家庭琐事了。老舍先生知道了，给拦了，说:“别！他这么着惯了。不叫他干这些，他就活不成了。”老舍先生的意见表现了他对人的理解，对一个人生活习惯的尊重，同时也表现了对白石老人真正的关怀。

老舍先生很好客，每天下午，来访的客人不断。作家，画家，戏曲、曲艺演员……老舍先生都是以礼相待，谈得很投机。

每年，老舍先生要把市文联的同人约到家里聚两次。一次是菊花开的时候，赏菊。一次是他的生日——我记得是腊月二十三。酒菜丰盛，而有特点。酒是“敞开供应”，汾酒、竹叶青、伏特加，愿意喝什么喝什么，能喝多少喝多少。有一次很郑重地拿出一瓶葡萄酒，说是毛主席送来的，让大家都喝一点。菜是老舍先生亲自掂配的。老舍先生有意叫大家尝尝地道的北京风味。我记得有一次有一瓷钵芝麻酱炖黄花鱼。这道菜我从未吃过，以后也再没有吃过。老舍家的芥末墩是我吃过的最好的芥末墩！有一年，他特意订了两大盒“盒子菜”。直径三尺许的朱红扁圆漆盒，里面分开若干格，装的不过是火腿、腊鸭、小肚、口条之类的切片，但都很精致。熬白菜端上来了，老舍先生举起筷子:“来来来！这才是真正的好东西!”

老舍先生对他下面的干部很了解，也很爱护。当时市文联的干部不多，老舍先生对每个人都相当清楚。他不看干部的档案，也从不找人“个别谈话”，只是从平常的谈吐中就了解一个人的水平和才气，那是比看档案要准确得多的。老舍先生爱才，对有才华的青年，常常在各种场合称道，“平生不解藏人善，到处逢人说项斯”。而且所用的语言在有些人听起来是有点过甚其词、不留余地的。老舍先生不是那种惯说模棱两可、含糊其词、温吞水一样的官话的人。我在市文联几年，始终感到领导我们的是一位作家。他和我们的关系是前辈与后辈的关系，不是上下级关系。老舍先生这样“作家领导”的作风在市文联留下很好的影响，大家都平等相处，开诚布公，说话很少顾虑，都有点书生气、书卷气。他的这种领导风格，正是我们今天很多文化单位的领导所缺少的。

老舍先生是市文联的主席，自然也要处理一些“公务”，看文件，开会，做报告（也是由别人起草的）……但是作为一个北京市的文化工作的负责人，他常常想一些别人没有想到或想不到的问题。

北京解放前有一些盲艺人，他们沿街卖艺，有的还兼带算命，生活很苦。他们的“玩意儿”和睁眼的艺人不全一样。老舍先生和一些盲艺人熟识，提议把这些盲艺人组织起来，使他们的生活有出路，别让他们的“玩意儿”绝了。为了引起各方面的重视，他把盲艺人请到市文联演唱了一次。老舍先生亲自主持，做了介绍，还特烦两位老艺人翟少平、王秀卿唱了一段《当皮箱》。这是一个喜剧性的牌子曲，里面有一个人物是当铺的掌柜，说山西话；有一个牌子叫“鹦哥调”，句尾和声用喉舌做出有点像母猪拱食的声音，很特别，很逗。这个段子和这个牌子，是睁眼艺人没有的。老舍先生那天显得很兴奋。

北京有一座智化寺，寺里的和尚做法事和别的庙里的不一样，演奏音乐。他们演奏的乐调不同凡响，很古。所用乐谱别人不能识，记谱的符号不是工尺，而是一些奇奇怪怪的笔道。乐器倒也和现在常见的差不多，但主要的乐器却是管。据说这是唐代的“燕乐”。解放后，寺里的和尚多半已经各谋生计了，但还能集拢在一起。老舍先生把他们请来，演奏了一次。音乐界的同志对这堂活着的古乐都很感兴趣。老舍先生为此也感到很兴奋。

《当皮箱》和“燕乐”的下文如何，我就不知道了。

老舍先生是历届北京市人民代表。当人民代表就要替人民说话。以前人民代表大会的文件汇编是把代表提案都印出来的。有一年老舍先生的提案是：希望政府解决芝麻酱的供应问题。那一年北京芝麻酱缺货。老舍先生说：“北京人夏天离不开芝麻酱！”不久，北京的油盐店里有芝麻酱卖了，北京人又吃上了香喷喷的麻酱面。

老舍是属于全国人民的，首先是属于北京人的。

一九五四年，我调离北京市文联，以后就很少上老舍先生家里去了。听说他有时还提到我。

一九八四年三月三十日

载一九八四年第五期《北京文学》

# 第三辑

# 偶笑集

## 烧煳了洗脸水

《红楼梦》里一个丫头无端受到责备，心中不服，嘟嘟囔囔地说："我又怎么啦？我又没烧煳了洗脸水！""我又没烧煳了洗脸水"，此语甚俊。

## 职业习惯

瓦岗寨英雄尤俊达，是扛大斧给人劈柴出身。每临阵，见来将必先问："顺丝儿还是横丝儿的？"答云："顺丝儿的。"就很高兴；若说是"横丝儿的！"就搓着斧柄、连声叫苦："横丝儿的！哎呀，横丝儿的！"劈大块柴，顺丝的一斧就能劈通；横丝的，劈起来费劲。

## 济公的幽默

县官王老爷派两个轿夫抬着一顶小轿，接济公来给王老爷的娘子看病。济公不肯坐轿，说：“我自己走。我从来不坐轿子，从来不让别人抬着我。”轿夫说：“你不坐轿子，我们对老爷不好交代呀！”济公想了想，说：“这样吧，你们把轿底打掉了。你们在外面抬，我在里面走。”济公这个主意实在很幽默。两个轿夫，一前一后，抬着一乘空轿子，轿子下面，一双光脚，趿着破鞋，忽忽闪闪，整齐合拍，光景奇绝！

## 世界通用汉语

我们到内蒙古伊克昭盟去搜集材料，要写一个剧本。党委书记带队。我们开了吉普车到一个“浩特”去接一个曾在王府当过奴隶的牧民到东胜去座谈。这位奴隶已经等在路边。车一停，上来了。我们的书记，非常热情，迎了上去，握住奴隶的手，说：“你好！你的，会讲汉语？”我们这位书记以为这种带日本味儿的汉语是所有的外国人和所有的少数民族都懂的。这位奴隶也很对得起我们的书记，很客气答道：“小小的！”这位奴隶肯定我们的书记平常就是讲这样的话的。

以为这样的话是全世界的人都懂的，大有人在。名丑张××，到瑞士，刚进旅馆，想大便，找不到厕所，拉住服务员，比画了半天，服务员不懂，他就大声叫道：“我的，要大大的！”服务员眼睛瞪得大大的，还是不懂。

一九九二年二月二十四日

载一九九二年三月十五日《羊城晚报》

# 鸡　毛

西南联大有一个文嫂。

她不是西南联大的人。她不属于教职员工，更不是学生。西南联大的各种名册上都没有“文嫂”这个名字。她只是在西南联大里住着，是一个住在联大里的校外的人。然而她又的的确确是“西南联大”的一个组成部分。她住在西南联大的新校舍。

西南联大有许多部分：新校舍、昆中南院、昆中北院、昆华师范、工学院……其他部分都是借用的原有的房屋，新校舍是新建的，也是联大的主要部分。图书馆、大部分教室、各系的办公室、男生宿舍……都在新校舍。

新校舍在昆明大西门外，原是一片荒地。有很多坟，几户零零落落的人家。坟多无主。有的坟主大概已经绝了后，不难处理，有一个很大的坟头，一直还留着，四面环水，如一小岛，春夏之交，开满了野玫瑰，香气袭人，成了一处风景。其余的，都平了。坟前的墓碑，有的相当高大，都搭在几条水沟上，成了小桥。碑上显考显妣的姓名分明可见，全都平躺着了。每天有许多名师大儒、莘莘学子从上面走过。住户呢，由学校出几个钱，都搬迁了。

文嫂也是这里的住户。她不搬。说什么也不搬。她说她在这里住惯了。联大的当局是很讲人道主义的，人家不愿搬，不能逼人家走。可是她这两间破破烂烂的草屋，不当不间地戳在那里，实在也不成个样子。新校舍建筑虽然极其简陋，但是是经过土木工程系的名教授设计过的，房屋安排疏密有致，空间利用十分合理，那怎么办呢？主其事者跟文嫂商量，把她两间草房拆了，另外给她盖一间，质料比她原来的要好一些。她同意了，只要求再给她盖一个鸡窝。那好办。她这间小屋，土墙草顶，有两个窗户（没有窗扇，只有一个窗洞，有几根直立着的带皮的树棍），一扇板门。紧靠西面围墙，离二十五号宿舍不远。

宿舍旁边住着这样一户人家，学生们倒也没有人觉得奇怪。学生叫她文嫂。她管这些学生叫“先生”。时间长了，也能分得出张先生，李先生，金先生、朱先生……但是，相处这些年了，竟没有一个先生知道文嫂的身世，只知道她是一个寡妇，有一个女儿。人很老实。虽然没有知识，但是洁身自好，不贪小便宜。除非你给她，她从不伸手要东西。学生丢了牙膏肥皂、小东小西，从来不会怀疑是她顺手牵羊拿了去。学生洗了衬衫，晾在外面，被风吹跑了，她必为捡了，等学生回来时交出：“金先生，你的衣服。”除了下雨，她一天都是在屋外待着。她的屋门也都是敞开着的。她的所作所为，都在天日之下，人人可以看到。

她靠给学生洗衣服、拆被窝维持生活。每天大盆大盆地洗。她在门前的两棵半大榆树之间拴了两根棕绳，拧成了麻花。洗得的衣服。夹紧在两绳之间。风把这些衣服吹得来回摆动，霍霍作响。大太阳的天气，常常看见她坐在草地上（昆明的草多丰茸齐整而极干净）做被窝，一针一针，专心致志。衣服被窝洗好做得了，为了避免嫌疑，她从不送到学生宿舍里去，只是叫女儿隔着窗户喊：“张先生，来取衣服，”——“李先生，取被窝。”

她的女儿能帮上忙了，能到井边去提水，踮着脚往绳子上晾衣服，在床上把衣服抹煞平整了，叠起来。

文嫂养了二十来只鸡（也许她原是靠喂鸡过日子的）。联大到处是青草，草里有昆虫蚱蜢种种活食，这些鸡都长得极肥大，很肯下蛋。隔多半个月，文嫂就挎了半篮鸡蛋，领着女儿，上市去卖。蛋大，也红润好看，卖得很快。回来时，带了盐巴、辣子，有时还用马兰草提着一块够一个猫吃的肉。

每天一早，文嫂打开鸡窝门，这些鸡就急急忙忙，迫不及待地奔出来，散到草丛中去，不停地啄食。有时又抬起头来，把一个小脑袋很有节奏地转来转去，顾盼自若，——鸡转头不是一下子转过来，都是一顿一顿地那么转动。到觉得肚子里那个蛋快要坠下时，就赶紧跑回来，红着脸把一个蛋下在鸡窝里。随即得意非凡地高唱起来：“郭格答！郭格答！”文嫂或她的女儿伸手到鸡窝里取出一颗热烘烘的蛋，顺手赏了母鸡一块土坷垃：“去去去！先生要用功，莫吵！”这鸡婆子就只好咕咕地叫着，很不平地走到草丛里去了。到了傍晚，文嫂抓了一把碎米，一面撒着，一面“咕咕”叫着，这些母鸡就都即足足地回来了。它们把碎米啄尽，就鱼贯进入鸡窝。进窝时还故意把脑袋低一低，把尾巴向下耷拉一下，以示雍容文雅，很有鸡教。鸡窝门有一道小坎，这些鸡还都一定两脚并齐，站在门坎上，然后向前一跳。这种礼节，其实大可不必。进窝以后，咕咕囔囔一会，就寂然了。于是夜色就降临抗战时期最高学府之一，国立西南联合大学的新校舍了，阿门。

文嫂虽然生活在大学的环境里，但是大学是什么，这有什么用，为什么要办它，这些，她可一点都不知道。只知道有许多“先生”，还有许多小姐，或按昆明当时的说法，有很多“摩登”，来来去去；或在一个洋铁皮房顶的屋子（她知道那叫“教室”）里，坐在木椅子上，呆呆地听一个“老倌”讲话。这些“老倌”讲话的神气有点像耶稣堂卖福音书的教士（她见过这种教士）。但是她隐隐约约地知道，先生们将来都是要做大事，赚大钱的。

先生们现在可没有赚大钱，做大事，而且越来越穷，找文嫂洗衣服、做被子的越来越少了。大部分先生非到万不得已，不拆被子，一年也不定拆洗一回。有的先生虽然看起来衣冠齐楚，西服皮鞋，但是皮鞋底下有洞。有一位先生还为此制了一则谜语：“天不知地知，你不知我知。”他们的袜子没有后跟，穿的时候就把袜尖往前拽拽，窝在脚心里，这样后跟的破洞就露不出来了。他们的衬衫穿脏了，脱下来换一件。过两天新换的又脏了，看看还是原先脱下的一件干净些，于是又换回来。有时要去参加 Party，没有一件洁白的衬衫，灵机一动：有了！把衬衫反过来穿！打一条领带，把纽扣遮住，这样就看不出反正了。就这样，还很优美地跳着《蓝色的多瑙河》。有一些，就完全不修边幅，衣衫褴褛，囚首垢面，跟一个叫花子差不多了。他们的裤子破了，就用一根麻绳把破处系紧。文嫂看到这些先生，常常跟女儿说：“可怜！”

来找文嫂洗衣的少了，她还有鸡，而且她的女儿已经大了。

女儿经人介绍，嫁了一个司机。这司机是下江人，除了他学着说云南话：“为哪样”“咋个整”，其余的话，她听不懂，但她觉得这女婿人很好。他来看过老丈母，穿了麂皮夹克，大皮鞋，头上抹了发蜡。女儿按月给妈送钱。女婿跑仰光、腊戌，也跑贵州、重庆。每趟回来，还给文嫂带点曲靖韭菜花，贵州盐酸菜，甚至宣威火腿。有一次还带了一盒遵义板桥的化风丹，她不知道这有什么用。他还带来一些奇形怪状的果子。有一种果子，香得她的头都疼。下江人女婿答应养她一辈子。文嫂胖了。

男生宿舍全都一样，是一个窄长的大屋子，土墼墙，房顶铺着木板，木板都没有刨过，留着锯齿的痕迹，上盖稻草；两面的墙上开着一列像文嫂的窗洞一样的窗洞。每间宿舍里摆着二十张双层木床。这些床很笨重结实，一个大学生可以在上面放放心心地睡四年，一直睡到毕业，无须修理。床本来都是规规矩矩地靠墙排列着的，一边十张。可是这些大学生需要自己的单独的环境，于是把它们重新调动了一下，有的两张床摆成一个曲尺形，有的三张床摆成一个凹字形，就成了一个一个小天地。按规定，每一间住四十人，实际都住不满。有人占了一个铺位，或由别人替他占了一个铺位而根本不来住；也有不是铺主却长期睡在这张铺上的；有根本不是联大学生，却在新校舍住了好几年的。这些曲尺形或凹字形的单元里，大都只有两三个人。个别的，只有一个，一间宿舍住的学生，各系的都有。有一些互相熟悉，白天一同进出，晚上联床夜话；也有些老死不相往来，连贵姓都不打听。二十五号南头一张双层床上住着一个历史系学生，一个中文系学生，一个上铺，一个下铺，两个人合住了一年，彼此连面都没有见过：因为这二位的作息时间完全不同。中文系学生是个夜猫子，每晚在系图书馆夜读，天亮才回来；而历史系学生却是个早起早睡的正常的人。因此，上铺的铺主睡觉时，下铺是空的；下铺在酣睡时，上铺没有人。

联大的人都有点怪。“正常”在联大不是一个褒词。一个人很正常，就会被其余的怪人认为“很怪”。即以二十五号宿舍而论，如果把这些先生的事情写下来，将会是一部很长的小说。如今且说一个人。

此人姓金，名昌焕，是经济系的。他独占北边的一个凹字形的单元。他不欢迎别人来住，别人也不想和他搭伙。他不知从哪里弄来一些木板，把双层床的一边都钉了木板，就成了一间屋中之屋，成了他的一统天下。凹字形的当中，摞着几个装肥皂的木箱——昆明这种木箱很多，到处有得卖，这就是他的书桌。他是相当正常的。一二年级时，按时听讲，从不缺课。联大的学生大都很狂，讥弹时事，品藻人物，语带酸咸，辞锋很锐。金先生全不这样。他不发狂论。事实上他很少跟人说话。其特异处有以下几点：一是他所有的东西都挂着，二是从不买纸，三是每天吃一块肉。他在他的床上拉了几根铁丝，什么都挂在这些铁丝上，领带、袜子、针线包、墨水瓶……他每天就睡在这些丁丁当当的东西的下面。学生离不开纸。怎么穷的学生，也得买一点纸。联大的学生时兴用一种灰绿色布制的夹子，里面夹着一叠白片艳纸，用来记笔记，做习题。金先生从不花这个钱。为什么要花钱买呢？纸有的是！联大大门两侧墙上贴了许多壁报、学术演讲的通告、寻找失物、出让衣鞋的启事，形形色色、琳琅满目。这些启事、告白总不是顶天立地满满写着字，总有一些空白的地方。金先生每天晚上就带了一把剪刀，把这些空白的地方剪下来。他还把这些纸片，按大小纸质、颜色，分门别类，裁剪整齐，留作不同用处。他大概是相当笨的，因此，每晚都开夜车。开夜车伤神，需要补一补。他按期买了猪肉，切成大小相等的方块，借了文嫂的鼎罐（他借用了鼎罐，都是洗都不洗就还给人家了），在学校茶水炉上炖熟了，密封在一个有盖的瓷坛里。每夜用完了功，就打开坛盖，用一只一头削尖了的筷子，瞅准了，扎出一块，闭目而食之。然后，躺在丁丁当当的什物之下，酣然睡去。

这样过了三年。到了四年级，他在聚兴诚银行里兼了职，当会计。其时他已经学了簿记、普通会计、成本会计、银行会计、统计……这些学问当一个银行职员，已是足用的了。至于经济思想史、经济地理……这些空空洞洞的课程，他觉得没有什么用处，只要能混上学分就行，不必苦苦攻读，可以缺课。他上午还在学校听课，下午上班。晚上仍是开夜车，搜罗纸片，吃肉。自从当了会计，他添了两样毛病。一是每天提了一把黑布阳伞进出，无论冬夏，天天如此。二是穿两件衬衫，打两条领带，穿好了衬衫，打好领带；又加一件衬衫，再打一条领带。这是干什么呢？若说是显示他有不止一件衬衫、一条领带吧，里面的衬衫和领带别人又看不见；再说这鼓鼓囊囊的，舒服吗？真是令人百思不得其解。因此，同屋的那位中文系夜游神送给他一个外号，这外号很长：“二十年目睹之怪现状”。

金先生很快就要毕业了。毕业以前，他想到要做两件事。一件是加入国民党，这已经着手办了；一件是追求一个女同学，这可难。他在学校里进进出出，一向像马二先生逛西湖：他不看女人，女人也不看他。

谁知天缘凑巧，金昌焕先生竟有了一段风流韵事。一天，他正提着阳伞到聚兴诚去上班，前面走着两个女同学，她们交头接耳地谈着话。一个告诉另一个：这人穿两件衬衫，打两条领带，而且介绍他有一个很长的外号：“二十年目睹之怪现状。”听话的那个不禁回头看了金昌焕一眼，嫣然一笑。金昌焕误会了：谁知一段姻缘却落在这里。当晚，他给这女同学写了一封情书。开头写道:“××女士芳鉴，迳启者……”接着说了很多仰慕的话，最后直截了当地提出:“倘蒙慧眼垂青，允订白首之约，不胜荣幸之至。随函附赠金戒指一枚，务祈笑纳为荷。”在“金戒指”三字的旁边还加了一个括弧，括弧里注明:“重一钱五”。这封情书把金先生累得够呛，到他套起钢笔，吃下一块肉时，文嫂的鸡都已经即即足足地发出声音了。这封情书是当面递交的。

这位女同学很对得起金昌焕。她把这封信公布在校长办公室外面的布告栏里，把这枚金戒指也用一枚大头针钉在布告栏的墨绿色的绒布上。于是金昌焕一下子出了大名了。

金昌焕倒不在乎。他当着很多人，把信和戒指都取下来，收回了。

你们爱谈论，谈论去吧！爱当笑话说，说去吧！于金昌焕何有哉！金昌焕已经在重庆找好了事，过两天就要离开西南联大，上任去了。

文嫂丢了三只鸡，一只笋壳鸡，一只黑母鸡，一只芦花鸡。这三只鸡不是一次丢的，而是隔一个多星期丢一只。不知怎么丢的。早上开鸡窝放鸡时还在，晚上回窝时就少了。文嫂到处找，也找不着。她又不能像王婆骂鸡那样坐在门口骂——她知道这种泼辣做法在一个大学里很不合适，只是一个人叨叨:“我口乃（的）鸡呢？我口乃鸡呢？……”

文嫂的女儿回来了。文嫂吓了一跳：女儿戴得一头重孝。她明白出了大事了。她的女婿从重庆回来，车过贵州的十八盘，翻到山沟里了。女婿的同事带了信来。母女俩顾不上抱头痛哭，女儿还得赶紧搭便车到十八盘去收尸。

女儿走了，文嫂失魂落魄，有点傻了。但是她还得活下去，还得过日子，还得吃饭，还得每天把鸡放出去，关鸡窝。还得洗衣服，做被子。有很多先生都毕业了，要离开昆明，临走总得干净干净，来找文嫂洗衣服，拆被子的多了。

这几天文嫂常上先生们的宿舍里去。有的先生要走了。行李收拾好了，总还有一些带不了的破旧衣物，一件渔网似的毛衣，一个压扁了的脸盆，几只配不成对的皮鞋——那有洞的鞋底至少掌鞋还有用……这些先生就把文嫂叫了来，随她自己去挑拣。挑完了，文嫂必让先生看一看，然后就替他们把曲尺形或凹字形的单元打扫一下。

因为洗衣服、捡破烂，文嫂还能岔乎岔乎，心里不至太乱。不过她明显地瘦了。

金昌焕不声不响地走了。二十五号的朱先生叫文嫂也来看看，这位"怪现状"是不是也留下一些还值得一拣的东西。

什么都没有。金先生把一根布丝都带走了。他的凹形王国里空空如也，只留下一个跟文嫂借用的鼎罐。文嫂毫无所得，然而她也照样替金先生打扫了一下。她的笤帚扫到床下，失声惊叫了起来：床底下有三堆鸡毛，一堆笋壳色的，一堆黑的，一堆芦花的！

文嫂把三堆鸡毛抱出来，一屁股坐在地下，大哭起来。"啊呀天呐，这是我口乃鸡呀！我口乃笋壳鸡呀！我口乃黑母鸡，我口乃芦花鸡呀！……"

"我寡妇失业几十年哪，你咋个要偷我口乃鸡呀！……""我风里来雨里去呀，我的命多苦，多艰难呀，你咋个要偷我口乃鸡呀！……”

“你先生是要做大事，赚大钱的呀，你咋个要偷我口乃鸡呀！……”

“我口乃女婿死在贵州十八盘，连尸都还没有收呀，你咋个要偷我口乃鸡呀！……”

她哭得很伤心，很悲痛。

她好像要把一辈子所受的委屈、不幸、孤单和无告全都哭了出来。

这金昌焕真是缺德，偷了文嫂的鸡，还借了文嫂的鼎罐来炖了。至于他怎么偷的鸡，怎么宰了，怎样煺的鸡毛，谁都无从想象。

林子大了，什么鸟都有。

一九八一年六月六日

# 钓人的孩子

抗日战争时期。昆明大西门外。

米市，菜市，肉市。柴驮子，炭驮子。马粪。粗细瓷碗，砂锅铁锅。焖鸡米线，烧饵块。金钱片腿，牛干巴。炒菜的油烟，炸辣子的呛人的气味。红黄蓝白黑，酸甜苦辣咸。

每个人带着一生的历史，半个月的哀乐，在街上走。栖栖惶惶，忙忙碌碌。谁都希望意外地发一笔小财，在路上捡到一笔钱。

一张对折着的钞票躺在人行道上。

用这张钞票可以量五升米，割三斤肉，或扯六尺细白布，——够做一件汗褂，或到大西门里牛肉馆要一盘冷片、一碗汤片、一大碗饭、四两酒，美美地吃一顿。

一个人弯腰去捡钞票。

噌——，钞票飞进了一家店铺的门里。

一个胖胖的孩子坐在门背后。他把钞票丢在人行道上，钞票上拴了一根黑线，线头捍在他的手里。他偷眼看着钞票，只等有人弯腰来拾，他就猛地一抽线头。

他玩着这种捉弄人的游戏，已经玩了半天。上当的已经有好几个人了。

胖孩子满脸是狡猾的笑容。

这是一个小魔鬼。

这孩子长大了，将会变成一个什么人呢？日后如果有人提起他的恶作剧，他多半会否认。——也许他真的已经忘了。

# 卖蚯蚓的人

玉渊潭有很多钓鱼的人。他们坐在水边，瞅着水面上的漂子。难得看到有人钓到一条二三寸长的鲫瓜子。很多人一坐半天，一无所得。等人、钓鱼、坐牛车，这是世间“三大慢”。这些人真有耐性。各有一好。这也是一种生活。

在钓鱼的旺季，常常可以碰见一个卖蚯蚓的人。他慢慢地蹬着一辆二六的旧自行车，有时扶着车慢慢地走着。走一截，扬声吆唤：

“蚯蚓——蚯蚓来——”

“蚯蚓——蚯蚓来——”

有的钓鱼的就从水边走上堤岸，向他买。

“怎么卖。”

“一毛钱三十条。”

来买的掏出一毛钱，他就从一个原来是装油漆的小铁桶里，用手抓出三十来条，放在一小块旧报纸里，交过去。钓鱼人有时带点解嘲意味，说：“一毛钱，玩一上午！”

有些钓鱼的人只买五分钱。

也有人要求再添几条。

“添几条就添几条，一个这东西！”

蚯蚓这东西，泥里咕叽，原也难一条一条地数得清，用北京话说，“大概其”，就得了。

这人长得很敦实，五短身材，腹背都很宽厚。这人看起来是不会头疼脑热、感冒伤风的，而且不会有什么病能轻易地把他一下子打倒。他穿的衣服都是宽宽大大的，旧的，褪了色，而且带着泥渍，但都还整齐，并不褴褛，而且单夹皮棉，按季换衣。——皮，是说他入冬以后的早晨有时穿一件出锋毛的山羊皮背心。按照老北京人的习惯，也可能是为了便于骑车，他总是用带子扎着裤腿。脸上说不清是什么颜色，只看到风、太阳和尘土。只有有时他剃了头，刮了脸，才看到本来的肤色。新剃的头皮是雪白的，下边是一张红脸。看起来就像是一件旧铜器在盐酸水里刷洗了一通，刚刚拿出来一样。

因为天天见，面熟了，我们碰到了总要点点头，招呼招呼，寒暄两句。

“吃啦？”

“您遛弯儿！”

有时他在钓鱼人多的岸上把车子停下来，我们就说会子话。他说他自己：“我这人——爱聊。”

我问他一天能卖多少钱。

“一毛钱三十条，能卖多少！块数来钱，两块，闹好了有时能卖四块钱。”

“不少！”

“凑合吧。”

我问他这蚯蚓是哪里来的，“是挖的？”

旁边有一位钓鱼的行家说：“是赍的。”

这个“赍”字我不知道该怎么写，只能记音。这位行家给我解释，是用蚯蚓的卵人工孵化的意思。

“蚯蚓还能‘赍’？”

卖蚯蚓的人说：

“有‘赍’的，我这不是，是挖的。‘赍’的看得出来，身上有小毛，都是一般长。瞧我的：有长有短，有大有小，是挖的。”我不知道蚯蚓还有这么大的学问。

“在哪儿挖的，就在这玉渊潭？”

“不！这儿没有。——不多。丰台。”

他还告诉我丰台附近的一个什么山，山根底下，那儿出蚯蚓，这座山名我没有记住。

“丰台？一趟不得三十里地？”

“我一早起蹬车去一趟，回来卖一上午。下午再去一趟。”“那您一天得骑百十里地的车？”

“七十四了，不活动活动成吗！”

他都七十四了！真不像。不过他看起来像多少岁，我也说不上来。这人好像是没有岁数。

“您一直就是卖蚯蚓？”

“不是！我原来在建筑上，——当壮工。退休了。退休金四十几块，不够花的。”

我算了算，连退休金加卖蚯蚓的钱，有百十块钱，断定他一定爱喝两盅。我把手圈成一个酒杯形，问：“喝两盅？”

“不喝。——烟酒不动！”

那他一个月的钱一个人花不完，大概还会贴补儿女一点。

“我原先也不是卖蚯蚓的。我是挖药材的。后来药材公司不收购，才改了干这个。”

他指给我看：

“这是益母草，这是车前草，这是红苋草，这是地黄，这是稀莶……这玉渊潭到处是钱！”

他说他能认识北京的七百多种药材。

“您怎么会认药材的？是家传？学的？”

“不是家传。有个街坊，他挖药材，我跟着他，用用心，就学会了。——这北京城，饿不死人，你只要肯动弹，肯学！你就拿晒槐米来说吧——”

“槐米？”我不知道槐米是什么，真是孤陋寡闻。

“就是没有开开的槐花骨朵，才米粒大。晒一季槐米能闹个百儿八十的。这东西外国要，不知道是干什么用，听说是酿酒。不过得会晒。晒好了，碧绿的！晒不好，只好倒进垃圾堆。——蚯蚓！——蚯蚓来！”

我在玉渊潭散步，经常遇见的还有两位，一位姓乌，一位姓莫。乌先生在大学当讲师，莫先生是一个研究所的助理研究员。我跟他们见面也点头寒暄。他们常常发一些很有学问的议论，很深奥，至少好像是很深奥，我听不大懂。他们都是好人，不是造反派，不打人，但是我觉得他们的议论有点不着边际。他们好像是为议论而议论，不是要解决什么问题，就像那些钓鱼的人，意不在鱼，而在钓。

乌先生听了我和卖蚯蚓人的闲谈，问我：“你为什么对这样的人那样有兴趣？”

我有点奇怪了。

“为什么不能有兴趣？”

“从价值哲学的观点来看，这样的人属于低级价值。”莫先生不同意乌先生的意见。

“不能这样说。他的存在就是他的价值。你不能否认他的存在。”

“他存在。但是充其量，他只是我们这个社会的填充物。”“就算是填充物，填充物也是需要的。‘填充’，就说明他的存在的意义。社会结构是很复杂的，你不能否认他也是社会结构的组成部分，哪怕是极不重要的一部分。就像自然界的需要维持生态平衡，我们这个社会也需要有生态平衡。从某种意义来说，这种人也是不可缺少的。”

“我们需要的是走在时代前面的人，呼啸着前进的，身上带电的人！而这样的人是历史的遗留物。这样的人生活在现在，和生活在汉代没有什么区别，——他长得就像一个汉俑。”

我不得不承认，他对这个卖蚯蚓人的形象描绘是很准确且生动的。

乌先生接着说：

“他就像一具石磨。从出土的明器看，汉代的石磨和现在的没有什么不同。现在已经是原子时代——”

莫先生抢过话来，说：“原子时代也还容许有汉代的石磨，石磨可以磨豆浆，——你今天早上就喝了豆浆！”

他们争执不下，转过来问我对卖蚯蚓的人的“价值”“存在”有什么看法。

我说：

“我只是想了解了解他。我对所有的人都有兴趣，包括站在时代的前列的人和这个汉俑一样的卖蚯蚓的人。这样的人在北京还不少。他们的成分大概可以说是城市贫民。糊火柴盒的、捡破烂的、捞鱼虫的、晒槐米的……我对他们都有兴趣，都想了解。我要了解他们吃什么和想什么。用你们的话说，是他们的物质生活和精神生活。吃什么，我知道一点。比如这个卖蚯蚓的老人，我知道他的胃口很好，吃什么都香。他一嘴牙只有一个活动的。他的牙很短、微黄，这种牙最结实，北方叫作‘碎米牙’，他说：‘牙好是口里的福。’我知道他今天早上吃了四个炸油饼。他中午和晚上大概常吃炸酱面，一顿能吃半斤，就着一把小水萝卜。他大概不爱吃鱼。至于他想些什么，我就不知道了，或者知道得很少。我是个写小说的人，对于人，我只能想了解、欣赏，并对他进行描绘，我不想对任何人做出论断。像我的一位老师一样，对于这个世界，我所倾心的是现象。我不善于作抽象的思维。我对人，更多地注意的是他的审美意义。你们可以称我是一个生活现象的美食家。这个卖蚯蚓的粗壮的老人，骑着车，吆喝着‘蚯蚓——蚯蚓来！’不是一个丑的形象。——当然，我还觉得他是个善良的，有古风的自食其力的劳动者，他至少不是社会的蛀虫。”

这时忽然有一个也常在玉渊潭散步的学者模样的中年人插了进来，他自我介绍：“我是一个生物学家。——我听了你们的谈话。从生物学的角度，是不应鼓励挖蚯蚓的。蚯蚓对农业生产是有益的。”我们全都傻了眼了。

一九八三年四月一日写成

# 虐　猫

李小斌、顾小勤、张小涌、徐小进都住在九号楼七门。他们从小一块长大，在一个幼儿园，又读一个小学，都是三年级。李小斌的爸爸是走资派。顾小勤、张小涌、徐小进家里大人都是造反派。顾小勤、张小涌、徐小进不管这些，还是跟李小斌一块玩。

没有人管他们了，他们就瞎玩。捞蛤蟆骨朵，粘知了。砸学校的窗户玻璃，用弹弓打老师的后脑勺。看大辩论，看武斗，看斗走资派，看走资派戴高帽子游街。李小斌的爸爸游街，他们也跟着看了好长一段路。

后来，他们玩猫。他们玩过很多猫：黑猫、白猫、狸猫、狮子玳瑁猫（身上有黄白黑三种颜色）、乌云盖雪（黑背白肚）、铁棒打三桃（白身子，黑尾巴，脑袋顶上有三块黑）……李小斌的姥姥从前爱养猫。这些猫的名堂是姥姥告诉他的。

他们捉住一只猫，玩死了拉倒。

李小斌起初不同意他们把猫弄死。他说：一只猫，七条命，姥姥告诉他的。

“去你一边去！什么‘一只猫七条命’！一个人才一条命！”

后来李小斌也不反对了，跟他们一块到处逮猫，一块玩。他们把猫的胡子剪了。猫就不停地打喷嚏。

他们给猫尾巴上拴一挂鞭炮，点着了。猫就没命地乱跑。

他们想出了一种很新鲜的玩法：找了四个药瓶子的盖，用乳胶把猫爪子粘在瓶盖子里。猫一走，一滑；一走，一滑。猫难受，他们高兴极了。

后来，他们想出了一种很简单的玩法：把猫从六楼的阳台上扔下来。猫在空中惨叫。他们拍手，大笑。猫摔到地下，死了。

他们又抓住一只大花猫，用绳子拴着往家里拖。他们又要从六楼扔猫了。

出了什么事？九楼七门前面围了一圈人：李小斌的爸爸从六楼上跳下来了。

来了一辆救护车，把李小斌的爸爸拉走了。

李小斌、顾小勤、张小涌、徐小进没有把大花猫从六楼上往下扔，他们把猫放了。

# 林肯的鼻子

我们到伊利诺伊州斯泼凌菲尔德市参观林肯故居。林肯居住过的房子正在修复。街道和几家邻居的住宅倒都已经修好了。街道上铺的是木板。几家邻居的房子也是木构的，样子差不多。一位穿了林肯时代服装（白洋布印黑色小碎花的膨起的长裙，同样颜色短袄，戴无指手套，手上还套一个线结的钱袋）的中年女士给我们作介绍。她的声音有点尖利，话说得比较快，说得很多，滔滔不绝。也许林肯时代的妇女就是这样说话的。她说了一些与林肯无关的话，老是说她们姊妹的事。有一个林肯旧邻的后代也出来作了介绍。他也穿了林肯时代的服装，本色手布的长过膝盖的外套，皮靴也是牛皮本色的，不上油。领口系了一条绿色的丝带。此人的话也很多，一边说，一边老是向右侧扬起脑袋，有点兴奋，又像有点愤世嫉俗。他说了一气，最后说："我是学过心理学的，我一看你的眼睛，就知道你说的是不是真话！——日安！"用一句北京话来说：这是哪儿跟哪儿呀？此人道罢日安，翩然而去，由印花布女士继续介绍。她最后说："林肯是伟大的政治家，但在生活上是个无赖。"我真有点怀疑我的耳朵。

第二天上午，参观林肯墓，墓的地点很好，很空旷，墓前是一片草坪，更前是很多高大的树。

这天步兵一一四旅特地给国际写作计划的作家们表演了升旗仪式。两个穿了当年的蓝色薄呢制服的队长模样的军人在旗杆前等着。其中一个挎了红缎子的值星带，佩指挥刀。在军鼓和小号声中走来一队士兵，也都穿蓝呢子制服。所谓一队，其实只有七个人。前面两个，一个打着美国国旗，一个打着州旗。当中三个背着长枪。最后两个，一个打鼓，一个吹号。走得很有节拍，但是轻轻松松的。立定之后，向左转，架好长枪。喊口令的就是那个吹小号的，他的军帽后边露着雪白的头发，大概岁数不小了。口令声音很轻，并不大声怒喝。——中国军队大声喊口令，大概是受了日本或德国的影响。口令是要练的。我在昆明时，每天清晨听见第五军校的学生练口令，那么多人一同怒吼，真是惊天动地。一声“升旗”后，老兵自己吹了号，号音有点像中国的“三环号”。那两个队长举手敬礼，国旗和州旗升上去。一会儿工夫，仪式就完了，士兵列队走去，小号吹起来，吹的是“光荣光荣哈里鲁亚”。打鼓的这回不是打的鼓面，只是用两根鼓棒敲着鼓边。这个升旗仪式既不威武雄壮，也并不怎么庄严肃穆。说是形同儿戏，那倒也不是。只能说这是美国式的仪式，比较随便。

林肯墓是一座白花岗石的方塔形的建筑，墓前有林肯的立像。两侧各有一组内战英雄的群像。一组在举旗挺进；一组有扬蹄的战马。墓基前数步，石座上还有一个很大的铜铸的林肯的头像。我觉得林肯墓是好看的，清清爽爽，干干净净。一位法国作家说他到过南京，看过中山陵，说林肯墓和中山陵不能相比。——中山陵有气魄。我说：“不同的风格。”——“对，完全不同的风格！”他不知道林肯墓是“墓”，中山陵是“陵”呀。

我们到墓里看一圈。这里葬着林肯、林肯的夫人，还有他的三个儿子。正中还有一个林肯坐在椅子里的铜像。他的三个儿子都有一个铜像，但较小。林肯的儿子极像林肯。纪念林肯，同是纪念他的家属，这也是一种美国式的思想。——这里倒没有林肯的“亲密战友”的任何名字和形象。

走出墓道，看到好些人去摸林肯的鼻子——头像的鼻子。有带着孩子的，把孩子举起来，孩子就高高兴兴地去摸。林肯的头像外面原来是镀了一层黑颜色的，他的鼻子被摸得多了，露出里面的黄铜，锃亮锃亮的。为什么要去摸林肯的鼻子？我想原来只是因为林肯的鼻子很突出，后来就成了一种迷信，就是摸了会有好运气。好几位作家摸着林肯的鼻子照了相。他们叫我也照一张，我笑了笑，摇摇头。

归途中路过诗人艾德加·李·马斯特的故居。马斯特对林肯的一些观点是不同意的。我问接待我们的一位女士：马斯特究竟不同意林肯的哪些观点，她说她也不清楚，只知道他们关系不好。我说：“你们不管他们观点有什么分歧，都一样地纪念，是不是？”她说：“只要是对人类文化有过贡献的，我们都纪念，不管他们的关系好不好。”我说：“这大概就是美国的民主。”她说：“你说得很好。”我说：“我不赞成大家去摸林肯的鼻子。”她说：“我也不赞成！”

途中又经过桑德堡故居。对桑德堡，中国的读者比较熟悉，他的短诗《雾》是传诵很广的。桑德堡写过长诗《林肯——在战争年代》。他是赞成林肯观点的。

回到住处，我想：摸林肯的鼻子，到底要得要不得？最后的结论是：这还是要得好。谁的鼻子都可以摸，林肯的鼻子也可以摸。没有一个人的鼻子是神圣的。林肯有一句名言："所有的人生来都是平等的。"我还想到，自由、平等、博爱，是不可分割的概念。自由，是以平等为前提的。在中国，现在，很需要倡导这种"生而平等"的精神。

让我们平等地摸别人的鼻子，也让别人摸。

# 胡同文化

北京城像一块大豆腐，四方四正。城里有大街，有胡同，大街、胡同都是正南正北，正东正西。北京人的方位意识极强。过去拉洋车的，逢转弯处都高叫一声“东去!”“西去!”以防碰着行人。老两口睡觉，老太太嫌老头子挤着她了，说“你往南边去一点。”这是外地少有的。街道如是斜的，就特别标明是斜街，如烟袋斜街、杨梅竹斜街。大街、胡同，把北京切成一个又一个方块。这种方正不但影响了北京人的生活，也影响北京人的思想。

胡同原是蒙古语，据说原意是水井，未知确否。胡同的取名，有各种来源。有的是计数的，如东单三条、东四十条。有的原是皇家储存物件的地方，如皮库胡同、惜薪司胡同（存放柴炭的地方），有的是这条胡同里曾住过一个有名的人物，如无量大人胡同、石老娘（老娘是接生婆）胡同。大雅宝胡同原名大哑巴胡同，大概胡同里曾住过一个哑巴。王皮胡同是因为有一个姓王的皮匠。王广福胡同原名王寡妇胡同。有的是某种行业集中的地方。手帕胡同大概是卖手帕的。羊肉胡同当初想必是卖羊肉的。有的胡同是像其形状的。高义伯胡同原名狗尾巴胡同。小羊宜宾胡同原名羊尾巴胡同。大概是因为这两条胡同的样子有点像羊尾巴、狗尾巴。有些胡同则不知道何所取义，如大绿纱帽胡同。

胡同有的很宽阔，如东总布胡同、铁狮子胡同。这些胡同两边大都是“宅门”，到现在房屋都还挺整齐。有些胡同很小，如耳朵眼胡同。北京到底有多少胡同？北京人说：有名的胡同三千六，没名的胡同数不清。通常提起“胡同”，多指的是小胡同。

胡同是贯通大街的网络。它距离闹市很近，打个酱油，约二斤鸡蛋什么的，很方便，但又似很远。这里没有车水马龙，总是安安静静的。偶尔有剃头挑子的“唤头”（像一个大镊子，用铁棒从当中擦过，便发出噌的一声）、磨剪子磨刀的“惊闺”（十几个铁片穿成一片，摇动作声）、算命的盲人（现在早没有了）吹的短笛的声音。这些声音不但不显得喧闹，倒显得胡同里更加安静了。

胡同和四合院是一体。胡同两边是若干四合院连接起来的。胡同、四合院，是北京市民的居住方式，也是北京市民的文化形态。我们通常说北京的市民文化，就是指的胡同文化。胡同文化是北京文化的重要组成部分，即使不是最主要的部分。

胡同文化是一种封闭的文化，住在胡同里的居民大都安土重迁，不大愿意搬家。有在一个胡同里一住住几十年的，甚至有住了几辈子的。胡同里的房屋大都很旧了。“地根儿”房子就不太好，旧房檩、断砖墙。下雨天常是外面大下，屋里小下。一到下大雨，总可以听到房塌的声音，那是胡同里的房子，但是他们舍不得“挪窝儿”，——“破家值万贯”。

四合院是一个盒子。北京人理想的住家是“独门独院”。北京人也很讲究“处街坊”，“远亲不如近邻”。“街坊里道”的，谁家有点事，婚丧嫁娶，都“随”一点“份子”，道个喜或道个恼，不这样就不合“礼数”。但是平常日子，过往不多，除了有的街坊是棋友，“杀”一盘；有的是酒友，到“大酒缸”（过去山西人开的酒铺，都没有桌子，在酒缸上放一块规成圆形的厚板以代酒桌）喝两“个”（大酒缸二两一杯，叫作“一个”）；或是鸟友，不约而同，各晃着鸟笼，到天坛城根、玉渊潭去“会鸟”（会鸟是把鸟笼挂在一处，既可让鸟互相学叫，也互相比赛），此外，“各人自扫门前雪，休管他人瓦上霜”。

北京人易于满足，他们对生活的物质要求不高。有窝头，就知足了。大腌萝卜，就不错。小酱萝卜，那还有什么说的。臭豆腐滴几滴香油，可以待姑奶奶。虾米皮熬白菜，嘿！我认识一个在国子监当过差，伺候过陆润庠、王埗等祭酒的老人，他说：“哪儿也比不了北京。北京的熬白菜也比别处好吃，——五味神在北京。”五味神是什么神？我至今考查不出来。但是北京人的大白菜文化却是可以理解的。北京人每个人一辈子吃的大白菜摞起来大概有北海白塔那么高。

北京人爱瞧热闹，但是不爱管闲事。他们总是置身事外，冷眼旁观。北京是民主运动的策源地，“民国”以来，常有学生运动，北京人管学生运动叫作“闹学生”。学生示威游行，叫作“过学生”。与他们无关。

北京胡同文化的精义是“忍”。安分守己，逆来顺受。老舍《茶馆》里的王利发说：“我当了一辈子的顺民”，是大部分北京市民的心态。

我的小说《八月骄阳》里写到“文化大革命”，有这样一段对话：

“还有个章法没有？我可是当了一辈子安善良民，从来奉公守法。这会儿，全乱了。我这眼前就跟‘下黄土’似的，简直的，分不清东西南北了。”

“您多余操这份儿心。粮店还卖不卖棒子面？”

“卖！”

“还是的。有棒子面就行。……”

我们楼里有个小伙子，为一点儿事，打了开电梯的小姑娘一个嘴巴，我们都很生气，怎么可以打一个女孩子呢！我跟两个上了岁数的老北京（他们是“搬迁户”，原来是住在胡同里的）说，大家应该主持正义，让小伙子当众向小姑娘认错，这二位同声说：“叫他认错？门儿也没有！忍着吧！——‘穷忍着，富耐着，睡不着眯着’！”“睡不着眯着”这话实在太精彩了！睡不着，别烦躁，别起急，眯着，北京人，真有你的！

北京的胡同在衰败，没落。除了少数“宅门”还在那里挺着，大部分民居的房屋都已经很残破，有的地基基础甚至已经下沉，只有多半截还露在地面上。有些四合院门外还保存已失原形的拴马桩、上马石，记录着失去的荣华。有打不上水来的井眼、磨圆了棱角的石头棋盘，供人凭吊。西风残照，衰草离披，满目荒凉，毫无生气。

看看这些胡同的照片，不禁使人产生怀旧情绪，甚至有些伤感。但是这是无可奈何的事，在商品经济大潮的席卷之下，胡同和胡同文化总有一天会消失的。也许像西安的虾蟆陵，南京的乌衣巷，还会保留一两个名目，使人怅望低徊。

再见吧，胡同。

1993 年 3 月 15 日

# 跑警报

西南联大有一位历史系的教授——听说是雷海宗先生，他开的一门课因为讲授多年，已经背得很熟，上课前无须准备；下课了，讲到哪里算哪里，他自己也不记得。每回上课，都要先问学生："我上次讲到哪里了？"然后就滔滔不绝地接着讲下去。班上有个女同学，笔记记得最详细，一句话不落，雷先生有一次问她："我上一课最后说的是什么？"这位女同学打开笔记来，看了看，说："你上次最后说：'现在已经有空袭警报，我们下课。'"

这个故事说明昆明警报之多。我刚到昆明的头二年，一九三九、一九四〇年，三天两头有警报。有时每天都有，甚至一天有两次。昆明那时几乎说不上有防空力量，日本飞机想什么时候来就来。有时竟至在头一天广播："明大将有二十七架飞机来昆明轰炸。"日本的空军指挥部还真言而有信，说来准来！

一有警报，别无他法，大家就都往郊外跑，叫作"跑警报"。"跑"和"警报"联在一起，构成一个词语，细想一下，是有些奇特的，因为所跑的并不是警报。这不像"跑马""跑生意"那样通顺。但是大家就这么叫了，谁都懂，而且觉得很合适。也有叫

“逃警报”或“躲警报”的，都不如“跑警报”准确。“躲”，太消极；“逃”又太狼狈。唯有这个“跑”字于紧张中透出从容，最有风度，也最能表达丰富生动的内容。

有一个姓马的同学最善于跑警报。他早起看天，只要是万里无云，不管有无警报，他就背了一壶水，带点吃的，夹着一卷温飞卿或李商隐的诗，向郊外走去。直到太阳偏西，估计日本飞机不会来了，才慢慢地回来。这样的人不多。

警报有三种。如果在四十多年前向人介绍警报有几种，会被认为有“神经病”，这是谁都知道的。然而对今天的青年，却是一项新的课题。一曰“预行警报”。联大有一个姓侯的同学，原系航校学生，因为反应迟钝，被淘汰下来，读了联大的哲学心理系。此人对于航空旧情不忘，曾用黄色的“标语纸”贴出巨幅“广告”，举行学术报告，题曰《防空常识》。他不知道为什么对“警报”特别敏感。他正在听课，忽然跑了出去，站在“新校舍”的南北通道上，扯起嗓子大声喊叫：“现在有预行警报，五华山挂了三个红球！”可不！抬头望南一看，五华山果然挂起了三个很大的红球。五华山是昆明的制高点，红球挂出，全市皆见。我们一直很奇怪：他在教室里，正在听讲，怎么会“感觉”到五华山挂了红球呢？——教室的门窗并不都正对五华山。

一有预行警报，市里的人就开始向郊外移动。住在翠湖迤北的，多半出北门或大西门，出大西门的似尤多。大西门外，越过联大新校门前的公路，有一条由南向北的用浑圆的石块铺成的宽可五六尺的小路。这条路据说是驿道，一直可以通到滇西。路在山沟里。平常走的人不多。常见的是驮着盐巴、碗糖或其他货物的马帮走过。赶马的马锅头侧身坐在木鞍上，从齿缝里嘘嘘地吹出口哨（马锅头吹口哨都是这种吹法，没有嘬唇而吹的），或低声唱着呈贡“调子”：

> 哥那个在至高山那个放呀放放牛，妹那个在至花园那个梳那个梳梳头。
>
> 哥那个在至高山那个招呀招招手，妹那个在至花园点那个点点头。

这些走长道的马锅头有他们的特殊装束。他们的短褂外都套了一件白色的羊皮背心，脑后挂着漆布的凉帽，脚下是一双厚牛皮底的草鞋状的凉鞋，鞋帮上大都绣了花，还钉着亮晶晶的“鬼眨眼”亮片。——这种鞋似只有马锅头穿，我没见从事别种行业的人穿过。马锅头押着马帮，从这条斜阳古道上走过，马项铃哗棱哗棱地响，很有点浪漫主义的味道，有时会引起远客的游子一点淡淡的乡愁……

有了预行警报，这条古驿道就热闹起来了。从不同方向来的人都拥向这里，形成了一条人河。走出一截，离市较远了，就分散到古道两旁的山野，各自寻找一个合适的地方待下来，心平气和地等着——等空袭警报。

联大的学生见到预行警报，一般是不跑的，都要等听到空袭警报——汽笛声一短一长，才动身。新校舍北边围墙上有一个后门，出了门，过铁道（这条铁道不知起讫地点，从来也没见有火车通过），就是山野了。要走，完全来得及。——所以雷先生才会说“现在已经有空袭警报”。只有预行警报，联大师生一般都是照常上课的。

跑警报大都没有准地点，漫山遍野。但人也有习惯性，跑惯了哪里，愿意上哪里。大多是找一个坟头，这样可以靠靠。昆明的坟多有碑，碑上除了刻下坟主的名讳，还刻出“×山×向”，并开出坟茔的“四至”。这风俗我在别处还未见过。这大概也是一种古风。

说是漫山遍野，但也有几个比较集中的“点”。古驿道的一侧，靠近语言研究所资料馆不远，有一片马尾松林，就是一个点。这地方除了离学校近，有一片碧绿的马尾松，树下一层厚厚的干了的松毛，很软和，空气好——马尾松挥发出很重的松脂气味，晒着从松枝间漏下的阳光，或仰面看松树上面蓝得要滴下来的天空，都极舒适外，是因为这里还可以买到各种零吃。昆明做小买卖的，有了警报，就把担子挑到郊外来了。五味俱全，什么都有。最常见的是“丁丁糖”。“丁丁糖”即麦芽糖，也就是北京人祭灶用的关东糖，不过做成一个直径一尺多、厚可一寸许的大糖饼，放在四方的木盘上，有人掏钱要买，糖贩即用一个刨刃形的铁片楔入糖边，然后用一个小小的铁锤，一击铁片，丁的一声，一块糖就震裂下来了，所以叫作“丁丁糖”。其次是炒松子。昆明松子极多，个儿大皮薄仁饱，很香，也很便宜。我们有时能在松树下面捡到一个很大的成熟了的生的松球，就掰开鳞瓣，一颗一颗地吃起来。——那时候，我们的牙都很好，那么硬的松子壳，一嗑就开了！

另一集中点比较远，得沿古驿道走出四五里，驿道右侧较高的土山上有一横断的山沟（大概是哪一年地震造成的），沟深约三丈，沟口有二丈多宽，沟底也宽有六七尺。这是一个很好的天然防空沟，日本飞机若是投弹，只要不是直接命中，落在沟里，即便是在沟顶上爆炸，弹片也不易蹦进来。机枪扫射也不要紧，沟的两壁是死角。这道沟可以容数百人。有人常到这里，就利用闲空，在沟壁上修了一些私人专用的防空洞，大小不等，形式不一。这些防空洞不仅表面光洁，有的还用碎石子或碎瓷片嵌出图案，缀成对联。对联大都有新意。我至今记得两副，一副是：

人生几何
恋爱三角

一副是：

见机而作
入土为安

对联的嵌缀者的闲情逸致是很可叫人佩服的。前一副也许是有感而发，后一副却是纪实。

警报有三种。预行警报大概是表示日本飞机已经起飞。拉空袭警报大概是表示日本飞机进入云南省境了，但是进云南省不一定到昆明来。等到汽笛拉了紧急警报——连续短音，这才可以肯定是朝昆明来的。空袭警报到紧急警报之间，有时要间隔很长时间，所以到了这里的人都不忙下沟——沟里没有太阳，而且过早地像云冈石佛似的坐在洞里也很无聊——大都先在沟上看书、闲聊、打桥牌。很多人听到紧急警报还不动，因为紧急警报后日本飞机也不定准来，常常是折飞到别处去了。要一直等到看见飞机的影子了，这才一骨碌站起来，下沟，进洞。联大的学生，以及住在昆明的人，对跑警报太有经验了，从来不仓皇失措。

上举的前一副对联或许是一种泛泛的感慨，但也是有现实意义的。跑警报是谈恋爱的机会。联大同学跑警报时，成双作对的很多。空袭警报一响，男的就在新校舍的路边等着，有时还提着一袋点心吃食，宝珠梨、花生米……他等的女同学来了。“嗨!”于是欣然并肩走出新校舍的后门。跑警报说不上是同生死，共患难，但隐隐约约有那么一点危险感，和看电影、遛翠湖时不同。这一点危险使两方的关系更加亲近了。女同学乐于有人伺候，男同学也正好殷勤照顾，表现一点骑士风度。正如孙悟空在高老庄所说：“一来医得眼好，二来又照顾郎中”，“这才是凑四合六的勾当”。从这点来说，跑警报是颇为罗曼蒂克的。有恋爱，就有三角，有失恋。跑警报的“对儿”并非总是固定的，有时一方被另一方“甩”了，两人“吹”了，“对儿”就要重新组合。写（姑且叫作“写”吧）那副对联的，大概就是一位被“甩”的男同学。不过，也不一定。

警报时间有时很长，长达两三个小时，也很“腻歪”。紧急警报后，日本飞机轰炸已毕，人们就轻松下来。不一会儿，“解除警报”响了——汽笛拉长音，大家就起身拍拍尘土，络绎不绝地返回市里。也有时不等解除警报，很多人就往回走：天上起了乌云，要下雨了。一下雨，日本飞机不会来。在野地里被雨淋湿，可不是事！一有雨，我们有一个同学一定是一马当先往回奔，就是前面所说那位报告预行警报的姓侯的。他奔回新校舍，到各个宿舍搜罗了很多雨伞，放在新校舍的后门外，见有女同学来，就递过一把。他怕这些女同学挨淋。这位侯同学长得五大三粗，却有一副贾宝玉的心肠。大概是上了吴雨僧先生的《红楼梦》的课，受了影响。侯兄送伞，已成定例。警报下雨，一次不落。名闻全校，贵在有恒。——这些伞，等雨住后他还会到南院女生宿舍去敛回来，再归还原主的。

跑警报，大都要把一点值钱的东西带在身边。最方便的是金子——金戒指。有一位哲学系的研究生曾经做了这样的逻辑推理：有人带金子，必有人会丢掉金子，有人丢金子，就会有人捡到金子，我是人，故我可以捡到金子。因此，跑警报时，特别是解除警报以后，他每次都很留心地巡视路面。他当真两次捡到过金戒指！逻辑推理有此妙用，大概是教逻辑学的金岳霖先生所未料到的。

联大师生跑警报时没有什么可带，因为身无长物，一般大都是带两本书或一册论文的草稿。有一位研究印度哲学的金先生每次跑警报总要提了一只很小的手提箱。箱子里不是什么别的东西，是一个女朋友写给他的信——情书。他把这些情书视如性命，有时也会拿出一两封来给别人看。没有什么不能看的，因为没有卿卿我我的肉麻的话，只是一个聪明女人对生活的感受，文字很俏皮，充满了英国式的机智，是一些很漂亮的 essay，字也很秀气。这些信实在是可以拿来出版的。金先生辛辛苦苦地保存了多年，现在大概也不知去向了，可惜。我看过这个女人的照片，人长得就像她写的那些信。

联大同学也有不跑警报的，据我所知，就有两人。一个是女同学，姓罗，一有警报，她就洗头。别人都走了，锅炉房的热水没人用，她可以敞开来洗，要多少水有多少水！另一个是一位广东同学，姓郑。他爱吃莲子。一有警报，他就用一个大漱口缸到锅炉火口上去煮莲子。警报解除了，他的莲子也烂了。有一次日本飞机炸了联大，昆中北院、南院，都落了炸弹，这位老兄听着炸弹乒乒乓乓在不远的地方爆炸，依然在新校舍大图书馆旁的锅炉上神色不动地搅和他的冰糖莲子。

抗战期间，昆明有过多少次警报，日本飞机来过多少次，无法统计。自然也死了一些人，毁了一些房屋。就我的记忆，大东门外，有一次日本飞机机枪扫射，田地里死的人较多。大西门外小树林里曾炸死了好几匹驮木柴的马。此外似无较大伤亡。警报、轰炸，并没有使人产生血肉横飞、一片焦土的印象。

日本人派飞机来轰炸昆明，其实没有什么实际的军事意义，用意不过是吓唬吓唬昆明人，施加威胁，使人产生恐惧。他们不知道中国人的心理是有很大的弹性的，不那么容易被吓得魂不附体。我们这个民族，长期以来，生于忧患，已经很“皮实”了，对于任何猝然而来的灾难，都用一种“儒道互补”的精神对待之。这种“儒道互补”的真髓，即“不在乎”。这种“不在乎”精神，是永远征不服的。

为了反映“不在乎”，作《跑警报》。

一九八四年十二月六日

载一九八五年第三期《滇池》

# 第四辑

# 花园——茱萸小集二

在任何情形之下，那座小花园是我们家最亮的地方。虽然它的动人处不是，至少不仅在于这点。

每当家像一个概念一样浮现于我的记忆之上，它的颜色是深沉的。

祖父年轻时建造的几进，是灰青色与褐色的。我自小养育于这种安定与寂寞里。报春花开放在这种背景前是好的。它不至被晒得那么多粉。固然报春花在我们那儿很少见，也许没有，不像昆明。

曾祖留下的则几乎是黑色的，一种类似眼圈上的黑色（不要说它是青的），里面充满了影子。这些影子足以使供在神龛前的花消失。晚间点上灯，我们常觉那些布灰布漆的大柱子一直伸拔到无穷高处。神堂屋里总挂一只鸟笼，我相信即是现在也挂一只的。那只青裆子永远眯着眼假寐（我想它做个哲学家，似乎身子太小了）。只有巳时将尽，它唱一会儿，洗个澡，抖下一团小雾在伸展到廊内片刻的夕阳光影里。

一下雨，什么颜色都郁起来，屋顶，墙，壁上花纸的图案，甚至鸽子：铁青子，瓦灰，点子，霞白。宝石眼的好处这时才显出来。于是我们，等斑鸠叫单声，在我们那个园里叫。等着一棵榆梅稍经一触，落下碎碎的瓣子，等着重新着色后的草。

我的脸上若有从童年带来的红色，它的来源是那座花园。

我的记忆有菖蒲的味道。然而我们的园里可没有菖蒲啊？它是哪儿来的，是那些草？这是一个无法解决的问题。但是我此刻把它们没有理由的纠在一起。

“巴根草，绿阴阴，唱个唱，把狗听。”每个小孩子都这么唱过吧。有时什么也不做，我躺着，用手指绕住它的根，用一种不露锋芒的力量拉，听顽强的根胡一处一处断。这种声音只有拔草的人自己才能听得。当然我嘴里是含着一根草了。草根的甜味和它的似有若无的水红色是一种自然的巧合。

草被压倒了。有时我的头动一动，倒下的草又慢慢站起来。我静静地注视它，很久很久，看它的努力快要成功时，又把头枕上去，嘴里叫一声“嗯！”有时，不在意，怜惜它的苦心，就算了。这种性格呀！那些草有时会吓我一跳的，它在我的耳根伸起腰来了，当我看天上的云。

我的鞋底是滑的，草磨得它发了光。

莫碰臭芝麻，沾惹一身，嗐，难闻死人。沾上身子，不要用手指去拈，用刷子刷。这种籽儿有带钩儿的毛，讨嫌死了。至今我不能忘记它：因为我急于要捉住那个“都溜”（一种蝉，叫得最好听），我举着我的网，蹑手蹑脚，抄近路过去，循它的声音找着时，拍，得了。可是回去，我一身都是那种臭玩意。想想我捉过多少“都溜”！

我觉得虎耳草有一种腥味。

紫苏的叶子上的红色呵，暑假快过去了。

那棵大垂柳上常常有天牛，有时一个，两个的时候更多。它们总像有一桩事情要做，六只脚不停地运动，有时停下来，那动着的便是两根有节的触须了。我们以为天牛触须有一节它就有一岁。捉天牛用手，不是如何困难工作，即使它在树枝上转来转去，你等一个合适地点动手。常把脖子弄累了，但是失望的时候很少。这小小生物完全如一个有教养惜身份的绅士，行动从容不迫，虽有翅膀可从不想到飞；即是飞，也不远。一捉住，它便吱吱扭扭地叫，表示不同意，然而行为依然是温文尔雅的。黑地白斑的天牛最多，也有极瑰丽颜色的。有一种还似乎带点玫瑰香味。天牛的玩法是用线扣在脖子上看它走。令人想起……不说也好。

蟋蟀已经变成大人玩意了。但是大人的兴趣在斗，而我们对于捉蟋蟀的兴趣恐怕要更大些。我看过一本秋虫谱，上面除了苏东坡米南宫，还有许多济颠和尚说的话，都神乎其神的不大好懂。捉到一个蟋蟀，我不能看出它颈子上的细毛是瓦青还是朱砂，它的牙是米牙还是菜牙，但我仍然是那么欢喜。听，瞿瞿瞿瞿，哪里？这儿是的，这儿了！用草掏，手扒，水灌，嚯，蹦出来了。顾不得螺螺藤拉了手，扑，追着扑。有时正在外面玩得很好，忽然想起我的蟋蟀还没喂哪，于是赶紧回家。我每吃一个梨，一段藕，吃石榴吃菱，都要分给它一点。正吃着晚饭，我的蟋蟀叫了。我会举着筷子听半天，听完了对父亲笑笑，得意极了。一捉蟋蟀，那就整个园子都得翻个身。我最怕翻出那种软软的鼻涕虫。可是堂弟有的是办法，撒一点盐，立刻它就化成一摊水了。

有的蝉不会叫，我们称之为哑巴。捉到哑巴比捉到“红娘”更坏。但哑巴也有一种玩法。用两个马齿苋的瓣子套起它的眼睛，那是刚刚合适的，仿佛马齿苋的瓣子天生就为了这种用处才长成那么个小口袋样子，一放手，哑巴就一直向上飞，决不偏斜转弯。

蜻蜓一个个选定地方息下，天就快晚了。有一种通身铁色的蜻蜓，翅膀较窄，称“鬼蜻蜓”。看它款款地飞在墙角花荫，不知什么道理，心里有一种说不出来的难过。

好些年看不到土蜂了。这种蠢头蠢脑的家伙，我觉得它也在花朵上把屁股撅来撅去的，有点不配，因此常常愚弄它。土蜂是在泥地上掘洞当作窠的。看它从洞里把个有绒毛的小脑袋钻出来(那神气像个东张西望的近视眼)，嗡，飞出去了，我便用一点点湿泥把那个洞封好，在原来的旁边给它重掘一个，等着，一会儿，它拖着肚子回来了，找呀找，找到我掘的那个洞，钻进去，看看，不对，于是在四近大找一气。我会看着它那副急样笑个半天。或者，干脆看它进了洞，用一根树枝塞起来，看它从别处开了洞再出来。好容易，可重见天日了，它老先生于是坐在新大门旁边休息，吹吹风。神情中似乎是生了一点气，因为到这时已一声不响了。

祖母叫我们不要玩螳螂，说是它吃了土谷蛇的脑子，肚里会生出一种铁线蛇，缠到马脚脚就断，什么东西一穿就过去了，穿到皮肉里怎么办？

它的眼睛如金甲虫，飞在花丛里五月的夜。

故乡的鸟呵。

我每天醒在鸟声里。我从梦里就听到鸟叫，直到我醒来。我听得出几种极熟悉的叫声，那是每天都叫的，似乎每天都在那个固定的枝头。

有时一只鸟冒冒失失飞进那个花厅里，于是大家赶紧关门，关窗子，吆喝，拍手，用书扔，竹竿打，甚至把自己帽子向空中摔去。可怜的东西这一来完全没了主意，只是横冲直撞地乱飞，碰在玻璃上，弄得一身蜘蛛网，最后大概都是从两椽之间空隙脱走。

园子里时时晒米粉，晒灶饭，晒碗儿糕。怕鸟来吃，都放一片红纸。为了这个警告，鸟儿照例就不来，我有时把红纸拿掉让它们大吃一阵，到觉得它们太不知足时，便大喝一声赶去。

我为一只鸟哭过一次。那是一只麻雀或是癞花。也不知从什么人处得来的，欢喜得了不得，把父亲不用的细篾笼子挑出一个最好的来给它住，配一个最好的雀碗，在插架上放了一个荸荠，安了两根风藤跳棍，整整忙了一半天。第二天起得格外早，把它挂在紫藤架下。正是花开的时候，我想是那全园最好的地方了。一切弄得妥妥当当后，独自还欣赏了好半天，我上学去了。一放学，急急回来，带着书便去看我的鸟。笼子掉在地下，碎了，雀碗里还有半碗水，“我的鸟，我的鸟哪！”父亲正在给碧桃花接枝，听见我的声音，忙走过来，把笼子拿起来看看，说：“你挂得太低了，鸟在大伯的玳瑁猫肚子里了。”哇的一声，我哭了。父亲推着我的头回去，一面说：“不害羞，这么大人了。”

有一年，园里忽然来了许多夜哇子。这是一种鹭鸶属的鸟，灰白色，据说它们头上那根毛能破天风。所以有那么一种名，大概是因为它的叫声如此吧。故乡古话说这种鸟常带来幸运。我见它们吃吃喳喳做窠了，我去告诉祖母，祖母去看了看，没有说什么话。我想起它们来了，也有一天会像来了一样又去了的。我尽想，从来处来，从去处去，一路走，一路望着祖母的脸。

园里什么花开了，常常是我第一个发现。祖母的佛堂里那个铜瓶里的花常常是我换新。对于这个孝心的报酬是有需掐花供奉时总让我去，父亲一醒来，一股香气透进帐子，知道桂花开了，他常是坐起来，抽支烟，看着花，很深远地想着什么。冬天，下雪的冬天，一早上，家里谁也还没有起来，我常去园里摘一些冰心蜡梅的朵子，再掺着鲜红的天竺果，用花丝穿成几柄，清水养在白瓷碟子里放在妈（我的第一个继母）和二伯母妆台上，再去上学。我穿花时，服伺我的女佣人小莲子，常拿着掸帚在旁边看，她头上也常戴着我的花。

我们那里有这么个风俗，谁拿着掐来的花在街上走，是可以抢的，表姐姐们每带了花回去，必是坐车。她们一来，都得上园里看看，有什么花开得正好，有时竟是特地为花来的。掐花的自然又是我。我乐于干这项差事。爬在海棠树上，梅树上，碧桃树上，丁香树上，听她们在下面说“这枝，唉，这枝这枝，再过来一点，弯过去的，喏，唉，对了对了！”冒一点险，用一点力，总给办到。有时我也贡献一点意见，以为某枝已经盛开，不两天就全落在台布上了，某枝花虽不多，样子却好。有时我陪花跟她们一道回去，路上看见有人看过这些花一眼，心里非常高兴。碰到熟人同学，路上也会分一点给她们。

想起绣球花，必连带想起一双白缎子绣花的小拖鞋，这是一个小姑姑房中东西。那时候我们在一处玩，从来只叫名字，不叫姑姑。只有时写字条时如此称呼，而且写到这两个字时心里颇有种近于滑稽的感觉。我轻轻揭开门帘，她自己若是不在，我便看到这两样东西了。太阳照进来，令人明白感觉到花在吸着水，仿佛自己真分享到吸水的快乐。我可以坐在她常坐的椅子上，随便找一本书看看，找一张纸写点什么，或有心无意地画一个枕头花样，把一切再恢复原来样子不留什么痕迹，又自去了。但她大都能发觉谁来过了。那第二天碰到，必指着手说："还当我不知道呢。你在我绷子上戳了两针，我要拆下重来了！"那自然是吓人的话。那些绣球花，我差不多看见它们一点一点地开，在我看书做事时，它会无声地落两片在花梨木桌上。绣球花可由人工着色。在瓶里加一点颜色，它便会吸到花瓣里。除了大红的之外，别种颜色看上去都极自然。我们常以骗人说是新得的异种。这只是一种游戏，姑姑房里常供的仍是白的。为什么我把花跟拖鞋画在一起呢？真不可解。——姑姑已经嫁了，听说日子极不如意。绣球快开花了，昆明渐渐暖起来。

花园里旧有一间花房，由一个花匠管理。那个花匠仿佛姓夏。关于他的机伶促狭，和女人方面的恩怨，有些故事常为旧日佣仆谈起。但我只看到他常来要钱，样子十分狼狈，局局促促，躲避人的眼睛，尤其是说他的故事的人的。花匠离去后，花房也跟着改造园内房屋而拆掉了。那时我认识花名极少，只记得黄昏时，夹竹桃特别红，我忽然又害怕起来，急急走回去。

我爱逗弄含羞草。触遍所有叶子，看都合起来了，我自低头看我的书，偷眼瞧它一片片的开张了，再猝然又来一下。他们都说这是不好的，有什么不好呢。

荷花像是清明栽种。我们吃吃螺蛳，抹抹柳球，便可看佃户把马粪倒在几口大缸里盘上藕秧，再盖上河泥。我们在泥里找蚬子，小虾，觉得这些东西搬了这么一次家，是非常奇怪有趣的事。缸里泥晒干了，便加点水，一次又一次。有一天，紫红色的小猜子冒出了水面，夏天就来了。赞美第一朵花。荷叶上哗啦哗啦响了，母亲便把雨伞寻出来，小莲子会给我送去。

大雨忽然来了。一个青色的闪照在槐树上，我赶紧跑到柴草房里去。那是距我所在处最近的房屋。我爬上堆近屋顶的芦柴上，听水从高处流下来，响极了，訇——，空心的老桑树倒了，葡萄架塌了，我的四近越来越黑了，雨点在我头上乱跳。忽然一转身，墙角两个碧绿的东西在发光！哦，那是我常看见的老猫。老猫又生了一群小猫了。原来它每次生养都在这里。我看它们攒着吃奶，听着雨，雨慢慢小了。

那棵龙爪槐是我一个人的。我熟悉它的一切好处，知道哪个枝子适合哪种姿势。云从树叶间过去。壁虎在葡萄上爬。杏子熟了。何首乌的藤爬上石笋了，石笋那么黑。蜘蛛网上一只苍蝇。蜘蛛呢？花天牛半天吃了一片叶子，这叶子有点甜么，那么嫩。金雀花那儿好热闹，多少蜜蜂！波——，金鱼吐出一个泡，破了，下午我们去捞金鱼虫。香橼花蒂的黄色仿佛有点忧郁，别的花是飘下，香橼花是掉下的，花落在草叶上，草稍微低头又弹起。大伯母掐了枝珠兰戴上，回去了。大伯母的女儿，堂姐姐看金鱼，看见了自己。石榴花开，玉兰花开，祖母来了，“莫掐了，回去看看，瓶里是什么？”“我下来了，下来扶您。”

槐树种在土山上，坐在树上可看见隔壁佛院。看不见房子，看到的是关着的那两扇门，关在门外的一片田园。门里是什么岁月呢？钟鼓整日敲，那么悠徐，那么单调，门开时，小尼姑来抱一捆草，打两桶水，随即又关上了。水咚咚地滴回井里。那边有人看我，我忙把书放在眼前。

家里宴客，晚上小方厅和花厅有人吃酒打牌。（我记得有个人吹得极好的笛子。）灯光照到花上、树上，令人极欢喜也十分忧郁。点一个纱灯，从家里到园里，又从园里到家里，我一晚上总不知走了无数趟。有亲戚来去，多是我照路，说哪里高，哪里低，哪里上阶，哪里下坎。若是姑妈舅母，则多是扶着我肩膀走。人影人声都如在梦中。但这样的时候并不多。平日夜晚园子是锁上的。

小时候胆小害怕，黑魆魆的，树影风声，令人却步。而且相信园里有个“白胡子老头子”，一个土地花神，晚上会出来，在那个土山后面，花树下，冉冉地转圈子，见人也不避让。

有一年夏天，我已经像个大人了，天气郁闷，心上另外又有一点小事使我睡不着，半夜到园里去。一进门，我就停住了。我看见一个火星。咳嗽一声，招我前去，原来是我的父亲。他也正因为睡不着觉在园中徘徊。他让我抽一支烟（我刚会抽烟），我搬了一张藤椅坐下，我们一直没有说话。那一次，我感觉我跟父亲靠得近极了。

四月二日。月光清极。夜气大凉。似乎该再写一段作为收尾，但又似无须了。便这样吧，日后再说。逝者如斯。

# 翠湖心影

有一个姑娘，牙长得好。有人问她：

“姑娘，你多大了？”

“十七。”

“住在哪里？”

“翠湖西？”

“爱吃什么？”

“辣子鸡。”

过了两天，姑娘摔了一跤，磕掉了门牙。有人问她：

“姑娘多大了？”

“十五。”

“住在哪里？”

“翠湖。”

“爱吃什么？”

“麻婆豆腐。”

这是我在四十四年前听到的一个笑话。当时觉得很无聊（是在一个座谈会上听一个本地才子说的）。现在想起来觉得很亲切。

因为它让我想起翠湖。

昆明和翠湖分不开，很多城市都有湖。杭州西湖、济南大明湖、扬州瘦西湖。然而这些湖和城的关系都还不是那样密切。似乎把这些湖挪开，城市也还是城市。翠湖可不能挪开。没有翠湖，昆明就不成其为昆明了。翠湖在城里，而且几乎就挨着市中心。城中有湖，这在中国，在世界上，都是不多的。说某某湖是某某城的眼睛，这是一个俗得不能再俗的比喻了。然而说到翠湖，这个比喻还是躲不开。只能说：翠湖是昆明的眼睛。有什么办法呢，因为它非常贴切。

翠湖是一片湖，同时也是一条路。城中有湖，并不妨碍交通。湖之中，有一条很整齐的贯通南北的大路。从文林街、先生坡、府甬道，到华山南路、正义路，这是一条直达的捷径。——否则就要走翠湖东路或翠湖西路，那就绕远多了。昆明人特意来游翠湖的也有，不多。多数人只是从这里穿过。翠湖中游人少而行人多。但是行人到了翠湖，也就成了游人了。从喧嚣扰攘的闹市和刻板枯燥的机关里，匆匆忙忙地走过来，一进了翠湖，即刻就会觉得浑身轻松下来；生活的重压、柴米油盐、委屈烦恼，就会冲淡一些。人们不知不觉地放慢了脚步，甚至可以停下来，在路边的石凳上坐一坐，抽一支烟，四边看看。即使仍在匆忙地赶路，人在湖光树影中，精神也很不一样了。翠湖每天每日，给了昆明人多少浮世的安慰和精神的疗养啊。因此，昆明人——包括外来的游子，对翠湖充满感激。

翠湖这个名字起得好！湖不大，也不小，正合适。小了，不够一游；太大了，游起来怪累。湖的周围和湖中都有堤。堤边密密地栽着树。树都很高大。主要的是垂柳。“秋尽江南草未凋”，昆明的树好像到了冬天也还是绿的。尤其是雨季，翠湖的柳树真是绿得好像要滴下来。湖水极清。我的印象里翠湖似没有蚊子。夏天的夜晚，我们在湖中漫步或在堤边浅草中坐卧，好像都没有被蚊子咬过。湖水常年盈满。我在昆明住了七年，没有看见过翠湖干得见了底。偶尔接连下了几天大雨，湖水涨了，湖中的大路也被淹没，不能通过了。但这样的时候很少。翠湖的水不深。浅处没膝，深处也不过齐腰。因此没有人到这里来自杀。我们有一个广东籍的同学，因为失恋，曾投过翠湖。但是他下湖在水里走了一截，又爬上来了。因为他大概还不太想死，而且翠湖里也淹不死人。翠湖不种荷花，但是有许多水浮莲。肥厚碧绿的猪耳状的叶子，开着一望无际的粉紫色的蝶形的花，很热闹。我是在翠湖才认识这种水生植物的。我以后也再也没看到过这样大片大片的水浮莲。湖中多红鱼，很大，都有一尺多长。这些鱼已经习惯于人声脚步，见人不惊，整天只是安安静静地，悠然地浮沉游动着。有时夜晚从湖中大路上过，会忽然泼剌一声，从湖心跃起一条极大的大鱼，吓你一跳。湖水、柳树、粉紫色的水浮莲、红鱼，共同组成一个印象：翠。

一九三九年的夏天，我到昆明来考大学，寄住在青莲街的同济中学的宿舍里，几乎每天都要到翠湖。学校已经发了榜，还没有开学，我们除了骑马到黑龙潭、金殿，坐船到大观楼，就是到翠湖图书馆去看书。这是我这一生去过次数最多的一个图书馆，也是印象极佳的一个图书馆。图书馆不大，形制有一点像一个道观。非常安静整洁。有一个侧院，院里种了好多盆白茶花。这些白茶花有时整天没有一个人来看它，就只是安安静静地、欣然地开着。图书馆的管理员是一个妙人。他没有准确的上下班时间。有时我们去得早了，他还没有来，门没有开，我们就在外面等着。他来了，谁也不理，开了门，走进阅览室，把壁上一个不走的挂钟的时针“喀拉拉”一拨，拨到八点，这就上班了，开始借书。这个图书馆的藏书室在楼上。楼板上挖出一个长方形的洞，从洞里用绳子吊下一个长方形的木盘。借书人开好借书单，——管理员把借书单叫作“飞子”，昆明人把一切不大的纸片都叫作“飞子”，买米的发票、包裹单、汽车票，都叫“飞子”，——这位管理员看一看，放在木盘里，一拽旁边的铃铛，“当啷啷”，木盘就从洞里吊上去了。——上面大概有个滑车。不一会儿，上面拽一下铃铛，木盘又系了下来，你要的书来了。这种古老而有趣的借书手续我以后再也没有见过。这个小图书馆藏书似不少，而且有些善本。我们想看的书大都能够借到。过了两三个小时，这位干瘦而沉默的有点像陈老莲画出来的古典的图书管理员站起来，把壁上不走的挂钟的时针“喀拉拉”一拨，拨到十二点：下班！我们对他这种以意为之的计时方法完全没有意见。因为我们没有一定要看完的书，到这里来只是享受一点安静。我们的看书，是没有目的的，从《南诏国志》到福尔摩斯，逮什么看什么。

翠湖图书馆现在还有吗？这位图书管理员大概早已作古了。不知道为什么，我会常常想起他来，并和我所认识的几个孤独、贫穷而有点怪僻的小知识分子的印象掺和在一起，越来越鲜明。总有一天，这个人物的形象会出现在我的小说里的。

翠湖的好处是建筑物少。我最怕风景区挤满了亭台楼阁。除了翠湖图书馆，有一簇洋房，是法国人开的翠湖饭店。这所饭店似乎是终年空着的。大门虽开着，但我从未见过有人进去，不论是中国人还是法国人。此外，大路之东，有几间黑瓦朱栏的平房，狭长的，按形制似应该叫作“轩”。也许里面是有一方题作什么轩的横匾的，但是我记不得了。也许根本没有。轩里有一阵曾有人卖过面点，大概因为生意不好，停歇了。轩内空荡荡的，没有桌椅。只在廊下有一个卖“糠虾”的老婆婆。“糖虾”是只有皮壳没有肉的小虾。晒干了，卖给游人喂鱼。花极少的钱，便可从老婆婆手里买半碗，一把一把撒在水里，一尺多长的红鱼就很兴奋地游过来，抢食水面的糠虾，接喋有声。糠虾喂完，人鱼俱散，轩中又是空荡荡的，剩下老婆婆一个人寂然地坐在那里。

路东伸进湖水，有一个半岛。半岛上有一个两层的楼阁。阁上是个茶馆。茶馆的地势很好，四面有窗，入目都是湖水。夏天，在阁子上喝茶，很凉快。这家茶馆，夏天，是到了晚上还卖茶的（昆明的茶馆都是这样，收市很晚），我们有时会一直坐到十点多钟。茶馆卖盖碗茶，还卖炒葵花子、南瓜子、花生米，都装在一个白铁敲成的方碟子里，昆明的茶馆计账的方法有点特别：瓜子、花生，都是一个价钱，按碟算。喝完了茶，“收茶钱！”堂倌走过来，数一数碟子，就报出个钱数。我们的同学有时临窗饮茶，嗑完一碟瓜子，随手把铁皮碟往外一扔，“pia——”，碟子就落进了水里。堂倌算账，还是照碟算。这些堂倌们晚上清点时，自然会发现碟子少了，并且也一定会知道这些碟子上哪里去了。但是从来没有一次收茶钱时因此和顾客吵起来过；并且在提着大铜壶用“凤凰三点头”手法为客人续水时也从不拿眼睛“贼”着客人。把瓜子碟扔进水里，自然是不大道德。不过堂倌不那么斤斤计较的风度却是很可佩服的。

除了到昆明图书馆看书，喝茶，我们更多的时候是到翠湖去“穷遛”。这“穷遛”有两层意思，一是不名一钱地遛，一是无穷无尽地遛。“园日涉以成趣”，我们遛翠湖没有个够的时候。尤其是晚上，踏着斑驳的月光树影，可以在湖里一遛遛好几圈。一面走，一面海阔天空，高谈阔论。我们那时都是二十岁上下的人，似乎有很多话要说，可说，我们都说了些什么呢？我现在一句都记不得了！

我是一九四六年离开昆明的。一别翠湖，已经三十八年了，时间过得真快！

我是很想念翠湖的。

前几年，听说因为搞什么“建设”，挖断了水脉，翠湖没有水了。我听了，觉得怅然，而且，愤怒了。这是怎么搞的！谁搞的？翠湖会成了什么样子呢？那些树呢？那些水浮莲呢？那些鱼呢？

最近听说，翠湖又有水了，我高兴！我当然会想到这是三中全会带来的好处。这是拨乱反正。

但是我又听说，翠湖现在很热闹，经常举办“蛇展”什么的，我又有点担心。这又会成了什么样子呢？我不反对翠湖游人多，甚至可以有游艇，甚至可以设立摊篷卖破酥包子、焖鸡米线、冰淇凌、雪糕，但是最好不要搞“蛇展”。我希望还我一个明爽安静的翠湖。我想这也是很多昆明人的希望。

一九八四年五月九日

# 冬　天

天冷了，堂屋里上了槅子。槅子，是春暖时卸下来的，一直在厢屋里放着。现在，搬出来，刷洗干净了，换了新的粉连纸，雪白的纸。上了槅子，显得严紧，安适，好像生活中多了一层保护。家人闲坐，灯火可亲。

床上拆了帐子，铺了稻草。洗帐子要捡一个晴朗的好天，当天就晒干。夏布的帐子，晾在院子里，夏天离得远了。稻草装在一个布套里，粗布的，和床一般大。铺了稻草，暄腾腾的，暖和，而且有稻草的香味，使人有幸福感。

不过也还是冷的。南方的冬天比北方难受，屋里不升火。晚上脱了棉衣，钻进冰凉的被窝里，早起，穿上冰凉的棉袄棉裤，真冷。

放了寒假，就可以睡懒觉。棉衣在铜炉子上烘过了，起来就不是很困难了。尤其是，棉鞋烘得热热的，穿进去真是舒服。

我们那里生烧煤的铁火炉的人家很少。一般取暖，只是铜炉子，脚炉和手炉。脚炉是黄铜的，有多眼的盖。里面烧的是粗糠。粗糠装满，铲上几铲没有烧透的芦柴火（我们那里烧芦苇，叫作

“芦柴”）的红灰盖在上面。粗糠引着了，冒一阵烟，不一会儿，烟尽了，就可以盖上炉盖。粗糠慢慢延烧，可以经很久。老太太们离不开它。闲来无事，抹抹纸牌，每个老太太脚下都有一个脚炉。脚炉里粗糠太实了，空气不够，火力渐微，就要用“拨火板”沿炉边挖两下，把粗糠拨松，火就旺了。脚炉暖人。脚不冷则周身不冷。焦糠的气味也很好闻。仿日本俳句，可以作一首诗：“冬天，脚炉焦糠的香。”手炉较脚炉小，大都是白铜的，讲究的是银制的。炉盖不是一个一个圆窟窿，大都是镂空的松竹梅花图案。手炉有极小的，中置炭墼（煤炭研为细末，略加蜜，筑成饼状），以纸煤头引着。一个炭墼能经一天。

冬天吃的菜，有乌青菜、冻豆腐、咸菜汤。乌青菜塌棵，平贴地面，江南谓之“塌苦菜”，此菜味微苦。我的祖母在后园辟小片地，种乌青菜，经霜，菜叶边缘作紫红色，味道苦中泛甜。乌青菜与“蟹油”同煮，滋味难比。“蟹油”是以大螃蟹煮熟剔肉，加猪油“炼”成的，放在大海碗里，凝成蟹冻，久贮不坏，可吃一冬。豆腐冻后，不知道为什么是蜂窝状。化开，切小块，与鲜肉、咸肉、牛肉、海米或咸菜同煮，无不佳。冻豆腐宜放辣椒、青蒜。我们那里过去没有北方的大白菜，只有“青菜”。大白菜是从山东运来的，美其名曰“黄芽菜”，很贵。“青菜”似油菜而大，高二尺，是一年四季都有的，家家都吃的菜。咸菜即是用青菜腌的。阴天下雪，喝咸菜汤。

冬天的游戏：踢毽子，抓子儿，下“逍遥”。“逍遥”是在一张正方的白纸上，木版印出螺旋的双道，两道之间印出八仙、马、兔子、鲤鱼、虾……；每样都是两个，错落排列，不依次序。玩的时候各执铜钱或象棋子为子儿，掷骰子，如果骰子是五点，自“起马”处数起，向前走五步，是兔子，则可向内圈寻找另一个兔子，以子儿押在上面。下一轮开始，自里圈兔子处数起，如是六点，进六步，也许是铁拐李，就寻另一个铁拐李，把子儿押在那个铁拐李上。如果数至里圈的什么图上，则到外圈去找，退回来。点数够了，子儿能进终点（终点是一座宫殿式的房子，不知是月宫还是龙门），就算赢了。次后进入的为“二家”“三家”。“逍遥”两个人玩也可以，三个四个人玩也可以。不知道为什么叫作“逍遥”。

早起一睁眼，窗户纸上亮晃晃的，下雪了！雪天，到后园去折蜡梅花、天竺果。明黄色的蜡梅、鲜红的天竺果，白雪，生意盎然。蜡梅开得很长，天竺果尤为耐久，插在胆瓶里，可经半个月。

舂粉子。有一家邻居，有一架碓。这架碓平常不大有人用，只在冬天由附近的一二十家轮流借用。碓屋很小，除了一架碓，只有一些筛子、箩。踩碓很好玩，用脚一踏，吱扭一声，碓嘴扬了起来，嘭的一声，落在碓窝里。粉子舂好了，可以蒸糕，做“年烧饼”（糯米粉为蒂，包豆沙白糖，作为饼，在锅里烙熟），搓圆子（即汤团）。舂粉子，就快过年了。

一九八八年十二月二十二日

载一九九八年第一期《中国作家》

# 下大雨

雨真大。下得屋顶上起了烟。大雨点落在天井的积水里砸出一个一个丁字泡。我用两手捂着耳朵，又放开，听雨声：呜——哇；呜——哇。下大雨，我常这样听雨玩。

雨打得荷花缸里的荷叶东倒西歪。

在紫薇花上采蜜的大黑蜂钻进了它的家。它的家是在椽子上用嘴咬出来的圆洞，很深。大黑蜂是一个“人”过的。

紫薇花湿透了，然而并不被雨打得七零八落。

麻雀躲在檐下，歪着小脑袋。

蜻蜓倒吊在树叶的背面。

哈，你还在呀！一只乌龟。这只乌龟是我养的。我在龟甲边上钻了一个洞，用麻绳系住了它，拴在柜橱脚上。有一天，不见了，它不知怎么跑出去了。原来它藏在老墙下面一块断砖的洞里。下大雨，它出来了。它昂起脑袋看雨，慢慢地爬到天井的水里。

载一九九八年第一期《收获》

# 昆明的雨

宁坤要我给他画一张画，要有昆明的特点。我想了一些时候，画了一幅：右上角画了一片倒挂着的浓绿的仙人掌，末端开出一朵金黄色的花；左下画了几朵青头菌和牛肝菌。题了这样几行字：

昆明人家常于门头挂仙人掌一片以辟邪，仙人掌悬空倒挂尚能存活开花。于此可见仙人掌生命之顽强，亦可见昆明雨季空气之湿润。雨季则有青头菌、牛肝菌，味极鲜腴。

我想念昆明的雨。

我以前不知道有所谓雨季。“雨季”，是到昆明以后才有了具体感受的。

我不记得昆明的雨季有多长，从几月到几月，好像是相当长的。但是并不使人厌烦。因为是下下停停、停停下下，不是连绵不断，下起来没完。而且并不使人气闷。我觉得昆明雨季气压不低，人很舒服。

昆明的雨季是明亮的、丰满的，使人动情的。城春草木深，孟夏草木长。昆明的雨季，是浓绿的。草木的枝叶里的水分都到了饱和状态，显示出过分的、近于夸张的旺盛。

我的那张画是写实的。我确实亲眼看见过倒挂着还能开花的仙人掌。旧日昆明人家门头上用以辟邪的多是这样一些东西：一面小镜子，周围画着八卦，下面便是一片仙人掌——在仙人掌上扎一个洞，用麻线穿了，挂在钉子上。昆明仙人掌多，且极肥大。有些人家在菜园的周围种了一圈仙人掌以代替篱笆。——种了仙人掌，猪羊便不敢进园吃菜了。仙人掌有刺，猪和羊怕扎。

昆明菌子极多。雨季逛菜市场，随时可以看到各种菌子。最多，也最便宜的是牛肝菌。牛肝菌下来的时候，家家饭馆卖炒牛肝菌，连西南联大食堂的桌子上都可以有一碗。牛肝菌色如牛肝，滑，嫩，鲜，香，很好吃。炒牛肝菌须多放蒜，否则容易使人晕倒。青头菌比牛肝菌略贵。这种菌子炒熟了也还是浅绿色的，格调比牛肝菌高。菌中之王是鸡枞，味道鲜浓，无可方比。鸡枞是名贵的山珍，但并不真的贵得惊人。一盘红烧鸡枞的价钱和一碗黄焖鸡不相上下，因为这东西在云南并不难得。有一个笑话：有人从昆明坐火车到呈贡，在车上看到地上有一棵鸡枞，他跳下去把鸡枞捡了，紧赶两步，还能爬上火车。这笑话用意在说明昆明到呈贡的火车之慢，但也说明鸡枞随处可见。有一种菌子，中吃不中看，叫作干巴菌。乍一看那样子，真叫人怀疑：这种东西也能吃?！颜色深褐带绿，有点像一堆半干的牛粪或一个被踩破了的马蜂窝。里头还有许多草茎、松毛，乱七八糟！可是下点功夫，把草茎松毛择净，撕成蟹腿肉粗细的丝，和青辣椒同炒，入口便会使你张目结舌：这东西这么好吃?！还有一种菌子，中看不中吃，叫鸡油菌。都是一般大小，有一块银圆那样大，滴溜儿圆，颜色浅黄，恰似鸡油一样。这种菌子只能做菜时配色用，没甚味道。

雨季的果子，是杨梅。卖杨梅的都是苗族女孩子，戴一顶小花帽子，穿着扳尖的绣了满帮花的鞋，坐在人家阶石的一角，不时吆唱一声："卖杨梅——"声音娇娇的。她们的声音使得昆明雨季的空气更加柔和了。昆明的杨梅很大，有一个乒乓球那样大，颜色黑红黑红的，叫作"火炭梅"。这个名字起得真好，真是像一球烧得炽红的火炭！一点都不酸！我吃过苏州洞庭山的杨梅、井冈山的杨梅，好像都比不上昆明的火炭梅。

雨季的花是缅桂花。缅桂花即白兰花，北京叫作"把儿兰"（这个名字真不好听）。云南把这种花叫作缅桂花，可能最初这种花是从缅甸传入的，而花的香味又有点像桂花，其实这跟桂花实在没有什么关系。不过话又说回来，别处叫它白兰、把儿兰，它和兰也挨不上呀，也不过是因为它很香，香得像兰花。我在家乡看到的白兰多是一人高，昆明的缅桂是大树！我在若园巷二号住过，院里有一棵大缅桂，密密的叶子，把四周房间都映绿了。缅桂盛开的时候，房东（是一个五十多岁的寡妇）和她的一个养女，搭了梯子上去摘，每天要摘下来好些，拿到花市上去卖。她大概是怕房客们乱摘她的花，时常给各家送去一些。有时送来一个七寸盘子，里面摆得满满的缅桂花！带着雨珠的缅桂花使我的心软软的，不是怀人，不是思乡。

雨，有时是会引起人一点淡淡的乡愁的。李商隐的《夜雨寄北》是为许多久客的游子而写的。我有一天在积雨少住的早晨和德熙从联大新校舍到莲花池去。看了池里的满池清水，看了着比丘尼装的陈圆圆的石像（传说陈圆圆随吴三桂到云南后出家，暮年投莲花池而死），雨又下起来了。莲花池边有一条小街，有一个小酒店，我们走进去，要了一碟猪头肉、半市斤酒（装在上了绿釉的土瓷杯里），坐了下来。雨下大了。酒店有几只鸡，都把脑袋反插在翅膀下面，一只脚着地，一动也不动地在檐下站着。酒店院子里有一架大木香花。昆明木香花很多。有的小河沿岸都是木香。但是这样大的木香却不多见。一棵木香，爬在架上，把院子遮得严严的。密匝匝的细碎的绿叶，数不清的半开的白花和饱涨的花骨朵，都被雨水淋得湿透了。我们走不了，就这样一直坐到午后。四十年后，我还忘不了那天的情味，写了一首诗：

莲花池外少行人，
野店苔痕一寸深。
浊酒一杯天过午，
木香花湿雨沉沉。

我想念昆明的雨。

一九八四年五月十九日

载一九八四年第十期《北京文学》

# 四川杂忆

## 四川是个好地方

四川的气候好，多雾，雾养百谷；土好，不需要怎么施肥。在一块岩石上甩几坨泥巴，硬是能长出一片胡豆。这不是夸张想象，是亲眼目睹。我们剧团的一个演员在汽车里看到这奇特情景，招呼大家："快来看！石头上长蚕豆！"

## 成都

在我到过的城市里，成都是最安静、最干净的。在宽平的街上走走，使人觉得很轻松，很自由。成都人的举止言谈都透着悠闲。这种悠闲似乎脱离了时代，以致何其芳在抗日战争时期觉得这和抗战很不协调，写了一首长诗：《成都，让我来把你摇醒》。

成都并不总是似睡不醒的。"文化大革命"中也很折腾了一气。我六十年代初、七十年代、八十年代，都到过成都。最后一次到成都，成都似乎变化不大，但也留下一些"文化大革命"的痕迹。最明显的原来市中心的皇城叫刘结挺、张西挺炸掉了。当时写了一首诗：

> 柳眠花重雨丝丝，
> 劫后成都似旧时。
> 独有皇城今不见，
> 刘张霸业使人思。

武侯祠大概不是杜甫曾到过的武侯祠了，似乎也不见霜皮溜雨、黛色参天的古柏树，但我还是很喜欢现在的武侯祠。武侯祠气象森然，很能表现武侯的气度。这是我所到过的祠堂中最好的。这是一个祠，不是庙，也不是观，没有和尚气、道士气。武侯塑像端肃，面带深思。两廊配享的蜀之文武大臣，武将并不剑拔弩张，故作威猛，文臣也不那么飘逸有神仙气，只是一些公忠谨慎的国之干城，一些平常的"人"。武侯祠的楹联多为治蜀的封疆大员所撰写，不是吟风弄月的名士所写，这增加了祠的典重。毛主席十分欣赏的那副长联——"能攻心则反侧自消，从古知兵非好战；不审势即宽严皆误，后来治蜀要深思"，确实写得很得体，既表现了武侯的思想，也说出撰联大臣的见识。在祠堂对联中，可算得是写得最好的。

我不喜欢杜甫草堂，杜甫的遗迹一点也没有，为秋风所破的茅屋在哪里？老妻画纸，稚子敲针在什么地方？杜甫在何处看见细雨鱼儿出，微风燕子斜？都无从想象。没有桤木，也没有大邑青瓷。

## 眉山

三苏祠即旧宅为祠。东坡文云“家有五亩之园”，今略广，占地约八亩。房屋疏朗，三径空阔，树木秀润，因为是以宅为祠，使人有更多的向往。廊子上有一口井，云是苏氏旧物，现在还能打得上水来。井以红砂石为栏，尚完好。大概苏家也不常用这个井，否则，红砂石石质疏松，是会叫井绳磨出道道的。园之右侧有花坛，种荔枝一棵。据说东坡离家时，乡人栽了一棵荔枝，要等他回来吃。苏东坡流谪在外，终于没有吃到家乡的荔枝。东坡酷嗜荔枝，日啖三百颗，但那是广东荔枝。从海南望四川，连“青山一发”也看不见。“不辞长作岭南人”，其言其实是酸苦的。当年乡人所种的荔枝，早已枯死，后来补种了几次，现存的一棵据说是明代补种的，也已经半枯了，正在设法抢救。祠中有个陈列室，搜集了《苏东坡集》的历代版本，平放在玻璃橱里。这一设计很能表现四川人的文化素养。

离眉山，往乐山，车中得诗：

当日家园有五亩，
至今文字重三苏。
红栏旧井犹堪汲，
丹荔重栽第几株？

## 乐山

大佛的一只手断掉了，后来补了一只。补得不好，手太长，比例不对。又耷拉着，似乎没有筋骨。一时设计不到，造成永久的遗憾。现在没有办法了，又不能给他做一次断手再植的手术，只好就这样吧。

走尽石级，将登山路，迎面有摩崖一方，是司马光的字。司马光的字我见过他写给修《资治通鉴》的局中同人的信，字方方的，笔画颇细瘦。他的大字我还没有见过，字大约七寸，健劲近似颜体。文曰：

登山亦有道，徐行则不蹶。

——司马光

我每逢登山，总要想起司马光的摩崖大字。这是见道之言，所说的当然不只是登山。

## 洪椿坪

峨眉山风景最好的地方我以为是由清音阁到洪椿坪的一段山路。一边是山，竹树层叠，蒙蒙茸茸。一边是农田。下面是一条溪，溪水从大大小小黑的、白的、灰色的石块间夺路而下，有时潴为浅潭，有时只是弯弯曲曲的涓涓细流，听不到声音。时时飞来一只鸟，在石块上落定，不停地撅起尾巴。撅起，垂下，又撅起……它为什么要这样？乌黑身白颊，黑得像墨，不叫。我觉得这就是鲁迅小说里写的张飞鸟。

洪椿坪的寺名我已经忘记了。

入寺后，各处看看。两个五台山来的和尚在后殿拜佛。

这两个和尚我们在清音阁已经认识，交谈过。一个较高，清瘦清瘦的。他是保定人，原来是做生意的，娶过妻，夫妻感情很好。妻子病故，他万念俱灰，四处漫游，到了五台山，就出了家。另一个黑胖结实，完全像一个农民，他原来大概也就是五台山下的农民。他们发愿朝四大名山。已经朝过普陀，朝过峨眉之后，还要去朝九华山。五台山是本山，早晚可以拜佛，不需跋山涉水。他们的食宿旅费是自筹的。和尚每月有一点生活费，积攒了几年，才能完成夙愿。

进庙先拜佛，得拜一百八十拜。那样五体投地地拜一百八十拜，要叫我拜，非拜晕了不可。正在拜着，黑胖和尚忽然站起来飞跑出殿。原来他一时内急，憋不住了，要去如厕。排便之后，整顿衣裤，又接着拜。

晚饭后，在走廊上和一个本庙的和尚闲聊。我问他和尚进庙是不是都要拜一百八十拜。他说都要拜的。“我们到人家庙里，还不是一样要拜！”同时聊天的有几个小青年。一个小青年问：“你吃不吃肉？”他说：“肉还是要吃的。”“喝不喝酒？”“酒还是要喝的。”我没想到他如此坦率，他说，“文化大革命”把他们赶下山去，结了婚，生了孩子，什么规矩也没有了。不过庙里的小和尚是不许的。这个和尚四十多岁。天热，他褪下一只僧鞋，把不着鞋的脚在膝上架成二郎腿。他穿的是黄色僧鞋，袜子却是葡萄灰的尼龙丝袜。

两个五台山的和尚天不亮去朝金顶，等我们吃罢早餐，他们已经下来了。保定和尚说他们看到普贤的法相了，在金顶山路转弯处，普贤骑在白象上，前面有两行天女。起先只他一个人看见，他（那个黑胖和尚）看不见，他心里很着急。后来他也看见了。他告诉我们他们在普陀也看到了观音的法相，前面一队白孔雀。保定和尚说："你们是唯物主义者，我们是唯心主义者，我们的话你们不会相信。不过我们干吗要骗你们？"

下清音阁。我们要去宾馆，两位和尚要去九华山，遂分手。

## 北温泉

为了改《红岩》剧本，我们在北温泉住了十来天。住数帆楼。数帆楼是一个小宾馆，只两层，房间不多，全楼住客就是我们几个人。数帆楼廊子上一坐，真是安逸。楼外是竹丛，如张岱所说的"人面一绿"。竹外即嘉陵江。那时嘉陵江还没有被污染，水是碧绿的。昔人诗云"嘉陵江水女儿肤，比似春莼碧不殊"，写出了江水的感觉。听罗广斌说，艾芜同志在廊上坐下，说："我就是这里了！"不知怎么这句话传成了是我说的，"文化大革命"中我曾因为这句话而挨过斗。我没有分辩，因为这也是我的感受。

北温泉游人极少，花木欣荣，凫鸟自乐。温泉浴池门开着，随时可以洗。

引温泉水为渠，渠中养非洲鲫鱼。这是个好主意。非洲鲫鱼肉细嫩，唯恨刺多。每顿饭几乎都有非洲鲫鱼，于是我们每顿饭都带酒去。

住数帆楼，洗温泉浴，饮泸州大曲或五粮液，吃非洲鲫鱼，

“文化大革命”不斗这样的人，斗谁?

## 新都

新都有桂湖。湖不大，环湖皆植桂，开花时想必香得不得了。

桂湖上有杨升庵祠。祠不大，砖墙瓦顶，无藻饰，很朴素。祠内有当地文物数件。壁上嵌黑石，刻黄氏夫人“雁飞曾不到衡阳”诗，不知是不是手迹。

祠中正准备为杨升庵立像，管理处的负责同志让我们看了不少塑像小样，征求我们的意见。我没有说什么。我是不大赞成给古代的文人造像的，都差不多。屈原、李白、杜甫，都是一个样。在三苏祠后面看了苏东坡倚坐饮酒的石像，我实在不能断定这是苏东坡还是李白。杨升庵是什么长相？曾见陈老莲绘升庵醉后图，插花满头，是个相当魁伟的胖子。陈老莲的画未见得有什么根据。即使有一点根据，在桂湖之侧树一胖人的像，也不大好看。

我倒觉得升庵祠可以像三苏祠一样辟一间陈列室，搜集升庵著作的各种版本放在里面。

杨升庵著作甚多，有七十几种。有人以为升庵考证粗疏，有些地方是臆断。我觉得这毕竟是个很有才华、很有学问的人，而且遭遇很不幸，值得纪念。

曾有题升庵祠诗：

桂湖老桂弄新姿，
湖上升庵旧有祠。
一种风流谁得似，

状元词曲罪臣诗。

## 大足

云冈石刻古朴浑厚，龙门石刻精神饱满。云冈、龙门的颜色是灰黑色，石质比较粗疏，易风化。云冈风化得很厉害，龙门石佛的衣纹也不那么清晰了。云冈是北魏的，龙门是唐代的。大足石刻年代较晚，主要是宋刻。石质洁白坚致，极少磨损，刻工风格也与云冈、龙门迥异，其特点是清秀潇洒，很美，一种人间的美，人的美。

有人说佛像都是没有性别的，是中性的，分不出是男是女。也许是这样吧。更恰切地说，佛有点女性美。大足普贤像被称为“东方的维纳斯”，其实是不准确的。维纳斯就是西方的，她的美是西方的美。普贤是东方的，他的美是东方的美。普贤是男性（不像观音似的曾化为女身），咋会是维纳斯呢？不过普贤确实有点女性，眉目恬静，如好女子。他戴着花冠，尤易让人误会。

“媚态观音”像一个腰肢婀娜的舞女。不过“媚态”二字不大好，说得太露了。

“十二圆觉”衣带静垂，但让人觉得圆觉之间，有清风流动。这组群像的构思有点特别，强调同，而不强调异。十二尊像的相貌、衣着、坐态几乎是一样的。他们都在沉思，但仔细看看，觉得他们各有会心，神情微异。唯此小异，乃成大同，形成一个整体。十二圆觉门的上面凿出横方窗洞，以受日光，故室内并不昏暗。流泉一道，涓涓下注，流出室外，使空气长新。当初设计，极具匠心。

我见过很多千手观音，都不觉得怎么美。一个人肩背上长出许多胳臂和手，总是不自然。我见过最大的也是最好的千手观音，是承德外八庙的有三层楼高的那一尊。这尊很高的千手观音的好处是胳臂安得比较自然。大足的千手观音我们以为是个奇迹。那么多只手（共一千零七只），可是非常自然。这些手是怎样从观音身上长出来的，完全没有交代，只见观音身后有很多手。因为没法交代，所以干脆不交代，这办法太聪明了！但是，你又觉得这确实都是观音的手，菩萨的手。这些手各具表情，有的似在召唤，有的似在指点，有的似在给人安慰……这是富于人性的手。这具千手观音的美学特点是把规整性和随意性结合了起来。石刻，当然是要经过周密的设计的，但是错落参差，不做呆板的对称。手共一千零七只，是个单数，即此可见其随意性。

释迦牟尼涅槃像（俗谓卧佛），佛的面部极为平静，目微睁（常见卧佛合目如甜睡），无爱无欲，无死无生，已寂灭一切烦恼，圆满一切功德，至最高境界。佛像很大，长三十余米，但只刻了佛的头部和胸部，肩和手无交代，下肢伸入岩石，不知所终。佛前刻了佛弟子约十人，不是站成一排，而是有前有后，有的向左，有的向右，弟子服饰皆如中土产；有一个科头鬈发的，似西方人。弟子面微悲戚，但不像有些通俗佛经上所说的号啕擗踊。弟子也只露出半身，腹部以下，在石头里，也不知所终。于有限的空间造无限的境界，大足的佛涅槃像是一个杰作！

## 川菜

昆明护国路和文明新街有几家四川人开的小饭馆，卖“豆花素饭”和毛肚火锅。卖毛肚的饭馆早起开门后即在门口竖出一块牌子，上写“毛肚开堂”，或简单地写两个字：“开堂。”晚上封了火，又竖出一块牌子，只写一个字：“毕。”简练之至！这大概是从四川带过来的规矩。后来我几次到四川，都不见饭馆门口这样的牌子，此风想已消失。也许乡坝头还能看到。

上海有一家相当大的饭馆，叫作“绿杨邨”，以“川菜扬点”为号召。四川菜、扬州包点，确有特色。不过“绿杨邨”的川味已经淡化了。那样强烈的“正宗川味”上海人是吃不消的。

一九四八年我在北沙滩北京大学宿舍里寄住了半年，常去吃一家四川小馆子，就是李一氓同志在《川菜业在北京的发展》一文中提到的蒲伯英回川以后留下的他家里的厨师所开的，许情云和陈书舫都去吃过的那一家。这家馆子实在很小，只有三四张小方桌，但是菜味很纯正。李一氓同志以为有的菜比成都的还要做得好。我其时还没有去过成都，无从比较。我们去时点的菜只是回锅肉、鱼香肉丝之类的大路菜。这家的泡菜很好吃。

川菜尚辣。我六十年代住在成都一家招待所里，巷口有一个饭摊。一大桶热腾腾的白米饭，长案上有七八样用海椒拌得通红的辣咸菜。一个进城卖柴的汉子坐下来，要了两碟咸菜，几筷子就扒进了三碗“帽儿头”。我们剧团到重庆体验生活，天天吃辣，辣得大家害怕了，有几个年轻的女演员去吃汤圆，进门就大声说：“不要辣椒！”幺师傅冷冷地说：“汤圆没有放辣椒的！”川味辣，且麻。重庆卖面的小馆子的白粉墙上大都用黑漆写三个大字：“麻、辣、烫。”川花椒，即名为“大红袍”者确实很香，非山西、河北花椒所可及。吴祖光曾请黄永玉夫妇吃毛肚火锅。永玉的夫人张梅溪吃了一筷，问：“这个东西吃下去会不会死的哟？”川菜麻辣之最者大概要数水煮牛肉。川剧名丑李文杰曾请我们在政协所办的餐厅吃饭，水煮牛肉上来，我吃了一大口，把我噎得透不过气来。

四川人很会做牛肉。赵循伯曾对我说：“有一盘干煸牛肉丝，我能吃三碗饭！”灯影牛肉是一绝。为什么叫“灯影牛肉”？有人说是肉片薄而透明，隔着牛肉薄片，可以照见灯影。我觉得“灯影”即皮影戏的人形，言其轻薄如皮影人也。《东京梦华录》有“影戏犯”就是这样的东西。宋人所说的“犯”，都是干的或半干的肉的薄片。此说如可成立，则灯影牛肉已经有好几百年的历史了。

成都小吃谁都知道，不说了。“小吃”者不能当饭，如四川人所说，是“吃着玩的”。有几个北方籍的剧人去吃红油水饺，每人要了十碗，幺师父听了，鼓起眼睛。

## 川剧

有一位影剧才人说过一句话：“你要知道一个人的欣赏水平高低，只要问他喜欢川剧还是喜欢越剧。”有一次我在青年艺术剧院看川剧，台上正在演《做文章》，池座的薄暗光线中悄悄进来两个人，一看，是陈老总和贺老总。那是夏天，老哥儿俩都穿了纺绸衬衫，一人手里一把芭蕉扇。坐定之后，陈老总一看邻座是范瑞娟，就大声说："范瑞娟，你看我们的川剧怎么样啊？"范瑞娟小声说："好！"这二位老帅看来是以家乡戏自豪的——虽然贺老总不是四川人。

川剧文学性高，像"月明如水浸楼台"这样的唱词在别的剧种里是找不出来的。

川剧有些戏很美，比如《秋江》《踏伞》。

有些戏悲剧性强，感情强烈。如《放裴》《刁窗》《打神告庙》。《马踏箭射》写女人的嫉妒令人震颤。我看过阳友鹤和曾荣华的《铁笼山》，戏剧冲突如此强烈，我当时觉得这是莎士比亚！

川剧喜剧多，而且品味极高，是真正的喜剧。像《评雪辨踪》这样带抒情性的喜剧，我在别的剧种里还没有见过。别的剧种移植这出戏就失去了原来的诗意。同样，改编的《秋江》也只保存了身段动作，诗意少了。川剧喜剧的诗意跟语言密不可分。四川话是中国最生动的方言之一。比如《秋江》的对话：

> 陈姑：嗳！
> 艄翁：那么高了，还矮呀！
> 陈姑：咹！
> 艄翁：飞远了，按不到了！

不懂四川话就体会不到妙处。

川丑都有书卷气。李文杰告诉我，进科班学丑，先得学三年小生。这是非常有道理的。川丑不像京剧小丑那样粗俗。如北京人所说"胳肢人"或上海人所说的"硬滑稽"，往往是闲中作色，轻轻一笔，使人越想越觉得好笑。比如《拉郎配》的太监对地方官宣读圣旨之后，说“你们各自回衙理事”，他以为这是在他的府第里，完全忘了这是人家的衙门。老公的颟顸糊涂真令人忍俊不禁。川剧许多丑戏并不热闹，倒是“冷淡清灵”的。像《做文章》这样的戏，京剧的丑是没法演的。《文武打》，京剧丑角会以为这不叫个戏。

川剧有些手法非常奇特，非常新鲜。《梵王宫》耶律含嫣和花云一见钟情，久久注视，目不稍瞬。耶律含嫣的妹妹（?）把他们两人的视线拉在一起，拴了个扣儿，还用手指在这根“线”上嘣嘣嘣弹三下。这位小妹捏着这根“线”向前推一推，耶律含嫣和花云的身子就随着向前倾，把“线”向后扽一扽，两人就朝后仰。这根“线”如此结实，实是奇绝！耶律含嫣坐车，她觉得推车的是花云，回头一看，不是！是个老头子，上唇有一撮黑胡子。等她扭过头，是花云！车夫是演花云的同一演员扮的。这撮小胡子可以一会儿出现，一会儿消失（胡子消失是演员含进嘴里了）。用这样的方法表现耶律含嫣爱花云爱得精神恍惚，瞧谁都像花云。耶律含嫣的心理状态不通过旦角的唱念来表现，却通过车夫的小胡子变化来表现。化抽象为具象，这种手法，除了川剧，我还没有见过，而且绝对想不出来。想出这种手法的，能不说他是个天才吗?

有人说中国戏曲比较接近布莱希特体系，主要指中国戏曲的“间离效果”。我觉得真正有意识地运用“间离效果”的是川剧。川剧不要求观众完全“入戏”，保持清醒，和剧情保持距离。川剧的帮腔在制造“间离效果”上起了很大作用。帮腔者常常是置身局外的旁观者。我曾在重庆看过一出戏（剧名已忘），两个奸臣在台上对骂，一个说："你混蛋!"另一个说："你混蛋!"帮腔的高声唱道："你两个都混蛋喏……"他把观众对俩人的评论唱出来了!

一九九二年四月六日

载一九九二年第八期《四川文学》

# 第五辑

# 黄油烙饼

萧胜跟着爸爸到口外去。

萧胜满七岁，进八岁了。他这些年一直跟着奶奶过。他爸爸的工作一直不固定。一会儿修水库啦，一会儿大炼钢铁啦。他妈也是调来调去。奶奶一个人在家乡，说是冷清得很。他三岁那年，就被送回老家来了。他在家乡吃了好些萝卜白菜，小米面饼子，玉米面饼子，长高了。

奶奶不怎么管他。奶奶有事。她老是找出一些零碎料子给他接衣裳，接褂子，接裤子，接棉袄，接棉裤。他的衣服都是接成一道一道的，一道青，一道蓝。倒是挺干净的。奶奶还给他做鞋。自己打袼褙，剪样子，纳底子，自己绱。奶奶老是说："你的脚上有牙，有嘴？""你的脚是铁打的！"再就是给他做吃的。小米面饼子，玉米面饼子，萝卜白菜——炒鸡蛋，熬小鱼。他整天在外面玩。奶奶把饭做得了，就在门口嚷："胜儿！回来吃饭咧——！"

后来办了食堂。奶奶把家里的两口锅交上去，从食堂里打饭回来吃。真不赖！白面馒头，大烙饼，卤虾酱炒豆腐、闷茄子，猪头肉！食堂的大师傅穿着白衣服，戴着白帽子，在蒸笼的白蒙蒙的热气中晃来晃去，拿铲子敲着锅边，还大声嚷叫。人也胖了，猪也肥了。真不赖！

后来就不行了。还是小米面饼子，玉米面饼子。

后来小米面饼子里有糠，玉米面饼子里有玉米核磨出的碴子，拉嗓子。人也瘦了，猪也瘦了。往年，撵个猪可费劲哪。今年，一伸手就把猪后腿攥住了。挺大一个克郎，一挤它，咕咚就倒了。掺假的饼子不好吃，可是萧胜还是吃得挺香。他饿。奶奶吃得不香。他从食堂打回饭来，掰半块饼子，嚼半天。其余的，都归了萧胜。

奶奶的身体原来就不好。她有个气喘的病。每年冬天都犯。白天还好，晚上难熬。萧胜躺在坑上，听奶奶喝喽喝喽地喘。睡醒了，还听她喝喽喝喽。他想，奶奶喝喽了一夜。可是奶奶还是喝喽着起来了，喝喽着给他到食堂去打早饭，打掺了假的小米饼子，玉米饼子。

爸爸去年冬天回来看过奶奶。他每年回来，都是冬天。爸爸带回来半麻袋土豆，一串口蘑，还有两瓶黄油。爸爸说，土豆是他分的；口蘑是他自己采，自己晾的；黄油是“走后门”搞来的。爸爸说，黄油是牛奶炼的，很“营养”，叫奶奶抹饼子吃。土豆，奶奶借锅来蒸了，煮了，放在灶火里烤了，给萧胜吃了。口蘑过年时打了一次卤。黄油，奶奶叫爸爸拿回去：“你们吃吧。这么贵重的东西！”爸爸一定要给奶奶留下。奶奶把黄油留下了，可是一直没有吃。奶奶把两瓶黄油放在躺柜上，时不时地拿抹布擦擦。黄油是个啥东西？牛奶炼的？隔着玻璃，看得见它的颜色是嫩黄嫩黄的。去年小三家生了小四，他看见小三他妈给小四用松花粉扑痒子。黄油的颜色就像松花粉。油汪汪的，很好看。奶奶说，这是能吃的。萧胜不想吃。他没有吃过，不馋。

奶奶的身体越来越不好。她从前从食堂打回饼子，能一气走到家。现在不行了，走到歪脖柳树那儿就得歇一会。奶奶跟上了年纪的爷爷、奶奶们说："只怕是过得了冬，过不得春呀。"萧胜知道这不是好话。这是一句骂牲口的话。"嗳！看你这乏样儿！过得了冬过不得春！"果然，春天不好过。村里的老头老太太接二连三地死了。镇上有个木业生产合作社，原来打家具、修犁耙，都停了，改了打棺材。村外添了好些新坟，好些白幡。奶奶不行了，她浑身都肿。用手指按一按，老大一个坑，半天不起来。她求人写信叫儿子回来。

爸爸赶回来，奶奶已经咽了气了。

爸爸求木业社把奶奶屋里的躺柜改成一口棺材，把奶奶埋了。晚上，坐在奶奶的炕上流了一夜眼泪。

萧胜一生第一次经验什么是"死"。他知道"死"就是"没有"了。他没有奶奶了。他躺在枕头上，枕头上还有奶奶的头发的气味。他哭了。

奶奶给他做了两双鞋。做得了，说："来试试！"——"等会儿！"吱溜，他跑了。萧胜醒来，光着脚把两双鞋都试了试。一双正合脚，一双大一些。他的赤脚接触了搪底布，感觉到奶奶纳的底线，他叫了一声"奶奶！！"又哭了一气。

爸爸拜望了村里的长辈，把家里的东西收拾收拾，把一些能应用的锅碗瓢盆都装在一个大网篮里。把奶奶给萧胜做的两双鞋也装在网篮里。把两瓶动都没有动过的黄油也装在网篮里。锁了门，就带着萧胜上路了。

萧胜跟爸爸不熟。他跟奶奶过惯了。他起先不说话。他想家，想奶奶，想那棵歪脖柳树，想小三家的一对大白鹅，想蜻蜓，想蝈蝈，想挂大扁飞起来格格地响，露出绿色硬翅膀低下的桃红色的翅膜……后来跟爸爸熟了。他是爸爸呀！他们坐了汽车，坐火车，后来又坐汽车。爸爸很好。爸爸老是引他说话，告诉他许多口外的事。他的话越来越多，问这问那。他对“口外”产生了很浓厚的兴趣。

他问爸爸啥叫“口外”。爸爸说“口外”就是张家口以外，又叫“坝上”。“为啥叫坝上？”他以为“坝”是一个水坝。爸爸说到了就知道了。

敢情“坝”是一溜大山。山顶齐齐的，倒像个坝。可是真大！汽车一个劲地往上爬。汽车爬得很累，好像气都喘不过来，不停地哼哼。上了大山，嘿，一片大平地！真是平呀！又平又大。像是擀过的一样。怎么可以这样平呢！汽车一上坝，就撒开欢了。它不哼哼了，“刷——”一直往前开。一上了坝，气候忽然变了。坝下是夏天，一上坝就像秋天。忽然，就凉了。坝上坝下，刀切的一样。真平呀！远远有几个小山包，圆圆的。一棵树也没有。他的家乡有很多树。榆树，柳树，槐树。这是个什么地方！不长一棵树！就是一大片大平地，碧绿的，长满了草。有地。这地块真大。从这个小山包一匹布似的一直扯到了那个小山包。地块究竟有多大？爸爸告诉他：有一个农民牵了一头母牛去犁地，犁了一趟，回来时候母牛带回来一个新下的小牛犊，已经三岁了！

汽车到了一个叫沽源的县城，这是他们的最后一站。一辆牛车来接他们。这车的样子真可笑，车轱辘是两个木头饼子，还不怎么圆，骨鲁鲁，骨鲁鲁，往前滚。他仰面躺在牛车上，上面是一个很大的蓝天。牛车真慢，还没有他走得快。他有时下来掐两朵野花，走一截，又爬上车。

这地方的庄稼跟口里也不一样。没有高粱，也没有老玉米，种莜麦，胡麻。莜麦干净得很，好像用水洗过，梳过。胡麻打着把小蓝伞，秀秀气气，不像是庄稼，倒像是种着看的花。

喝，这一大片马兰！马兰他们家乡也有，可没有这里的高大。长齐大人的腰那么高，开着巴掌大的蓝蝴蝶一样的花。一眼望不到边。这一大片马兰！他这辈子也忘不了。他像是在一个梦里。

牛车走着走着。爸爸说：到了！他坐起来一看，一大片马铃薯，都开着花，粉的、浅紫蓝的、白的，一眼望不到边，像是下了一场大雪。花雪随风摇摆着，他有点晕。不远有一排房子，土墙、玻璃窗。这就是爸爸工作的“马铃薯研究站”。土豆——山药蛋——马铃薯。马铃薯是学名，爸说的。

从房子里跑出来一个人。“妈妈——！”他一眼就认出来了！妈妈跑上来，把他一把抱了起来。

萧胜就要住在这里了，跟他的爸爸、妈妈住在一起了。奶奶要是一起来，多好。

萧胜的爸爸是学农业的，这几年老是干别的。奶奶问他：“为什么总是把你调来调去的？”爸说：“我好欺负。”马铃薯研究站别人都不愿来，嫌远。爸愿意。妈是学画画的，前几年老画两个娃娃拉不动的大萝卜啦，上面张个帆可以当作小船的豆菜啦。她也愿意跟爸爸一起来，画“马铃薯图谱”。

妈给他们端来饭。真正的玉米面饼子，两大碗粥。妈说这粥是草籽熬的。有点像小米，比小米小。绿盈盈的，挺稠，挺香。还有一大盘鲫鱼，好大。爸说别处的鲫鱼很少有过一斤的，这儿“淖”里的鲫鱼有一斤二两的，鲫鱼吃草籽，长得肥。草籽熟了，风把草籽刮到淖里，鱼就吃草籽。萧胜吃得很饱。

爸说把萧胜接来有三个原因。一是奶奶死了，老家没有人了。二是萧胜该上学了，暑假后就到不远的一个完小去报名。三是这里吃得好一些。口外地广人稀，总好办一些。这里的自留地一个人有五亩！随便刨一块地就能种点东西。爸爸和妈妈就在“研究站”旁边开了一块地，种了山药，南瓜。山药开花了，南瓜长了骨朵了。用不了多久，就能吃了。

马铃薯研究站很清静，一共没有几个人。就是爸爸、妈妈，还有几个工人。工人都有家。站里就是萧胜一家。这地方，真安静。成天听不到声音，除了风吹莜麦穗子，沙沙得像下小雨；有时有小燕吱喳地叫。

爸爸每天戴个草帽下地跟工人一起去干活，锄山药。有时查资料，看书。妈一早起来到地里掐一大把山药花，一大把叶子，回来插在瓶子里，聚精会神地对着它看，一笔一笔地画。画的花和真的花一样！萧胜每天跟妈一同下地去，回来鞋和裤脚沾得都是露水。奶奶做的两双新鞋还没有上脚，妈把鞋和两瓶黄油都锁在柜子里。

白天没有事，他就到处去玩，去瞎跑。这地方大得很，没遮没挡，跑多远，一回头还能看到研究站的那排房子，迷不了路。他到草地里去看牛、看马、看羊。

他有时也去莳弄莳弄他家的南瓜、山药地。锄一锄，从机井里打半桶水浇浇。这不是为了玩。萧胜是等着要吃它们。他们家不起火，在大队食堂打饭，食堂里的饭越来越不好。草籽粥没有了，玉米面饼子也没有了。现在吃红高粱饼子，喝甜菜叶子做的汤。再下去大概还要坏。萧胜有点饿怕了。

他学会了采蘑菇。起先是妈妈带着他采了两回，后来，他自己也会了。下了雨，太阳一晒，空气潮乎乎的，闷闷的，蘑菇就出来了。蘑菇这玩意很怪，都长在“蘑菇圈”里。你低下头，侧着眼睛一看，草地上远远的有一圈草，颜色特别深，黑绿黑绿的，隐隐约约看到几个白点，那就是蘑菇圈。滴溜圆。蘑菇就长在这一圈深颜色的草里。圈里面没有，圈外面也没有。蘑菇圈是固定的。今年长，明年还长。哪里有蘑菇圈，老乡们都知道。

有一个蘑菇圈发了疯。它不停地长蘑菇，呼呼地长，三天三夜一个劲地长，好像是有鬼，看着都怕人。附近七八家都来采，用线穿起来，挂在房檐底下。家家都挂了三四串，挺老长的三四串。老乡们说，这个圈明年就不会再长蘑菇了，它死了。萧胜也采了好些。他兴奋极了，心里直跳。“好家伙！好家伙！这么多！这么多！”他发了财了。

他为什么这样兴奋？蘑菇是可以吃的呀！

他一边用线穿蘑菇，一边流出了眼泪。他想起奶奶，他要给奶奶送两串蘑菇去。他现在知道，奶奶是饿死的。人不是一下饿死的，是慢慢地饿死的。

食堂的红高粱饼子越来越不好吃，因为掺了糠。甜菜叶子汤也越来越不好喝，因为一点油也不放了。他恨这种掺糠的红高粱饼子，恨这种不放油的甜菜叶子汤！

他还是到处去玩，去瞎跑。

大队食堂外面忽然热闹起来。起先是拉了一牛车的羊砖来。他问爸爸这是什么，爸爸说：“羊砖。”——“羊砖是啥？”——“羊粪压紧了，切成一块一块。”——“干啥用？”——“烧。”——“这能烧吗？”——“好烧着呢！火顶旺。”后来盘了个大灶。后来杀了十来只羊。萧胜站在旁边看杀羊。他还没有见过杀羊。嘿，一点血都流不到外面，完完整整就把一张羊皮剥下来了！

这是要干啥呢？

爸爸说，要开三级干部会。

“啥叫三级干部会？”

“等你长大了就知道了！”

三级干部会就是三级干部吃饭。

大队原来有两个食堂，南食堂，北食堂，当中隔一个院子，院子里还搭了个小棚，下雨天也可以两个食堂来回串。原来“社员”们分在两个食堂吃饭。开三级干部会，就都挤到北食堂来。南食堂空出来给开会干部用。

三级干部会开了三天，吃了三天饭。头一天中午，羊肉口蘑馅子蘸莜面。第二天炖肉大米饭。第三天，黄油烙饼。晚饭倒是马马虎虎的。

“社员”和“干部”同时开饭。社员在北食堂，干部在南食堂。北食堂还是红高粱饼子，甜菜叶子汤。北食堂的人闻到南食堂里飘过来的香味，就说：“羊肉口蘑馅子蘸莜面，好香好香！”“炖肉大米饭，好香好香！”“黄油烙饼，好香好香！”萧胜每天去打饭，也闻到南食堂的香味。羊肉、米饭，他倒不稀罕：他见过，也吃过。黄油烙饼他连闻都没闻过。是香，闻着这种香味，真想吃一口。

回家，吃着红高粱饼子，他问爸爸：“他们为什么吃黄油烙饼？”

“开会干吗吃黄油烙饼？”

“他们是干部。”

“干部为啥吃黄油烙饼?”

“哎呀!你问得太多了!吃你的红高粱饼子吧!”

正在咽着红饼子的萧胜的妈忽然站起来,把缸里的一点白面倒出来,又从柜子里取出一瓶奶奶没有动过的黄油,启开瓶盖,挖了一大块,抓了一把白糖,兑点起子,擀了两张黄油发面饼。抓了一把莜麦秸塞进灶火,烙熟了。黄油烙饼发出香味,和南食堂里的一样。妈把黄油烙饼放在萧胜面前,说:“吃吧,儿子,别问了。”

萧胜吃了两口,真好吃。他忽然咧开嘴痛哭起来,高叫了一声:“奶奶!”

妈妈的眼睛里都是泪。

爸爸说:“别哭了,吃吧。”

萧胜一边流着一串一串的眼泪,一边吃黄油烙饼。他的眼泪流进了嘴里。黄油烙饼是甜的,眼泪是咸的。

# 岁寒三友

这三个人是：王瘦吾、陶虎臣、靳彝甫。王瘦吾原先开绒线店，陶虎臣开炮仗店，靳彝甫是个画画的。他们是从小一块长大的。这是三个说上不上，说下不下的人。既不是缙绅先生，也不是引车卖浆者流。他们的日子时好时坏。好的时候桌上有两个菜，一荤一素，还能烫二两酒；坏的时候，喝粥，甚至断炊。三个人的名声倒都是好的。他们都没有做过伤天害理的事，对人从不尖酸刻薄，对地方的公益，从不袖手旁观。某处的桥坍了，要修一修；哪里发现一名“路倒”，要掩埋起来；闹时疫的时候，在码头路口设一口瓷缸，内装药茶，施给来往行人；一场大火之后，请道士打醮禳灾……遇有这一类的事，需要捐款，首事者把捐簿伸到他们的面前时，他们都会提笔写下一个谁看了也会点头的数目。因此，他们走在街上，一街的熟人都跟他们很客气地点头打招呼。

“早！”

“早！”

“吃过了？”

“偏过了，偏过了！”

王瘦吾真瘦。瘦得两个肩胛骨从长衫的外面都看得清清楚楚。他年轻时很风雅过几天。他小时开蒙的塾师是邑中名士谈甓渔，谈先生教会了他作诗。那时，绒线店由父亲经营着，生意不错，这样他就有机会追随一些阔的和不太阔的名士，春秋佳日，文酒雅集。遇有什么张母吴太夫人八十寿辰征诗，也会送去两首七律。瘦吾就是那时落下的一个别号。自从父亲一死，他挑起全家的生活，就不再做一句诗，和那些诗人们也再无来往。

他家的绒线店是一个不大的连家店。店面的招牌上虽写着“京广洋货，零趸批发”，所卖的却只是：丝线、绦子、头号针、二号针、女人钳眉毛的镊子、刨花、抿子（涂刨花水用的小刷子）、品青、煮蓝、僧帽牌洋蜡烛、太阳牌肥皂、美孚灯罩……种类很多，但都值不了几个钱。每天晚上结账时都是一堆铜板和一角两角的零碎的小票，难得看见一块洋钱。

这样一个小店，维持一家生活，是困难的。王瘦吾家的人口日渐增多了。他上有老母，自己又有了三个孩子。小的还在娘怀里抱着。两个大的，一儿一女，已经都在上小学了。不用说穿衣，就是穿鞋也是个愁人的事。

儿子最恨下雨。小学的同学几乎全部在下雨天都穿了胶鞋来上学，只有他穿了还是他父亲穿过的钉鞋。钉鞋很笨，很重，走起来还嘎啦嘎啦地响。他一进学校的大门，同学们就都朝他看，看他那双鞋。他闹了好多回。每回下雨，他就说：“我不去上学了！”妈都给他说好话：“明年，明年就买胶鞋。一定！”——“明年！您都说了几年了！”最后还是嘟着嘴，挟了一把补过的旧伞，走了。王瘦吾听见街石上儿子的钉鞋愤怒的声音，半天都没有说话。

女儿要参加全县小学秋季运动会，表演团体操，要穿规定的服装：白上衣、黑短裙。这都还好办。难的是鞋，——要一律穿白球鞋。女儿跟妈要。妈说："一双球鞋，要好几块钱。咱们不去参加了。就说生病了，叫你爸写个请假条。"女儿不像她哥发脾气，闹，她只是一声不响，眼泪不停地往下滴。到底还是去了。这位能干的妈跟邻居家借来一双球鞋，比着样子，用一块白帆布连夜赶做了一双。除了底子是布的，别处跟买来的完全一样。天亮的时候，做妈的轻轻地叫："妞子，起来！"女儿一睁眼，看见床前摆着一双白鞋，趴在妈胸前哭了。王瘦吾看见妻子疲乏而凄然的笑容，他的心酸。

因此，王瘦吾老想发财。

这财，是怎么个发法呢？靠这个小绒线店，是不可能有什么出息的。他得另外想办法。这城里的街，好像是傍晚时的码头，各种船只，都靠满了。各行各业，都有个固定的地盘，想往里面再插一只手，很难。他得把眼睛看到这个县城以外，这些行业以外。他做过许多不同性质的生意。他做过虾籽生意，醉蟹生意，腌制过双黄鸭蛋。张家庄出一种木瓜酒，他运销过。本地出一种药材，叫作豨莶，他收过，用木船装到上海（他自己就坐在一船高高的药草上），卖给药材行。三叉河出一种水仙鱼，他曾想过做罐头……他做的生意都有点别出心裁，甚至是想入非非。他隔个把月就要出一次门，四乡八镇，到处跑。像一只饥饿的鸟，到处飞，想给儿女们找一口食。回来时总带着满身的草屑灰尘；人，越来越瘦。

后来他想起开工厂。他的这个工厂是个绳厂，做草绳和钱串子。蓑衣草两股，绞成细绳，过去是穿制钱用的，所以叫作钱串子。现在不使制钱了，店铺里却离不开它。茶食店用来包扎点心，席子店捆席子，卖鱼的穿鱼鳃。绞这种细绳，本来是湖西农民冬闲时的副业，一大捆一大捆挑进城来兜售。因为没有准人，准时，准数，有时需用，却遇不着。有了这么个厂，对于用户方便多了。王瘦吾这个厂站住了。他就不再四处奔跑。这家工厂，连王瘦吾在内，一共四个人。一个伙计搬运，两个做活。有两架“机器”，倒是铁的，只是都要用手摇。这两架机器，摇起来嘎嘎地响，给这条街增添了一种新的声音，和捶铜器、打烧饼、算命瞎子的铜铛的声音混合在一起。不久，人们就习惯了，仿佛这声音本来就有。

初二、十六的傍晚，常常看到王瘦吾拎了半斤肉或一条鱼从街上走回家。

每到天气晴朗，上午十来点钟，在这条街上，就可以听到从阴城方向传来爆裂的巨响:“砰——磅!”

大家就知道，这是陶虎臣在试炮仗了。孩子们就提着裤子向阴城飞跑。

阴城是一片古战场。相传韩信在这里打过仗。现在还能挖到一种有耳的尖底陶瓶，当地叫作“韩瓶”，据说是韩信的部队所用的行军水壶。说是这种陶瓶冬天插了梅花，能结出梅子来。现在这里是乱葬岗，不知道从什么时候起叫作“阴城”。到处是坟头、野树、荒草、芦荻。草里有蛤蟆、野兔子、大极了的蚂蚱、油葫芦、蟋蟀。早晨和黄昏，有许多白颈老鸦。人走过，就哑哑地叫着飞起来。不一会，又都纷纷地落下了。

这里没有住户人家。只有一个破财神庙，里面住着一个侉子。这侉子不知是什么来历。他杀狗，吃肉，——阴城里野狗多得是，还喝酒。

这地方很少有人来。只有孩子们结伴来放风筝，掏蟋蟀。再就是陶虎臣来试炮仗。

试的是“天地响”。这地方把双响的大炮仗叫“天地响”，因为地下响一声，飞到半空中，又响一声，炸得粉碎，纸屑飘飘地落下来。陶家的“天地响”一听就听得出来，特别响。两响之间的距离也大——蹿得高。

“砰——磅！”

“砰——磅！”

他走一二十步，放一个，身后跟着一大群孩子。孩子里有胆大的，要求放一个，陶虎臣就给他一个：“点着了快跑！——崩疼了可别哭！”

其实是崩不着的。陶虎臣每次试炮仗，特意把其中的几个的捻子加长，就是专为这些孩子预备的。捻子着了，嗤嗤地冒火，半天，才听见响呢。

陶家炮仗店的门口也是经常围着一堆孩子，看炮仗师傅做炮仗。两张白木的床子，有两块很光滑的木板。把一张粗草纸裹在一个钢钎上，两块木板一搓，吱溜——，就是一个炮仗筒子。

孩子们看师傅做炮仗，陶虎臣就伏在柜台上很有兴趣地看这些孩子。有时问他们几句话：“你爸爸在家吗？干吗呢？”

“你的痄腮好了吗？”

孩子们都知道陶老板人很和气，很喜欢孩子，见面都很愿意叫他：

“陶大爷！”

“陶伯伯！”

“哎，哎。”

陶家炮仗店的生意本来是不错的。

他家的货色齐全。除了一般的鞭炮，还出一种别家不做的鞭，叫作“遍地桃花”。不但外皮，连里面的筒子都一色是梅红纸卷的。放了之后，地下一片红，真像是一地的桃花瓣子。如果是过年，下过雪，花瓣落在雪地上，红是红，白是白，好看极了。

这种鞭，成本很贵，除非有人定做，平常是不预备的。

一般的鞭炮，陶虎臣自己是不动手的。他会做花炮。一筒大花炮，能放好几分钟。他还会做一种很特别的花，叫作“酒梅”。一棵弯曲横斜的枯树，埋在一个瓷盆里，上面串结了许多各色的小花炮，点着之后，满树喷花。火花射尽，树枝上还留下一朵一朵梅花，蓝荧荧的，静悄悄地开着，经久不熄。这是棉花浸了高粱酒做的。

他还有一项绝技，是做焰火。一种老式的焰火，有的地方叫作花盒子。

酒梅、焰火，他都不在店里做，在家里做。因为这有许多秘方，不能外传。

做焰火，除了配料，关键是串捻子。串得不对，会轰隆一声，烧成一团火。弄不好，还会出事。陶虎臣的一只左眼坏了，就是因为有一次放焰火，出了故障，不着了，他搭了梯子爬到架上去看，不想焰火忽然又响了，一个火球迸进了瞳孔。

陶虎臣坏了一只眼睛，还看不出太大的破相，不像一般有残疾的人往往显得很凶狠。他依然随时是和颜悦色的，带着宽厚而慈祥的笑容。这种笑容，只有与世无争，生活上容易满足的人才会有。

但是他的这种心满意足的神情逐年在消退。鞭炮生意，是随着年成走的。什么时候风调雨顺，国泰民安，什么时候炮仗店就生意兴隆。这样的年头，能够老是有吗？

“遍地桃花”近年很少人家来定货了。地方上多年未放焰火，有的孩子已经忘记放焰火是什么样子了。

陶虎臣长得很敦实，跟他的名字很相称。

靳彝甫和陶虎臣住在一条巷子里，相隔只有七八家。谁家的火灭了，孩子拿了一块劈柴，就能从另一家引了火来。他家很好认，门口钉着一块铁皮的牌子，红底黑字：“靳彝甫画寓”。这城里画画的，有三种人。

一种是画家。这种人大都有田有地，不愁衣食，作画只是自己消遣，或作为应酬的工具。他们的画是不卖钱的。求画的人只是送几件很高雅的礼物。或一坛绍兴花雕，或火腿、鲥鱼、白沙枇杷，或一套讲究的宜兴紫砂茶具，或两大盆正在茁箭子的建兰。他们的画，多半是大写意，或半工半写。工笔画他们是不耐烦画的，也不会。

一种是画匠。他们所画的，是神像。画得最多的是“家神菩萨”。这“家神菩萨”是一个大家族：头一层是南海观音的一伙，第二层是玉皇大帝和他的朝臣，第三层是关帝老爷和周仓、关平，最下一层是财神爷。他们也在玻璃的反面用油漆画福禄寿三星（这种画美术史家称之为“玻璃油画”），作插屏。他们是在制造一种商品，不是作画。而且是流水作业，描花纹的是一个人（照着底子描），“开脸”的是一个人，着色的是另一个人。他们的作坊，叫作“画匠店”。一个画匠店里常有七八个人同时做活，却听不到一点声音，因为画匠多半是哑巴。

靳彝甫两者都不是。也可以说是介乎两者之间的那么一种人。比较贴切些，应该称之为“画师”，不过本地无此说法，只是说“画画的”。他是靠卖画吃饭的，但不像画匠店那样在门口设摊或批发给卖门神“欢乐”的纸店，他是等人登门求画的（所以挂“画寓”的招牌）。他的画按尺论价，大青大绿另加，可以点题。来求画的，多半是茶馆酒肆、茶叶店、参行、钱庄的老板或管事。也有那些闲钱不多，送不起重礼，攀不上高门第的画家，又不甘于家里只有四堵素壁的中等人家。他们往往喜欢看着他画，靳彝甫也就欣然对客挥毫。主客双方，都很满意。他的画署名（画匠的作品是从不署名的），但都不题上款，因为不好称呼，深了不是，浅了不是，题了，人家也未必高兴，所以只是简单地写四个字：“彝甫靳铭”。若是佛像，则题“靳铭沐手敬绘”。

靳家三代都是画画的。家里积存的画稿很多。因为要投合不同的兴趣，山水、人物、翎毛、花卉，什么都画。工笔、写意、浅绛、重彩不拘。

他家家传会写真，都能画行乐图（生活像）和喜神图（遗像）。中国的画像是有诀窍的。画师家都藏有一套历代相传的“百脸图”。把人的头面五官加以分析，定出一百种类型。画时端详着对象，确定属于哪一类，然后在此基础上加减，画出来总是有几分像的。靳彝甫多年不画喜神了。因为画这种像，经常是在死人刚刚断气时，被请了去，在床前对着勾描。他不愿看死人。因此，除了至亲好友，这种活计，一概不应。有来求的，就说不会。行乐图，自从有了照相馆之后，也很少有人来要画了。

靳弊甫自己喜欢画的，是青绿山水和工笔人物。青绿山水、工笔人物，一年能收几件呢？因此，除了每年端午，他画几十张各式各样的钟馗，挂在巷口如意楼酒馆标价出售，能够有较多的收入，其余的时候，全家都是半饥半饱。

虽然是半饥半饱，他可是活得有滋有味，他的画室里挂着一块小匾，上书“四时佳兴”。画室前有一个很小的天井。靠墙种了几竿玉屏萧竹。石条上摆着茶花、月季。一个很大的钧窑平盘里养着一块玲珑剔透的上水石，蒙了半寸厚的绿苔，长着虎耳草和铁线草。冬天，他总要养几头单瓣的水仙。不到三寸长的碧绿的叶子，开着白玉一样的繁花。春天，放风筝。他会那样耐烦地用一个称金子用的小戥子约着蜈蚣风筝两边脚上的鸡毛（鸡毛分量稍差，蜈蚣上天就会打滚）。夏天，用莲子种出荷花。不大的荷叶，直径三寸的花，下面养了一二分长的小鱼。秋天，养蟋蟀。他家藏有一本托名贾似道撰写的《秋虫谱》。养蟋蟀的泥罐还是他祖父留下来的旧物。每天晚上，他点一个灯笼，到阴城去掏蟋蟀。财神庙的那个侉子，常常一边喝酒、吃狗肉，一边看这位大胆的画师的灯笼走走，停停，忽上，忽下。

他有一盒爱若性命的东西，是三块田黄石章。这三块田黄都不大，可是跟三块鸡油一样！一块是方的，一块略长，还有一块不成形。数这块不成形的值钱，它有文三桥刻的边款（篆文不知叫一个什么无知的人磨去了）。文三桥呀，可着全中国，你能找出几块？有一次，邻居家失火，他什么也没拿，只抢了这三块图章往外走。吃不饱的时候，只要把这三块图章拿出来看看，他就觉得对这个世界没有什么可抱怨的了。

这一年，这三个人忽然都交了好运。

王瘦吾的绳厂赚了钱。他可又觉得这个买卖货源、销路都有限，他早就想好了另外一宗生意。这个县北乡高田多种麦，出极好的麦秸，当地农民多以掐草帽辫为副业。每年有外地行商来，以极便宜的价钱收去。稍经加工，就成了草帽，又以高价卖给农民。王瘦吾想：为什么不能就地制成草帽呢？这钱为什么要给外地人赚去呢？主意已定，他就把两台绞绳机盘出去，买了两架扎草帽的机子，请了一个师傅，教出三个徒弟，就在原来绳厂的旧址，办起了一个草帽厂。城里的买卖人都说：王瘦吾这步棋看得准，必赚无疑！草帽厂开张的那天，来道喜和看热闹的人很多。一盘草帽辫，在师傅手里，通过机针一扎，哒哒地响，一会儿工夫，哎，草帽盔出来了！——又一会，草帽边！——成了！一顶一顶草帽，顷刻之间，摞得很高。这不是草帽，这是大洋钱呀！这一天，靳彝甫送来一张“得利图”，画着一个白须的渔翁，背着鱼篓，提着两尾金鳞赤尾的大鲤鱼。凡看了这张画的，无不大笑：这渔翁的长相，活脱就是王瘦吾！陶虎臣特地送来一挂遍地桃花满堂红的一千头的大鞭，砰砰磅磅响了好半天！

陶虎臣从来没有做过这么大的焰火生意。这一年闹大水。运河平了灌。西北风一起，大浪头翻上来，把河堤上丈把长的青石都卷了起来。看来，非破堤不可。很多人家扎了筏子，预备了大澡盆，天天晚上不敢睡，只等堤决水下来时逃命。不料，河水从下游泻出，伏汛安然度过，保住了无数人畜。秋收在望，市面繁荣，城乡一片喜气。有好事者倡议：今年放放焰火！东西南北四城，都放！一台七套，四七二十八套。陶家独家承做了十四套，——其余的，他匀给别的同行了。

四城的焰火错开了日子，——为的是人们可以轮流赶着去看。东城定在八月十六。地点：阴城。

这天天气特别好。万里无云，一天皓月。阴城的正中，立起一个四丈多高的架子。有人早早吃了晚饭，就扛了板凳来等着了。各种卖小吃的都来了。卖牛肉高粱酒的，卖回卤豆腐干的，卖五香花生米的、芝麻灌香糖的，卖豆腐脑的，卖煮荸荠的，还有卖河鲜——卖紫皮鲜菱角和新剥鸡头米的……到处是“气死风”的四角玻璃灯，到处是白蒙蒙的热气、香喷喷的茴香八角气味。人们寻亲访友，说短道长，来来往往，亲亲热热。阴城的草都被踏倒了。人们的鞋底也叫秋草的浓汁磨得滑溜溜的。

忽然，上万双眼睛一齐朝着一个方向看。人们的眼睛一会儿睁大，一会儿眯细；人们的嘴一会儿张开，一会儿又合上；一阵阵叫喊，一阵阵欢笑；一阵阵掌声。——陶虎臣点着焰火了！

这种花盆子是有一点简单的故事情节的。最热闹的是“炮打泗州城”。起先是梅、兰、竹、菊四种花，接着是万花齐放。万花齐放之后，有一个间歇，木架子下面黑黑的，有人以为这一套已经放完了。不料一声炮响，花盆子又落下一层，照眼的灯球之中有一座四方的城，眼睛好的还能看见城门上“泗州”两个字（不知道为什么是泗州而不是别的城）。城外向里打炮，城里向外打，灯球飞舞，砰磅有声。最有趣的是“芦蜂追癞子”，这是一个喜剧性的焰火。一阵火花之后，出现一个人，——一个泥头的纸人，这人是个癞痢头，手里拿着一把破芭蕉扇。霎时间飞来了许多马蜂，这些马蜂——火花，纷纷扑向癞痢头，癞痢头四面躲闪，手里的芭蕉扇不停地挥舞起来。看到这里，满场大笑。这些辛苦得近于麻木的人，是难得这样开怀一笑的呀。最后一套是平平常常的，只是一阵火花之后，扑鲁扑鲁吊下四个大字：“天下太平”。字是灯球组成的。虽然平淡，人们还是舍不得离开。火光炎炎，逐渐消隐，这时才听到人们呼唤：“二丫头，回家咧！”

“四儿，你在哪儿哪？”

“奶奶，等等我，我鞋掉了！”

人们摸摸板凳，才知道：呀，露水下来了。

靳彝甫捉到一只蟹壳青蟋蟀。消息很快就传开了。每天有人提了几罐蟋蟀来斗。都不是对手，而且都只是一个回合就分胜负。这只蟹壳青的打法很特别。它轻易不开牙，只是不动声色，稳稳地站着。突然扑上去，一口就咬破对方的肚子（据说蟋蟀的打法各有自己的风格，这种咬肚子的打法是最厉害的）。它口瞿口瞿地叫起来，上下摆动它的触须，就像戏台上的武生耍翎子。负伤的败将，怎么下“探子”，也再不敢回头。于是有人怂恿他到兴化去。兴化养蟋蟀之风很盛，每年秋天有一个斗蟋蟀的集会。靳彝甫被人们说得心动了。王瘦吾、陶虎臣给他凑了一笔路费和赌本，他就带了几罐蟋蟀，搭船走了。

斗蟋蟀也像摔跤、击拳一样，先要约约运动员的体重。分量相等，才能入盘开斗。如分量低于对方而自愿下场者，听便。

没想到，这只蟋蟀给他赢了四十块钱。——四十块钱相当于一个小学教员两个月的薪水！靳彝甫很高兴，在如意楼定了几个菜，约王瘦吾、陶虎臣来喝酒。

（这只身经百战的蟋蟀后来在冬至那天寿终了，靳彝甫特地打了一个小小的银棺材，送到阴城埋了。）

没喝几杯，靳彝甫的孩子拿了一张名片，说是家里来了客。靳彝甫接过名片一看：“季匋民！”

“他怎么会来找我呢？”

季匋民是 县人引为骄傲的大人物。他是个名闻全国的大画家，同时又是大收藏家，大财主，家里有好田好地，宋元名迹。

他在上海一个艺术专科大学当教授，平常难得回家。“你回去看看。”

“我少陪一会。”

季匋民和靳彝甫都是画画的，可是气色很不一样。此人面色红润，双眼有光，浓黑的长髯，声音很洪亮。衣着很随便，但质料很讲究。

“我冒进宝府，唐突得很。”

“哪里哪里。只是我这寒舍，实在太小了。”

“小，而雅，比大而无当好！”

寒暄之后，季匋民说明来意：听说彝甫有几块好田黄，特地来看看。靳彝甫捧了出来，他托在手里，一块一块，仔仔细细看了。“好，——好，——好。匋民平生所见田黄多矣，像这样润的，少。”他估了估价，说按时下行情，值二百洋。有文三桥边款的一块就值一百。他很直率地问靳彝甫肯不肯割爱。靳彝甫也很直率地回答：“不到山穷水尽，不能舍此性命。”

“好！这像个弄笔墨的人说的话！既然如此，匋民绝不夺人之所爱。不过，如果你有一天想出手，得先尽我。”“那可以。”

“一言为定。”

“一言为定。”

买卖不成，季匋民倒也没有不高兴。他又提出想看看靳彝甫家藏的画稿。靳彝甫祖父的，父亲的。——靳彝甫本人的，他也想看看。他看得很入神，拍着画案说：“令祖，令尊，都被埋没了啊！吾乡固多才俊之士，而皆困居于蓬牖之中，声名不出于里巷，悲哉！悲哉！”他看了靳彝甫的画，说：“彝甫兄，我有几句话……”

“您请指教。”

“你的画，家学渊源。但是，有功力，而少境界。要变！山水，暂时不要画。你见过多少真山真水？人物，不要跟在改七芗、费晓楼后面跑。倪墨耕尤为甜俗。要越过唐伯虎，直追两宋南唐。我奉赠你两个字：古，艳。比如这张杨妃出浴，披纱用洋红，就俗。用朱红，加一点紫！把颜色搞得重重的！脸上也不要这样干净，给她贴几个花子！——你是打算就这样在家乡困着呢？还是想出去闯闯呢？出去，走走，结识一些大家，见见世面！到上海，那里人才多！”

他建议靳彝甫选出百十件画，到上海去开一个展览会。他认识朵云轩，可以借他们的地方。他还可以写几封信给上海名流，请他们为靳彝甫吹嘘吹嘘。他还嘱咐靳彝甫，卖了画，有了一点钱，要做两件事：读万卷书，行万里路。最后说：“我今天很高兴。看了令祖、令尊的画稿，偷到不少的东西。——我把它化一化，就是杰作！哈哈哈哈……”

这位大画家就这样疯疯癫癫，哈哈大笑着，提了他的筇竹杖，一阵风似的走了。

靳彝甫一边卷着画，一边想：季匋民是见得多。他对自己的指点，很有道理，很令人佩服。但是，到上海、开展览会，结识名流……唉，有钱的名士的话怎么能当得真呢！他笑了。

没想到，三天之后，季匋民真的派人送来了七八封朱丝栏玉版宣的八行书。

靳彝甫的画展不算轰动，但是卖出去几十张画。那张在季匋民授意之下重画的杨妃出浴，一再有人重订。报上发了消息，一家画刊还选了他两幅画。这都是他没有想到的。王瘦吾和陶虎臣在家乡看到报，很替他高兴：“彝甫出了名了！”

卖了画，靳彝甫真的按照季匋民的建议，“行万里路”去了。一去三年，很少来信。

这三年啊!

王瘦吾的草帽厂生意很好。草帽没个什么讲究，买的人只是一图个结实，二图个便宜。他家出的草帽是就地产销，省了来回运费，自然比外地来的便宜得多。牌子闯出去了，买卖就好做。全城并无第二家，那四台哒哒作响的机子，把带着钱想买草帽的客人老远地就吸过来了。

不想遇见一个王伯韬。

这王伯韬是个开陆陈行的。这地方把买卖豆麦杂粮的行叫作陆陈行。人们提起陆陈行，都暗暗摇头。做这一行的，有两大特点：其一，是资本雄厚，大都兼营别的生意，什么买卖赚钱，他们就开什么买卖，眼尖手快。其二，都是流氓——都在帮。这城里发生过几起大规模的斗殴，都是陆陈行挑起的。打架的原因，都是抢行霸市。这种人一看就看得出来。他们的衣着和一般的生意人就不一样。不论什么时候，长衫里面的小褂的袖子总翻出很长的一截。料子也是老实商人所不用的。夏天是格子纺，冬天是法兰绒。脚底下是黑丝袜，方口的黑纹皮面的硬底便鞋。王伯韬和王瘦吾是同宗，见面总是“瘦吾兄”长，“瘦吾兄”短。王瘦吾不爱搭理他，尽可能地躲着他。

谁知偏偏躲不开，而且天天要见面。王伯韬也开了一家草帽厂，就在王瘦吾的草帽厂的对门！他新开的草帽厂有八台机子，八个师傅，门面、柜台，一切都比王瘦吾的大一倍。

王伯韬真是不顾血本，把批发、零售价都压得极低。王瘦吾算算，这样的定价，简直无利可图。他不服这口气，也随着把价钱落下来。

王伯韬坐在对面柜台里，还是满脸带笑，“瘦吾兄”长，“瘦吾兄”短。

王瘦吾撑了一年，实在撑不住了。

王伯韬放出话来：“瘦吾要是愿意把四台机子让给我，他多少钱买的，我多少钱要！”

四台机子，连同库存的现货，辫子，全部倒给了王伯韬。王瘦吾气得生了一场重病。一病一年多。卖机子的钱、连同小绒线店的底本，全变成了药渣子，倒在门外的街上了。

好不容易，能起来坐一坐，出门走几步了。可是人瘦得像一张纸，一阵风吹过，就能倒下。

陶虎臣呢？

头一年，因为四乡闹土匪，连城里都出了几起抢案，县政府和当地驻军联名出了一张布告：“冬防期间，严禁燃放鞭炮。”炮仗店平时生意有限，全指着年下。这一冬防，可把陶虎臣防苦了。且熬着，等明年吧。

明年！蒋介石搞他娘的“新生活”，根本取缔了鞭炮。城里几家炮仗店统统关了张。陶虎臣别无产业，只好做一点“黄烟子”和蚊烟混日子。“黄烟子”也像是个炮仗，只是里面装的不是火药而是雄黄，外皮也是黄的。点了捻子，不响，只是从屁股上冒出一股黄烟，能冒半天。这种东西，端午节人家买来，点着了扔在床脚柜底熏五毒；孩子们把黄烟屁股抵在板壁上写“虎”字。蚊烟是在一个皮纸的空套里装上锯末，加一点芒硝和鳝鱼骨头，盘成一盘，像一条蛇。这东西点起来味道很呛，人和蚊子都受不了。这两种东西，本来是炮仗店附带做做的，靠它赚钱吃饭，养家活口的，怎么行呢？——一年有几个端午节？蚊子也不是四季都有啊！

第三年，陶家炮仗店的铺闼子门下了一把牛鼻子铁锁，再也打不开了。陶家的锅，也揭不开了。起先是喝粥，——喝稀粥，后来连稀粥也喝不成了。陶虎臣全家，已经饿了一天半。

有那么一个缺德的人敲开了陶家的门。这人姓宋，人称宋保长，他是什么事都干得出来，什么钱也敢拿的。他来做媒了。二十块钱，陶虎臣把女儿嫁给了一个驻军的连长。这连长第二天就开拔。他倒什么也不挑，只要是一个黄花闺女。陶虎臣跳着脚大叫："不要说得那么好听！这不是嫁！这是卖！你们到大街去打锣喊叫：我陶虎臣卖女儿！你们喊去！我不害臊！陶虎臣！你是个什么东西！陶虎臣！我操你八辈祖奶奶！你就这样没有能耐呀！"女儿的妈和弟弟都哭。女儿倒不哭，反过来劝爹："爹！爹！您别这样！我愿意！——真的！爹！我真的愿意！"她朝上给爹妈磕了头，又趴在弟弟的耳边说了一句话。这一句话是："饿的时候，忍着，别哭。"弟弟直点头。女儿走到爹床前，说了声："爹！我走啦！您保重！"陶虎臣脸对墙躺着，连头都没有回，他的眼泪花花地往下淌。

两个半月过去了。陶家一直就花这二十块钱。二十块钱剩得不多了，女儿回来了。妈脱下女儿的衣服一看，什么都明白了：这连长天天打她。女儿跟妈妈偷偷地说："妈，我过上了他的脏病。"

岁暮天寒，彤云酿雪，陶虎臣无路可走，他到阴城去上吊。

他没有死成。他刚把腰带拴在一棵树上，把头伸进去，一个人拦腰把他抱住，一刀砍断了腰带。这人是住在财神庙的那个侉子。

靳彝甫回来了。他一到家，听说陶虎臣的事，连脸都没洗，拔脚就往陶家去。陶虎臣躺在一领破芦席上，拥着一条破棉絮。靳彝甫掏出五块钱来，说："虎臣，我才回来，带的钱不多，你等我一天！"

跟脚，他又奔王瘦吾家。瘦吾也是家徒四壁了。他正在对着空屋发呆。靳彝甫也掏出五块钱，说："瘦吾，你等我一天！"

第三天，靳彝甫约王瘦吾、陶虎臣到如意楼喝酒。他从内衣口袋里掏出两封洋钱，外面裹着红纸。一看就知道，一封是一百。他在两位老友面前，各放了一封。

"先用着。"

"这钱——？"

靳彝甫笑了笑。

那两个都明白了：彝甫把三块田黄给季匋民送去了。靳彝甫端起酒杯说："咱们今天醉一次。"

那两个同意。

"好，醉一次！"

这天是腊月三十。这样的时候，是不会有人上酒馆喝酒的。如意楼空荡荡的，就只有这三个人。

外面，正下着大雪。

一九八〇年八月二十日初稿十一月二十日二稿

# 故里杂记

## 李三

李三是地保，又是更夫。他住在土地祠。土地祠每坊都有一个。“坊”后来改称为保了。只有死了人，和尚放焰口，写疏文，写明死者籍贯，还沿用旧称：“南赡部洲中华民国某省某县某坊信士某某……”云云，疏文是写给阴间的公事。大概阴间还没有改过来。土地是阴间的保长。其职权范围与阳间的保长相等，不能越界理事，故称“当坊土地”。李三所管的，也只是这一坊之事。出了本坊，哪怕只差一步，不论出了什么事，死人失火，他都不问。一个坊或一个保的疆界，保长清楚，李三也清楚。

土地祠是俗称，正名是“福德神祠”。这四个字刻在庙门的砖额上，蓝地金字。这是个很小的庙。外面原有两根旗杆。西边的一根有一年教雷劈了（这雷也真怪，把旗杆劈得粉碎，劈成了一片一片一尺来长的细木条，这还有个名目，叫作“雷楔”），只剩东边的一根了。进门有一个门道，两边各有一间耳房。东边的，住着李三。西边的一间，租给了一个卖糜饭饼子的。——糜饭饼子是米粥捣成糜，发酵后在一个平锅上烙成的，一面焦黄，一面是白的，有一点酸酸的甜味。再往里，过一个两步就跨过的天井，便是神殿。迎面塑着土地老爷的神像。神像不大，比一个常人还小一些。这土地老爷是单身，——不像乡下的土地庙里给他配一个土地奶奶。是一个笑眯眯的老头，一嘴的白胡子。头戴员外巾，身穿蓝色道袍。神像前是一个很狭的神案。神案上有一具铁制蜡烛架，横列一排烛钎，能插二十来根蜡烛。一个瓦香炉。神案前是一个收香钱的木柜。木柜前留着几尺可供磕头的砖地。如此而已。

李三同时又是庙祝。庙祝也没有多少事。初一、十五，把土地祠里外打扫一下，准备有人来进香。过年的时候，把两个“灯对子”找出来，挂在庙门两边。灯对子是长方形的纸灯，里面是木条钉成的框子，外糊白纸，上书大字，一边是“风调雨顺”，一边是“国泰民安”。灯对子里有横隔，可以点蜡烛。从正月初一，一直点到灯节。这半个多月，土地祠门前明晃晃的，很有点节日气氛。这半个月，进香的也多。每逢香期，到了晚上，李三就把收香钱的柜子打开，把香钱倒出来，一五一十地数一数。

偶尔有人来赌咒。两家为一件事分辩不清，——常见的是东家丢了东西，怀疑是西家偷了，两家对骂了一阵，就各备一份香烛到土地祠来赌咒。两个人同时磕了头，一个说：“土地老爷在上，若是某某偷了我的东西，就叫他现世现报！”另一个说：“土地老爷在上，我若做了此事，就叫我家死人失天火！他诬赖我，也一样！”咒已赌完，各自回家。李三就把只点了小半截的蜡烛吹灭，拔下，收好，备用。

李三最高兴的事，是有人来还愿。坊里有人家出了事，例如老人病重，或是孩子出了天花，就到土地祠来许愿。老人病好了，孩子天花出过了，就来还愿。仪式很隆重：给菩萨“挂匾”——送一块横宽二三尺的红布匾，上写四字：“有求必应”。满炉的香，红蜡烛把铁架都插满了（这种蜡烛很小，只二寸长，叫作“小牙”）。最重要的是：供一个猪头。因此，谁家许了愿，李三就很关心，随时打听。这是很容易打听到的。老人病好，会出来扶杖而行。孩子出了天花，在衣领的后面就会缝一条三指宽三寸长的红布，上写“天花已过”。于是老三就满怀希望地等着。这猪头到了晚上，就进了李三的砂罐了。一个七斤半重的猪头，够李三消受好几天。这几天，李三的脸上随时都是红喷喷的。

地保所管的事，主要的就是死人失火。一般人家死了人，他是不管的，他管的是无后的孤寡和“路倒”。一个孤寡老人死在床上，或是哪里发现一具无名男尸，在本坊地界，李三就有事了：拿了一个捐簿，到几家殷实店铺去化钱。然后买一口薄皮棺材装殓起来；省事一点，就用芦席一卷，草绳一捆（这有个名堂，叫作“万字纹的棺材，三道紫金箍”），用一把锄头背着，送到乱葬岗去埋掉。因此本地流传一句骂人的话：“叫李三把你背出去吧！”李三很愿意本坊常发生这样的事，因为募化得来的钱怎样花销，是谁也不来查账的。李三拿埋葬费用的余数来喝酒，实在也在情在理，没有什么说不过去。这种事，谁愿承揽，就请来试试！哼，你以为这几杯酒喝到肚里容易呀！不过，为了心安理得，无愧于神鬼，他在埋了死人后，照例还为他烧一陌纸钱，磕三个头。

李三瘦小干枯，精神不足，拖拖沓沓，迷迷瞪瞪，随时总像没有睡醒，——他夜晚打更，白天办事，睡觉也是断断续续的，看见他时他也真是刚从床上爬起来一会，想不到有时他竟能跑得那样快！那是本坊有了火警的时候。这地方把失火叫成“走水”，大概是讳言火字，所以反说着了。一有人家走水，李三就拿起他的更锣，用一个锣棒使劲地敲着，没命地飞跑，嘴里还大声地嚷叫：“××巷×家走水啦！××巷×家走水啦！”一坊失火，各坊的水龙都要来救，所以李三这回就跑出坊界，绕遍全城。

李三希望人家失火吗？哎，话怎么能这样说呢！换一个说法：他希望火不成灾，及时救灭。火灭之后，如果这一家损失不大，他就跑去道喜：“恭喜恭喜，越烧越旺！”如果这家烧得片瓦无存，他就向幸免殃及的四邻去道喜：“恭喜恭喜，土地菩萨保佑！”他还会说：火势没有蔓延，也多亏水龙来得快。言下之意也很清楚：水龙来得快，是因为他没命地飞跑。听话的人并不是傻子。他飞跑着敲锣报警，不会白跑，总是能拿到相当可观的酒钱的。

地保的另一项职务是管叫花子。这里的花子有两种，一种是专赶各庙的香期的。初一、十五，各庙都有人进香。逢到菩萨生日（这些菩萨都有一个生日，不知是怎么查考出来的），香火尤盛。这些花子就从庙门、甬道、一直到大殿，密密地跪了两排。有的装作瞎子，有的用蜡烛油画成烂腿（画得很像），“老爷太太”不住地喊叫。进香的信女们就很自觉地把铜钱丢在他们面前破瓢里，她们认为把钱给花子，是进香仪式的一部分，不如此便显得不虔诚。因此，这些花子要到的钱是不少的。这些虔诚的香客大概不知道花子的黑话。花子彼此相遇，不是问要了多少钱，而说是“唤了多少狗”！这种花子是有帮的，他们都住在船上。每年还做花子会，很多花子船都集中在一起，也很热闹。这一种在帮的花子李三惹不起，他们也不碍李三的事，井水不犯河水。李三能管的是串街的花子。串街要钱的，他也只管那种只会伸着手赖着不走的软弱疲赖角色。李三提了一根竹棍，看见了，就举起竹棍大喝一声:“去去去!”有三等串街的他不管。一等是唱道情的。这是斯文一脉，穿着破旧长衫，念过两句书，又和吕洞宾、郑板桥有些瓜葛。店铺里等他唱了几句“老渔翁，一钓竿”，就会往柜台上丢一个铜板。他们是很清高的，取钱都不用手，只是用两片简板一夹，咚的一声丢在渔鼓筒里。另外两等，一是耍青龙（即耍蛇）的，一是吹筒子的。耍青龙的弄两条菜花蛇盘在脖子上，蛇信子簌簌地直探。吹筒子的吹一个外面包了火赤练蛇皮的竹筒，“布——呜!”声音很难听，样子也难看。他们之一要是往店堂一站，半天不走，这家店铺就甭打算做生意了：女人、孩子都吓得远远地绕开走了。照规矩（不知是谁定的规矩)，这两等，李三是有权赶他们走的。然而他偏不赶，只是在一个背人处把他们拦住，向他们索要例规。讨价还价，照例要争执半天。双方会谈的地方，最多的是官茅房——公共厕所。

地保当然还要管缉盗。谁家失窃，首先得叫李三来。李三先看看小偷进出的路径。是撬门，是挖洞，还是爬墙。按律（哪朝的律呢)：如果案发，撬门罪最重，只下明火执仗一等。挖洞次之。爬墙又次之。然后，叫本家写一份失单。事情就完了。如果是爬墙进去偷的，他还不会忘了把小偷爬墙用的一根船篙带走。——小偷爬墙没有带梯子的，只是从河边船上抽一根竹篙，上面绑十来个稻草疙瘩，戗在墙边，踩着草疙瘩就进去了。偷完了，照例把这根竹篙靠在墙外。这根船篙不一会就会有失主到土地祠来赎。——“交二百钱，拿走!”

丢失衣物的人家，如果对李三说，有几件重要的东西，本家愿出钱赎回，过些日子，李三真能把这些赃物追回来。但是是怎样追回来的，是什么人偷的，这些事是不作兴问的。这也是规矩。

李三打更。左手拿着竹梆，吊着锣，右手拿锣槌。笃，铛。定更。

笃，笃；铛——铛。二更。

笃，笃，笃；铛，铛——铛。三更。

三更以后，就不打了。

打更是为了防盗。但是人家失窃，多在四更左右，这时天最黑，人也睡得最死。李三打更，时常也装腔作势吓唬人：“看见了，看见了！往哪里躲！树后头！墙旮旯！……”其实他什么也没看见。

一进腊月，李三在打更时添了一个新项目，喊“小心火烛”①：

“岁尾年关，——小心火烛！——

“火塘扑熄，——水缸上满！——

“老头子老太太，铜炉子搰远些——！②

“屋上瓦响，莫疑猫狗，起来望望——！

“岁尾年关，小心火烛……”

---

① 清末邑人谈人格有《警火》诗即咏此事，诗有小序，并录如下：

警火

送灶后里胥沿街鸣锣于黄昏时，呼“小心火烛”。岁除即叩户乞赏。烛双辉，香一炷，敬惟司命朝天去。云车风马未归来，连宵灯火谁持护。铜钲入耳警黄昏，侧耳有语还重申：“缸注水，灶徙薪”，沿街一一呼之频。唇干舌燥诚苦辛，不谋而告君何人？烹羊酌醴欢除夕，司命归来醉一得。今宵无用更鸣钲，一笑敲门索酒值。

从谈的诗中我们知道两件事。一是这种习俗原来由来已久，敲锣喊叫的正是李三这样的“里胥”。二是为什么在那样日子喊叫。原来是因为那时灶王爷上天去了，火烛没人管了。这实在是很有意思。不过，真实的原因还是岁暮风高，容易失火，与灶王的上天去汇报工作关系不大。

② “搰远些”是说不要挨床太近，以免炉中残火烧着被褥。

店铺上了板，人家关了门，外面很黑，西北风呜呜地叫着，李三一个人，腰里别着一个白纸灯笼，大街小巷，拉长了声音，有板有眼，有腔有调地喊着，听起来有点凄惨。人们想到：一年又要过去了。又想：李三也不容易，怪难为他。

没有死人，没有失火，没人还愿，没人家挨偷，李三这几天的日子委实过得有些清淡。他拿着锣、梆，很无聊地敲着三更：“笃，笃，笃；铛，铛——铛！”

一边敲，一边走，走到了河边。一只船上有一支很结实的船篙在船帮外面别着，他一伸手，抽了出来，夹在胳肢窝里回身便走。他还不紧不慢地敲着：“笃，笃，笃；铛，铛——铛！”

不想船篙带不动了，篙子后梢被一只很有劲的大手攥住了。

李三原想把船篙带到土地祠，明天等这个弄船的拿钱来赎，能弄二百钱，也能喝四两。不想这船家刚刚起来撒过尿，躺下还没有睡着。他听到有人抽篙子，爬出舱口一看：是李三！

“好，李三！你偷篙子！”

“莫喊！莫喊！”

李三不是很要脸面的人，但是一个地保偷东西，而且叫人当场抓住，总不大好看。

“你认打认罚？”

“认罚！认罚！罚多少？”

“罚二百钱！”

李三老是罚乡下人的钱。谁在街上挑粪，溅出了一点，“罚！二百钱！”谁在不该撒尿的地方撒了尿，“罚！二百钱！”没有想到这回被别人罚了。李三挨罚，这是有史以来第一次。

# 榆树

侉奶奶住到这里一定已经好多年了，她种的八棵榆树已经很大了。

这地方把徐州以北说话带山东口音的人都叫作侉子。这县里有不少侉子。他们大都住在运河堤下，拉纤，推独轮车运货（运得最多的是河工所用石头），碾石头粉（石头碾细，供修大船的和麻丝桐油和在一起填塞船缝），烙锅盔（这种干厚棒硬的面饼也主要是卖给侉子吃），卖牛杂碎汤（本地人也有专门跑到运河堤上去尝尝这种异味的）……侉奶奶想必本是一个侉子的家属，她应当有过一个丈夫，一个侉老爹。她的丈夫哪里去了呢？死了，还是“贩了桃子”——扔下她跑了？不知道。她丈夫姓什么？她姓什么？很少人知道。大家都叫她侉奶奶。大人、小孩，穷苦人，有钱的，都这样叫。倒好像她就姓侉似的。

侉奶奶怎么会住到这样一个地方来呢（这附近住的都是本地人，没有另外一家侉子）？她是哪年搬来的呢？你问附近的住户，他们都回答不出，只是说：“啊，她一直就在这里住。”好像自从盘古开天地，这里就有一个侉奶奶。

侉奶奶住在一个巷子的外面。这巷口有一座门，大概就是所谓里门。出里门，有一条砖铺的街，伸向越塘，转过螺蛳坝，奔臭河边，是所谓后街。后街边有人家。侉奶奶却又住在后街以外。巷口外，后街边，有一条很宽的阴沟，正街的阴沟水都流到这里，水色深黑，发出各种气味，蓝靛的气味、豆腐水的气味、做草纸的纸浆气味。不知道为什么，闻到这些气味，叫人感到忧郁。

经常有乡下人，用一个接了长柄的洋铁罐，把阴沟水一罐一罐刮起来，倒在木桶里（这是很好的肥料），刮得沟底嘎啦嘎啦地响。跳过这条大阴沟，有一片空地。侉奶奶就住在这片空地里。

侉奶奶的家是两间草房。独门独户，四边不靠人家，孤零零的。她家的后面，是一带围墙。围墙里面，是一家香店的作坊，香店老板姓杨。香是像压饸饹似的挤出来的，挤的时候还会发出，“蓬——”的一声。侉奶奶没有去看过师傅做香，不明白这声音是怎样弄出来的。但是她从早到晚就一直听着这种很深沉的声音。隔几分钟一声：“蓬——蓬——蓬”。围墙有个门，从门口往里看，便可看到一扇一扇像铁纱窗似的晒香的棕棚子，上面整整齐齐平铺着两排黄色的线香。侉奶奶门前，一眼望去，有一个海潮庵。原来不知是住和尚还是住尼姑的，多年来没有人住，废了。再往前，便是从越塘流下来的一条河。河上有一座小桥。侉奶奶家的左右都是空地。左边长了很高的草。右边是侉奶奶种的八棵榆树。

侉奶奶靠给人家纳鞋底过日子。附近几条巷子的人家都来找她，拿了旧布（间或也有新布），袼褙（本地叫作“骨子”）和一张纸剪的鞋底样。侉奶奶就按底样把旧布、袼褙剪好，“做”一“做”（粗缝几针），然后就坐在门口小板凳上纳。扎一锥子，纳一针，“哧啦——哧啦”。有时把锥子插在头发里“光”一“光”（读去声）。侉奶奶手劲很大，纳的针脚很紧，她纳的底子很结实，大家都愿找她纳。也不讲个价钱。给多，给少，她从不争。多少人穿过她纳的鞋底啊！

侉奶奶一清早就坐在门口纳鞋底。她不点灯。灯碗是有一个的，房顶上也挂着一束灯草。但是灯碗是干的，那束灯草都发黄了。她睡得早，天上一见星星，她就睡了。起得也早。别人家的烟筒才冒出烧早饭的炊烟，侉奶奶已经纳好半只鞋底。除了下雨下雪，她很少在屋里（她那屋里很黑），整天都坐在门外扎锥子，抽麻线。有时眼酸了，手困了，就停下来四面看看。

正街上有一家豆腐店，有一头牵磨的驴。每天上下午，豆腐店的一个孩子总牵驴到侉奶奶的榆树下打滚。驴乏了，一滚，再滚，总是翻不过去。滚了四五回，哎，翻过去了。驴打着响鼻，浑身都轻松了。侉奶奶原来直替这驴在心里攒劲；驴翻过了，侉奶奶也替它觉得轻松。

街上的，巷子里的孩子常上侉奶奶门前的空地上来玩。他们在草窝里捉蚂蚱，捉油葫芦。捉到了，就拿给侉奶奶看。“侉奶奶，你看！大不大?”侉奶奶必很认真地看一看，说:“大。真大!”孩子玩一回，又转到别处去玩了，或沿河走下去，或过桥到对岸远远的一个道士观去看放生的乌龟。孩子的妈妈有时来找孩子（或家里来了亲戚，或做得了一件新衣要他回家试试），就问侉奶奶:“看见我家毛毛了吗?”侉奶奶就说:“看见咧，往东咧。”或“看见咧，过河咧。”……侉奶奶吃得真是苦。她一年到头喝粥。三顿都是粥。平常是她到米店买了最糙最糙的米来煮。逢到粥厂放粥（这粥厂是官办的，门口还挂一块牌：××县粥厂），她就提了一个“木量子”（小水桶）去打粥。这一天，她就自己不开火仓了，喝这粥。粥厂里打来的粥比侉奶奶自己煮的要白得多。侉奶奶也吃菜。她的“菜”是她自己腌的红胡萝卜。啊呀，那叫咸，比盐还咸，咸得发苦！——不信你去尝一口看！

只有她的侄儿来的那一天，才变一变花样。

侉奶奶有一个亲人，是她的侄儿。过继给她了，也可说是她的儿子。名字只有一个字，叫个“牛”。牛在运河堤上卖力气，也拉纤，也推车，也碾石头。他隔个十天半月来看看他的过继的娘。他的家口多，不能给娘带什么，只带了三斤重的一块锅盔。娘看见牛来了，就上街，到卖熏烧的王二的摊子上切二百钱猪头肉，用半张荷叶托着。另外，还忘不了买几根大葱，半碗酱。娘俩就结结实实地吃了一顿山东饱饭。

侉奶奶的八棵榆树一年一年地长大了。香店的杨老板几次托甲长丁裁缝来探过侉奶奶的口风，问她卖不卖。榆皮，是做香的原料。——这种事由买主亲自出面，总不合适。老街旧邻的。总得有个居间的人出来说话。这样要价、还价，才有余地。丁裁缝来一趟，侉奶奶总是说："树还小咧，叫它再长长。"

人们私下议论：侉奶奶不卖榆树，她是指着它当棺材本哪。

榆树一年一年地长。侉奶奶一年一年地活着，一年一年地纳鞋底。

侉奶奶的生活实在是平淡之至。除了看驴打滚，看孩子捉蚂蚱、捉油葫芦，还有些什么值得一提的事呢？——这些捉蚂蚱的孩子一年比一年大。侉奶奶纳他们穿的鞋底，尺码一年比一年放出来了。

值得一提的有：

有一年，杨家香店的作坊接连着了三次火，查不出起火原因。人说这是"狐火"，是狐狸用尾巴蹭出来的。于是在香店作坊的墙外盖了一个三尺高的"狐仙庙"，常常有人来烧香。着火的时候，满天通红，乌鸦乱飞乱叫，火光照着侉奶奶的八棵榆树也是通红的，像是火树一样。

有一天，不知怎么发现了海潮庵里藏着一窝土匪。地方保安队来捉他们。里面往外打枪，外面往里打枪，乒乒乓乓。最后是有人献计用火攻，——在庵外墙根堆了稻草，放火烧！土匪吃不住劲，只好把枪丢出，举着手出来就擒了。海潮庵就在侉奶奶家前面不远，两边开仗的情形，她看得清清楚楚。她很奇怪，离得这么近，她怎么就不知道庵里藏着土匪呢？

这些，使侉奶奶留下深刻印象，然而与她的生活无关。使她的生活发生一点变化的是：——有一个乡下人赶了一头牛进城，牛老了，他要把它卖给屠宰场去。这牛走到越塘边，说什么也不肯走了，跪着，眼睛里叭哒叭哒直往下掉泪。围了好些人看。有人报给甲长丁裁缝。这是发生在本甲之内的事，丁甲长要是不管，将为人神不喜。他出面求告了几家吃斋念佛的老太太，凑了牛价，把这头老牛买了下来，作为老太太们的放生牛。这牛谁来养呢？大家都觉得交侉奶奶养合适。丁甲长对侉奶奶说，这是一甲人信得过她，侉奶奶就答应下了。这养老牛还有一笔基金（牛总要吃点干草呀），就交给侉奶奶放印子。从此侉奶奶就多了几件事：早起把牛放出来，尽它到草地上去吃青草。青草没有了，就喂它吃干草。一早一晚，牵到河边去饮。傍晚拿了收印子钱的摺子，沿街串乡去收印子。晚上，牛就和她睡在一个屋里。牛卧着，安安静静地倒嚼，侉奶奶可觉得比往常累得多。她觉得骨头疼，半夜了，还没有睡着。

不到半年，这头牛老死了。侉奶奶把放印子的摺子交还丁甲长，还是整天坐在门外纳鞋底。

牛一死，侉奶奶也像老了好多。她时常病病歪歪的，连粥都不想吃，在她的黑洞洞的草屋里躺着。有时出来坐坐，扶着门框往外走。

一天夜里下大雨。瓢泼大雨不停地下了一夜。很多人家都进了水。丁裁缝怕侉奶奶家也进了水了，她屋外的榆树都浸在水里了。他赤着脚走过去，推开侉奶奶的门一看：侉奶奶死了。

丁裁缝派人把她的侄子牛叫了来。

得给侉奶奶办后事呀。侉奶奶没有留下什么钱，牛也拿不出钱，只有卖榆树。

丁甲长找到杨老板。杨老板倒很仁义，说是先不忙谈榆树的事，这都好说，由他先垫出一笔钱来，给侉奶奶买一身老衣，一副杉木棺材，把侉奶奶埋了。

侉奶奶安葬以后，榆树生意也就谈妥了。杨老板雇了人来，咯嗤咯嗤，把八棵榆树都放倒了。新锯倒的榆树，发出很浓的香味。

杨老板把八棵榆树的树皮剥了，把树干卖给了木器店。据人了解，他卖的八棵树干的钱就比他垫出和付给牛的钱还要多。他等于白得了八张榆树皮，又捞了一笔钱。

## 鱼

臭水河和越塘原是连着的。不知从哪年起，螺蛳坝以下淤塞了，就隔断了。风和人一年一年把干土烂草往河槽里填，河槽变成很浅了，不过旧日的河槽依然可以看得出来。两旁的柳树还能标出原来河的宽度。这还是一条河，一条没有水的干河。

干河的南岸种了菜。北岸有几户人家。这几家都是做嫁妆的，主要是做嫁妆之中的各种盆桶，脚盆、马桶、木量子。这些盆桶是街上嫁妆店的订货，他们并不卖门市。这几家只是本钱不大，材料不多的作坊。这几家的大人、孩子，都是做盆桶的工人。他们整天在门外柳树下锯、刨。他们使用的刨子很特别。木匠使刨子是往前推，桶匠使刨子是往后拉。因为盆桶是圆的，这么使才方便，这种刨子叫作刮刨。盆桶成型后，要用砂纸打一遍，然后上漆。上漆之前，先要用猪血打一道底子。刷了猪血，得晾干。因此老远地就看见干河南岸，绿柳荫中排列着好些通红的盆盆桶桶，看起来很热闹，画出了这几家作坊的一种忙碌的兴旺气象。

桶匠有本钱，有手艺，在越塘一带，比起那些完全靠力气吃饭的挑夫、轿夫要富足一些。和杀猪的庞家就不能相比了。

从侉奶奶家旁边向南伸出的后街到往螺蛳坝方向，拐了一个直角。庞家就在这拐角处，门朝南，正对越塘。他家的地势很高，从街面到屋基，要上七八层台阶。房屋在这一片算是最高大的。房屋盖起的时间不久，砖瓦木料都还很新。檩粗板厚，瓦密砖齐。两边各有两间卧房，正中是一个很宽敞的穿堂。坐在穿堂里，可以清清楚楚看到越塘边和淤塞的旧河交接处的一条从南到北的土路，看到越塘的水，和越塘对岸的一切，眼界很开阔。这前面的新房子是住人的。养猪的猪圈，烧水、杀猪的场屋都在后面。

庞家兄弟三个，各有分工。老大经营擘画，总管一切。老二专管各处收买生猪。他们家不买现成的肥猪，都是买半大猪回来自养。老二带一个伙计，一趟能赶二三十头猪回来。因为杀的猪多，他经常要外出。杀猪是老三的事，——当然要有两个下手伙计。每天五更头，东方才现一点鱼肚白，这一带人家就听到猪尖声嚎叫，知道庞家杀猪了。猪杀得了，放了血，在杀猪盆里用开水烫透，吹气，刮毛。杀猪盆是一种特制的长圆形的木盆，盆帮很高。二百来斤的猪躺在里面，富富有余。杀几头猪，没有一定，按时令不同。少则两头，多则三头四头，到年下人家腌肉时就杀得更多了。因此庞家有四个极大的木盆，几个伙计同时动手洗刮。

这地方不兴叫屠户。也不叫杀猪的，大概嫌这种叫法不好听，大都叫“开肉案子的”。“开”肉案子，是掌柜老板一流，显得身份高了。庞家肉案子生意很好，因为一条东大街上只有这一家肉案子。早起人进人出，剁刀响，铜钱响，票子响。不到晌午，几片猪就卖得差不多了。这里人一天吃的肉都是上午一次买齐，很少下午来割肉的。庞家肉案到午饭后，只留一两块后臀硬肋等待某些家临时来了客人的主顾，留一个人照顾着。一天的生意已经做完，店堂闲下来了。

店堂闲下来了。别的肉案子，闲着就闲着吧。庞家的人可真会想法子。他们在肉案子的对面，设了一道栏柜，卖茶叶。茶叶和猪肉是两码事，怎么能卖到一起去呢？——可是，又为什么一定不能卖到一起去呢？东大街没有一家茶叶店，要买茶叶就得走一趟北市口。有了这样一个卖茶叶的地方，省走好多路。卖茶叶，有一个人盯着就行了。有时叫一个小伙计来支应。有时老大或老三来看一会。有时，庞家的三妯娌之一，也来店堂里坐着，包包茶叶，收收钱。这半间店堂的茶叶店生意很好。

庞家三兄弟一个是一个。老大稳重，老二干练，老三是个文武全才。他们长得比别人高出一头。老三尤其肥白高大。他下午没事，常在越塘高空场上练石担子、石锁。他还会写字，写刘石庵体的行书。这里店铺都兴装着花槅子。槅子留出一方空白，叫作“槅子心”，可以贴字画。别家都是请人写画的。庞家肉案子是庞老三自已写的字。他大概很崇拜赵子龙。别人家槅心里写的是“春眠不觉晓，处处闻啼鸟”，“夫天地者万物之逆旅，光阴者百代之过客”之类，他写的都是《三国演义》里赞赵子龙的诗。

庞家这三个妯娌，一个赛似一个的漂亮，一个赛似一个的能干。她们都非常勤快。天不亮就起来，烧水，煮猪食，喂猪。白天就坐在穿堂里做针线。都是光梳头，净洗脸，穿得整整齐齐，头上戴着金簪子，手上戴着麻花银镯。人们走到庞家门前，就觉得眼前一亮。

到粥厂放粥，她们就一人拎一个木量子去打粥。

这不免会引起人们议论："戴着金簪子去打粥！——侉奶奶打粥，你庞家也打粥?!"大家都知道，她们打了粥来是不吃的，——喂猪！因此，越塘、螺蛳坝一带人对庞家虽很羡慕并不亲近。都觉得庞家的人太精了。庞家的人缘不算好。别人也知道，庞家人从心里看不起别人，尤其是这三个女的。

越塘边发生了从未见过的奇事。

这一年雨水特别大，臭水河的水平了岸，水都漫到后街街面上来了。地方上的居民铺户共同商议，决定挖开螺蛳坝，在淤塞的旧河槽挖一道沟，把臭水河的水引到越塘河里去。这道沟只两尺宽。臭水河的水位比越塘高得多。水在沟里流得像一支箭。

流着，流着，一个在岸边做桶的孩子忽然惊叫起来："鱼！"

一条长有尺半的大鲤鱼"叭"的一声蹦到岸上来了。接着，一条，一条，又一条，鲤鱼！鲤鱼！鲤鱼！

不知从哪里来的那么多的鲤鱼。它们戗着急水往上蹿，不断地蹦到岸上。桶店家的男人、女人、大人、小孩，都奔到沟边来捉鱼。有人搬了脚盆放在沟边，等鲤鱼往里跳。大家约定，每家的盆，放在自己家门口，鱼跳进谁家的盆算谁的。

他们正在商议，庞家的几个人搬了四个大杀猪盆，在水沟流入越塘入口处挨排放好了。人们小声嘟囔："真是眼尖手快啊！"但也没有办法。不是说谁家的盆放在谁家门口吗？庞家的盆是放在庞家的门口（当然他家门口到河槽还有一个距离），庞家杀猪盆又大，放的地方又好，鱼直往里跳。人们不满意。但是好在家家的盆里都不断跳进鱼来，人们不断地欢呼，狂叫，简直好像做着一个欢喜而又荒唐的梦，高兴压过了不平。

这两天，桶匠家家家吃鱼，喝酒。这一辈子没有这样痛快地吃过鱼。一面开怀地嚼着鱼肉，一面还觉得天地间竟有这等怪事：鱼往盆里跳，实在不可思议。

两天后，臭水河的积水流泄得差不多了，螺蛳坝重新堵上，沟里没有水了，也没有鱼了，岸上到处是鱼鳞。

庞家桶里的鱼最多。但是庞家这两天没有吃鱼。他家吃的是鱼籽、鱼脏。鱼呢？这妯娌三个都把来用盐揉了，肚皮里撑一根芦柴棍，一条一条挂在门口的檐下晾着，挂了一溜。

把鱼已经通通吃光了的桶匠走到庞家门前，一个对一个说：“真是鱼也有眼睛，谁家兴旺，它就往谁家盆里跳啊！”

正在穿堂里做针线的妯娌三个都听见了。三嫂子抬头看了二嫂子一眼，二嫂子看了大嫂子一眼，大嫂子又向两个弟媳妇都看了一眼。她们低下头来继续做针线。她们的嘴角都挂着一种说不清的表情。是对自己的得意？是对别人的鄙夷？

一九八一年六月十八日承德避暑山庄

# 鉴赏家

全县第一个大画家是季匋民，第一个鉴赏家是叶三。

叶三是个卖果子的。他这个卖果子的和别的卖果子的不一样。不是开铺子的，不是摆摊的，也不是挑着担子走街串巷的。他专给大宅门送果子。也就是给二三十家送。这些人家他走得很熟，看门的和狗都认识他。到了一定的日子，他就来了。里面听到他敲门的声音，就知道：是叶三。挎着一个金丝篾篮，篮子上插一把小秤，他走进堂屋，扬声称呼主人。主人有时走出来跟他见见面，有时就隔着房门说话。“给您称——?”——“五斤。”什么果子，是看也不用看的，因为到了什么节令送什么果子都是一定的。叶三卖果子从不说价。买果子的人家也总不会亏待他。有的人家当时就给钱，大多数是到节下（端午、中秋、新年）再说。叶三把果子称好，放在八仙桌上，道一声“得罪”，就走了。他的果子不用挑，个个都是好的。他的果子的好处，第一是得四时之先。市上还没有见这种果子，他的篮子里已经有了。第二是都很大，都均匀，很香，很甜，很好看。他的果子全都从他手里过过，有疤的、有虫眼的、挤筐、破皮、变色、过小的全都剔下来，贱价卖给别的果贩。他的果子都是原装，有些是直接到产地采办来的，都是“树熟”，——不是在米糠里闷熟了的。他经常出外，出去买果子比他卖果子的时间要多得多。他也很喜欢到处跑。四乡八镇，哪个园子里，什么人家，有一棵什么出名的好果树，他都知道，而且和园主打了多年交道，熟得像是亲家一样了。——别的卖果子的下不了这样的功夫，也不知道这些路道。到处走，能看很多好景致，知道各地乡风，可资谈助，对身体也好。他很少得病，就是因为路走得多。

立春前后，卖青萝卜。“棒打萝卜”，摔在地下就裂开了。杏子、桃子下来时卖鸡蛋大的香白杏，白得像一团雪，只嘴儿以下有一根红线的“一线红”蜜桃。再下来是樱桃，红的像珊瑚，白的像玛瑙。端午前后，枇杷。夏天卖瓜。七八月卖河鲜：鲜菱、鸡头、莲蓬、花下藕。卖马牙枣、卖葡萄。重阳近了，卖梨：河间府的鸭梨、莱阳的半斤酥，还有一种叫作“黄金坠子”的香气扑人个儿不大的甜梨。菊花开过了，卖金橘，卖蒂部起脐子的福州蜜橘。入冬以后，卖栗子、卖山药（粗如小儿臂）、卖百合（大如拳）、卖碧绿生鲜的檀香橄榄。

他还卖佛手、香橼。人家买去，配架装盘，书斋清供，闻香观赏。

不少深居简出的人，是看到叶三送来的果子，才想起现在是什么节令了的。

叶三卖了三十多年果子，他的两个儿子都成人了。他们都是学布店的，都出了师了。老二是三柜，老大已经升为二柜了。谁都认为老大将来是会升为头柜，并且会当管事的。他天生是一块好材料。他是店里头一把算盘，年终结总时总得由他坐在账房里哔哔剥剥打好几天。接待厂家的客人，研究进货（进货是个大学问，是一年的大计，下年多进哪路货，少进哪路货，哪些必须常备，哪些可以试销，关系全年的盈亏），都少不了他。老二也很能干。量布、撕布（撕布不用剪子开口，两手的两个指头夹着，借一点巧劲，嗤——的一声，布就撕到头了），干净利落。店伙的动作快慢，也是一个布店的招牌。顾客总愿意从手脚麻利的店伙手里买布。这是天分，也靠练习。有人就一辈子都是迟钝笨拙，改不过来。不管干哪一行，都是人比人，这是没有办法的事。弟兄俩都长得很神气，眉清目秀，不高不矮。布店的店伙穿得都很好。什么料子时新，他们就穿什么料子。他们的衣料当然是价廉物美的。他们买衣料是按进货价算的，不加利润；若是零头，还有折扣。这是布店的规矩，也是老板乐为之的，因为店伙穿得时髦，也是给店里装门面的事。有的顾客来买布，常常指着店伙的长衫或翻在外面的短衫的袖子："照你这样的，给我来一件。"

弟兄俩都已经成了家，老大已经有一个孩子，——叶三抱孙子了。

这年是叶三五十岁整生日，一家子商量怎么给老爷子做寿。老大老二都提出爹不要走宅门卖果子了，他们养得起他。叶三有点生气了：

"嫌我给你们丢人？两位大布店的'先生'，有一个卖果子的老爹，不好看？"

儿子连忙解释：

"不是的。你老人家岁数大了，老在外面跑，风里雨里，水路旱路，做儿子的心里不安。"

"我跑惯了。我给这些人家送惯了果子。就为了季四太爷一个人，我也得卖果子。”

季四太爷即季匋民。他大排行是老四，城里人都称之为四太爷。

“你们也不用给我做什么寿。你们要是有孝心，把四太爷送我的画拿出去裱了，再给我打一口寿材。”这里有这样一种风俗，早早就把寿材准备下了，为的讨个吉利：添福添寿。于是就都依了他。

叶三还是卖果子。

他真是为了季匋民一个人卖果子的。他给别人家送果子是为了挣钱，他给季匋民送果子是为了爱他的画。季匋民有一个脾气，一边画画，一边喝酒。喝酒不就菜，就水果。画两笔，凑着壶嘴喝一大口酒，左手拈一片水果，右手执笔接着画。画一张画要喝二斤花雕，吃斤半水果。

叶三搜罗到最好的水果，总是首先给季匋民送去。

季匋民每天一起来就走进他的小书房——画室。叶三不须通报，由一个小六角门进去，走过一条碎石铺成的冰花曲径，隔窗看见季匋民，就提着、捧着他的鲜果走进去。“四太爷，枇杷，白沙的！”

“四太爷，东墩的西瓜，三白！——这种三白瓜有点梨花香味，别处没有！”

他给季匋民送果子，一来就是半天。他给季匋民磨墨、漂朱膘、研石青石绿、抻纸。季匋民画的时候，他站在旁边很入神地看，专心致意，连大气都不出。有时看到精彩处，就情不自禁地深深吸一口气，甚至小声地惊呼起来。凡是叶三吸气、惊呼的地方，也正是季匋民的得意之笔。季匋民从不当众作画，他画画有时是把书房门锁起来的。对叶三可例外，他很愿意有这样一个人在旁边看着，他认为叶三真懂，叶三的赞赏是出于肺腑，不是假充内行，也不是谀媚。

季匋民最讨厌听人谈画。他很少到亲戚家应酬。实在不得不去的，他也是到一到，喝半盏茶就道别。因为席间必有一些假名士高谈阔论，因为季匋民是大画家，这些名士就特别爱在他面前评书论画，借以卖弄自己高雅博学。这种议论全都是道听途说，似通不通。季匋民听了，实在难受。他还知道，他如果随声答音，应付几句，某一名士就会在别在应酬场所重贩他的高论，且说："兄弟此言，季匋民亦深为首肯。"但是他对叶三另眼相看。

季匋民最佩服李复堂。他认为扬州八怪里复堂功力最深，大幅小品都好，有笔有墨，也奔放，也严谨，也浑厚，也秀润，而且不装模作样，没有江湖气。有一天叶三给他送来四开李复堂的册页，使季匋民大吃一惊：这四开册页是真的！季匋民问他是多少钱买的，叶三说没花钱。他到三垛贩果子，看见一家的柜橱的玻璃里镶了四幅画，——他在四太爷这里看过

不少李复堂的画，能辨认，他用四张"苏州片"跟那家换了。

"苏州片"花花绿绿的，又是簇新的，那家还很高兴。叶三只是从心里喜欢画，他从不瞎评论。季匋民画完了画，钉在壁上，自己负手远看，有时会问叶三："好不好？"

"好！"

"好在哪里？"

叶三大都能一句话说出好在何处。

季匋民画了一幅紫藤，问叶三。

叶三说："紫藤里有风。"

"唔！你怎么知道？"

"花是乱的。"

"对极了！"

季匋民提笔题了两句词："深院悄无人，风拂紫藤花乱。"

季匋民画了一张小品，老鼠上灯台。叶三说："这是一只小老鼠。"

"何以见得。"

"老鼠把尾巴卷在灯台柱上。它很顽皮。"

"对！"

季匋民最爱画荷花。他画的都是墨荷。他佩服李复堂，但是画风和复堂不似。李画多凝重，季匋民飘逸。李画多用中锋，季匋民微用侧笔，——他写字写的是章草。李复堂有时水墨淋漓，粗头乱服，意在笔先；季匋民没有那样的恣悍，他的画是大写意，但总是笔意俱到，收拾得很干净，而且笔致疏朗，善于利用空白。他的墨荷参用了张大千，但更为舒展。他画的荷叶不勾筋，荷梗不点刺，且喜作长幅，荷梗甚长，一笔到底。

有一天，叶三送了一大把莲蓬来，季匋民一高兴，画了一幅墨荷，好些莲蓬。画完了，问叶三："如何？"叶三说："四太爷，你这画不对。"

"不对？"

"'红花莲子白花藕'。你画的是白荷花，莲蓬却这样大，莲子饱，墨色也深，这是红荷花的莲子。"

"是吗？我头一回听见！"

季匋民于是展开一张八尺生宣，画了一张红莲花，题了一首诗：

“红花莲子白花藕，

果贩叶三是我师。

惭愧画家少见识，

为君破例著胭脂。”

季匋民送了叶三很多画。——有时季匋民画了一张画，不满意，团掉了。叶三捡起来，过些日子送给季匋民看看，季匋民觉得也还不错，就略改改，加了题，又送给了叶三。季匋民送给叶三的画都是题了上款的。叶三也有个学名。他五行缺水，起名润生。季匋民给他起了个字，叫泽之。送给叶三的画上，常题“泽之三兄雅正”。有时迳题“画与叶三”。季匋民还向他解释：以排行称呼，是古人风气，不是看不起他。有时季匋民给叶三画了画，说：“这张不题上款吧，你可以拿去卖钱，——有上款不好卖。”

叶三说：“题不题上款都行。不过您的画我不卖。”

“不卖？”

“一张也不卖？”

他把季匋民送他的画都放在他的棺材里。

十多年过去了。

季匋民死了。叶三已经不卖果子，但是他四季八节，还四处寻觅鲜果，到季匋民坟上供一供。

季匋民死后，他的画价大增。日本有人专门收藏他的画。大家知道叶三手里有很多季匋民的画，都是精品。很多人想买叶三的藏画。叶三说：“不卖。”

有一天有一个外地人来拜望叶三，叶三看了他的名片，这人的姓很奇怪，姓“辻”，叫“辻听涛”。一问，是日本人。

过听涛说他是专程来看他收藏的季匋民的画的。

因为是远道来的，叶三只得把画拿出来。过听涛非常虔诚，要了清水洗了手，焚了一炷香，还先对画轴拜了三拜，然后才展开。他一边看，一边不停地赞叹："喔！喔！真好！真是神品！"

过听涛要买这些画，要多少钱都行。

叶三说：

"不卖。"

过听涛只好怅然而去。

叶三死了。他的儿子遵照父亲的遗嘱，把季匋民的画和父亲一起装在棺材里，埋了。

一九八二年二月二十八日

# 昙花·鹤和鬼火

邻居夏老人送给李小龙一盆昙花。昙花在这一带是很少见的。夏老人很会养花，什么花都有。李小龙很小就听说过“昙花一现”。夏老人指给他看：“这就是昙花。”李小龙欢欢喜喜地把花抱回来了。他的心欢喜得咚咚地跳。

李小龙给他浇水，松土。白天搬到屋外。晚上搬进屋里，放在床前的高茶几上。早上睁开眼第一件事便是看看他的昙花。放学回来，连书包都不放，先去看看昙花。

昙花长得很好，长出了好几片新叶，嫩绿嫩绿的。李小龙盼着昙花开。

昙花茁了骨朵儿了！

李小龙上课不安心，他总是怕昙花在他不在身边的时候开了。他听说昙花开，无定时，说开就开了。

晚上，他睡得很晚，守着昙花。他听说昙花常常是夜晚开。昙花就要開了。

昙花还没有开。

一天夜里，李小龙在梦里闻到一股醉人的香味。他忽然惊醒了：昙花开了！

李小龙一骨碌坐了起来，划根火柴，点亮了煤油灯：昙花真的开了！

李小龙好像在做梦。

昙花真美呀！雪白雪白的。白得像玉，像通草，像天上的云。花心淡黄，淡得像没有颜色，淡得真雅。她像一个睡醒的美人，正在舒展着她的肢体，一面吹出醉人的香气。啊呀，真香呀！香死了！

李小龙两手托着下巴，目不转睛地看着昙花。看了很久，很久。

他困了。他想就这样看它一夜，但是他困了。吹熄了灯，他睡了。一睡就睡着了。

睡着之后，他做了一个梦，梦见昙花开了。

于是李小龙有了两盆昙花。一盆在他的床前，一盆在他的梦里。

李小龙已经是中学生了。过了一个暑假，上初二了。

初中在东门里，原是一个道士观，叫赞化宫。李小龙的家在北门外东街。从李小龙家到中学可以走两条路。一条进北门走城里，一条走城外。李小龙上学的时候都是走城外，因为近得多。放学有时走城外，有时走城里。走城里是为了看热闹或是买纸笔，买糖果零吃。

从李小龙家的巷子出来，是越塘。越塘边经常停着一些粪船。那是乡下人上城来买粪的。李小龙小时候刚学会折纸手工时，常折的便是“粪船”。其实这只纸船是空的，装什么都可以。小孩子因为常常看见这样的船装粪，就名之曰粪船了。

从越塘的坡岸走上来，右手有几家种菜的。左边便是菜地。李小龙看见种菜的种青菜，种萝卜。看他们浇粪，浇水。种菜的用一个长把的水舀子舀满了水，手臂一挥舞，水就像扇面一样均匀地洒开了。青菜一天一个样，一天一天长高了，全都直直地立着，都很精神，很水灵。萝卜原来像菜，后来露出红红的“背儿”，就像萝卜了。他看见扁豆开花，扁豆结角了。看见芝麻。芝麻可不好看，直不老挺，四方四棱的秆子，结了好些带小毛刺的蒴果。蒴果里就是芝麻粒了。“你就是芝麻呀！”李小龙过去没有见过芝麻。他觉得芝麻能榨油，给人吃，这非常神奇。

过了菜地，有一条不很宽的石头路。铺路的石头不整齐，大大小小，而且都是光滑的，圆乎乎的，不好走。人不好走，牛更不好走。李小龙常常看见一头牛的一只前腿或后腿的蹄子在圆石头上“霍——哒”一声滑了一下，——然而他没有看见牛滑得摔倒过。牛好像特别爱在这条路上拉屎。路上随时可以看见几堆牛屎。

石头路两侧各有两座牌坊，都是青石的。大小、模样都差不多。李小龙知道，这是贞节牌坊。谁也不知道这是谁家的，是为哪一个守节的寡妇立的。那么，这不是白立了吗？牌坊上有很多麻雀做窠。麻雀一天到晚叽叽喳喳地叫，好像是牌坊自己叽叽喳喳叫着似的。牌坊当然不会叫，石头是没有声音的。

石头路的东边是农田，西边是一片很大的苇荡子。苇荡子的尽头是一片乌猛猛的杂树林子。林子后面是善因寺。从石头路往善因寺有一条小路，很少人走。李小龙有一次一个人走了一截，觉得怪瘆得慌。

春天，苇荡子里有很多蝌蚪，忙忙碌碌地甩着小尾巴。很快，就变成了小蛤蟆。小蛤蟆每天早上横过石头路乱蹦。你们干吗乱蹦，不好老实待着吗？小蛤蟆很快就成了大蛤蟆，咕呱乱叫！

走完石头路，是傅公桥。从东门流过来的护城河往北，从北城流过来的护城河往东，在这里汇合，流入澄子河。傅公桥正跨在汇流的河上。这是一座洋松木桥。两根桥梁，上面横铺着立着的洋松木的扁方子，用巨大的铁螺丝固定在桥梁上。洋松扁方并不密接，每两方之间留着和扁方宽度相等的空隙。从桥上过，可以看见水从下面流。有时一团青草，一片破芦席片顺水漂过来，也看得见它们从桥下悠悠地漂过去。

李小龙从初一读到初二了，来来回回从桥上过，他已经过了多少次了？

为什么叫作傅公桥？傅公是谁？谁也不知道。

过了傅公桥，是一条很宽很平的大路，当地人把它叫作“马路”。走在这样很宽很平的大路上，是很痛快的，很舒服的。马路东，是一大片农田。这是“学田”。这片田因为可以直接从护城河引水灌溉，所以庄稼长得特别的好，每年的收成都是别处的田地比不了的。

李小龙看见过割稻子。看见过种麦子。春天，他爱下了马路，从麦子地里走，一直走到东门口。麦子还没有“起身”的时候，是不怕踩的，越踩越旺。麦子一天一天长高了。他掰下几粒青麦子，搓去外皮，放进嘴里嚼。他一辈子记得青麦子的清香甘美的味道。他看见过割麦子。看见过插秧。插秧是个大喜的日子，好比是娶媳妇，聘闺女。插秧的人总是精精神神的，脾气也特别温和。又忙碌，又从容，凡事有条有理。他们的眼睛里流动着对于粮食和土地的脉脉的深情。一天又一天，哈，稻子长得齐李小龙的腰了。不论是麦子，是稻子，挨着马路的地边的一排长得特别好。总有几丛长得又高又壮，比周围的稻麦高出好些。李小龙想，这大概是由于过路的行人曾经对着它撒过尿。小风吹着丰盛的庄稼的绿叶，沙沙地响，像一首遥远的、温柔的歌。李小龙在歌里轻快地走着……李小龙有时挨着庄稼地走，有时挨着河沿走。河对岸是一带黑黑的城墙，城墙垛子一个、一个、一个，整齐地排列着。城墙外面，有一溜荒地，长了好些狗尾巴草、扎蓬、苍耳和风播下来的旅生的芦秫。草丛里一定有很多蝈蝈，蝈蝈把它们的吵闹声音都送到河这边来了。下面，是护城河。随着上游水闸的启闭，河水有时大，有时小；有时急，有时慢。水急的时候，挨着岸边的水会倒流回去，李小龙觉得很奇怪。过路的大人告诉他：这叫"回溜"。水是从运河里流下来的，是浑水，颜色黄黄的。黑黑的城墙，碧绿的田地，白白的马路，黄黄的河水。去年冬天，有一天，下大雪，李小龙一大早上学去，他发现河水是红颜色的！很红很红，红得像玫瑰花。李小龙想：也许是雪把河变红了。雪那样厚，雪把什么都盖成一片白，于是衬得河水是红的了。也许是河水自己这一天发红了。他捉摸不透。但是他千真万确看见了一条红水河。雪地上还没有人走过，李小龙独自一人，踏着积雪，他的脚踩得积雪咯吱咯吱地响。雪白雪白的原野上流着一条玫瑰红色的河，那样单纯，那样鲜明而奇特，这种景色，李小龙从来没有看见过，以后也没有看见过。

有一天早晨，李小龙看到一只鹤。秋天了，庄稼都收割了，扁豆和芝麻都拔了秧，树叶落了，芦苇都黄了，芦花雪白，人的眼界空阔了。空气非常凉爽。天空淡蓝淡蓝的，淡得像水。李小龙一抬头，看见天上飞着一只东西。鹤！他立刻知道，这是一只鹤。

李小龙没有见过真的鹤，他只在画里见过，他自己还画过。不过，这的的确确是一只鹤。真奇怪，怎么会有一只鹤呢？这一带从来没有人家养过一只鹤，更不用说是野鹤了。然而这真是一只鹤呀！鹤沿着北边城墙的上空往东飞去。飞得很高，很慢，雪白的身子，雪白的翅膀，两只长腿伸在后面。李小龙看得很清楚，清楚极了！李小龙看得呆了。鹤是那样美，又教人觉得很凄凉。

鹤慢慢地飞着，飞过傅公桥的上空，渐渐地飞远了。李小龙痴立在桥上。

李小龙多少年还忘不了那天的印象，忘不了那种难遇的凄凉的美，那只神秘的孤鹤。

李小龙后来长大了，到了很多地方，看到过很多鹤。不，这都不是李小龙的那只鹤。

世界上的诗人们，你们能找到李小龙的鹤吗？

李小龙放学回家晚了。教图画手工的张先生给了他一个任务，让他刻一副竹子的对联。对联不大，只有三尺高。选一段好毛竹，一剖为二，刳去竹节，用砂纸和竹节草打磨光滑了，这就是一副对子。联文是很平常的：

惜花春起早
爱月夜眠迟

字是请善因寺的和尚石桥写的，写的是石鼓。因为李小龙上初一的时候就在家跟父亲学刻图章，已经刻了一年，张先生知道他懂得一点篆书的笔意，才把这副对子交给他刻。刻起来并不费事，把字的笔画的边廓刻深，再用刀把边线之间的竹皮铲平，见到“二青”就行了。不过竹皮很滑，竹面又是圆的，需要手劲。张先生怕他带来带去，把竹皮上墨书的字蹭模糊了，教他就在他的画室里刻。张先生的画室在一个小楼上。小楼在学校东北角，是赞化宫的遗物，原来大概是供吕洞宾的，很旧了。楼的三面都是紫竹，——紫竹城里别处极少见，学生习惯就把这座楼叫成“紫竹楼”。李小龙每天下课后，上楼来刻一个字，刻完回家。已经刻了一个多星期了。这天就剩下“眠迟”两个字了，心想一气刻完了得了，明天好填上石绿挂起来看看，就贪刻了一会。偏偏石鼓文体的“迟”字笔画又多，时间不知不觉就过去了。刻完了“迟”字的“走之”，揉揉眼睛，一看：呀，天都黑了！而且听到隐隐的雷声——要下雨了：赶紧走。他背起书包直奔东门。出了东门，听到东门外铁板桥下轰鸣震耳的水声，他有点犹豫了。

东门外是刑场（后来李小龙到过很多地方，发现别处的刑场都在西门外。按中国的传统观念，西方主杀，不知道本县的刑场为什么在东门外）。对着东门不远，有一片空地，空地上现在还有一些浅浅的圆坑，据说当初杀人就是让犯人跪在坑里，由背后向第三个颈椎的接缝处切一刀。现在不兴杀头了，枪毙犯人——当地叫作“铳人”，还是在这里。李小龙的同学有时上着课，听到街上拉长音的凄惨的号声，就知道要铳人了。他们下了课赶去看，有时能看到尸首，有时看到地下一摊血。东门桥是全县唯一的一座铁板桥。桥下有闸。桥南桥北水位落差很大，河水倾跌下来，声音很吓人。当地人把这座桥叫作掉魂桥，说是临刑的犯人到了桥上，听到水声，魂就掉了。

有关于这里的很多鬼故事。流传得最广的是一个：有一个人赶夜路，远远看见一个瓜棚，点着一盏灯。他走过去，想借个火吸一袋烟。里面坐着几个人。他招呼一下，就掏出烟袋来凑在灯火上吸烟，不想怎么吸也吸不着。他很纳闷，用手摸摸灯火，火是凉的！坐着的几个人哈哈大笑。笑完了，一齐用手把脑袋搬了下来。行路人吓得赶紧飞奔。奔了一气，又碰得几个人在星光下坐着聊天，他走近去，说刚才他碰见的事，怎么怎么，他们把头就搬下来了。这几个聊天的人说："这有什么稀奇，我们都能这样！"……李小龙犹豫了一下，还是走上铁板桥了。他的脚步踏得桥上的铁板当当地响。

天骤然黑下来了，雨云密结，天阴得很严。下了桥，他就掉在黑暗里了。什么也看不见，只能看到一条灰白的痕迹，是马路；黑乎乎的一片，是稻田。好在这条路他走得很熟，闭着眼也能走到，不会掉到河里去，走吧！他听见河水哗哗地响，流得比平常好像更急。听见稻子的新秀的穗子摆动着，稻粒摩擦着发出细碎的声音。一个什么东西窜过马路！——大概是一只獾子。什么东西落进河水了，——"扑通"！他的脚清楚地感觉到脚下的路。一个圆形的浅坑，这是一个牛蹄印子，干了。谁在这里扔了一块西瓜皮！差点摔了我一跤！天上不时扯一个闪。青色的闪，金色的闪，紫色的闪。闪电照亮一块黑云，黑云翻滚着，绞扭着，像一个暴怒的人正在憋着一腔怒火。闪电照亮一棵小柳树，张牙舞爪，像一个妖怪。

李小龙走着，在黑暗里走着，一个人。他走得很快，比平常要快得多，真是"大步流星"，踏踏踏踏地走着。他听见自己的两只裤脚擦得沙沙地响。

一半沉着，一半害怕。

不太害怕。

刚下掉魂桥，走过刑场旁边时，头皮紧了一下，有点怕，以后就好了。

他甚至觉得有点豪迈。

快要到了。前面就是傅公桥。“行百里者半九十”，今天上国文课时他刚听高先生进过这句古文。

上了傅公桥，李小龙的脚步放慢了。

这是什么？

他从来没有看见过。

一道一道碧绿的光。在苇荡上。

李小龙知道，这是鬼火。他听说过。

绿光飞来飞去。它们飞舞着，一道一道碧绿的抛物线。绿光飞得很慢，好像在幽幽地哭泣。忽然又飞快了，聚在一起；又散开了，好像又笑了，笑得那样轻。绿光纵横交错，织成了一面疏网：忽然又飞向高处，落下来，像一道放慢了的喷泉。绿光在集会，在交谈。你们谈什么？……李小龙真想多停一会，这些绿光多美呀！

但是李小龙没有停下来，说实在的，他还是有点紧张的。

但是他也没有跑。他知道他要是一跑，鬼火就会追上来。他在小学上自然课时就听老师讲过，“鬼火”不过是空气里的磷，在大雨将临的时候，磷就活跃起来。见到鬼火，要沉着，不能跑，一跑，把气流带动了，鬼火就会跟着你追。你跑得越快，它追得越紧。虽然明知道这是磷，是一种物质，不是什么“鬼火”，不过一群绿光追着你，还是怕人的。

李小龙用平常的速度轻轻地走着。

到了贞节牌坊跟前倒真的吓了他一跳！一条黑影，迎面向他走来。是个人！这人碰到李小龙，大概也有点紧张，跟小龙擦身而过，头也不回，匆匆地走了。这个人，那么黑的天，你跑到马上要下大雨的田野里去干什么？

到了几户种菜人家的跟前，李小龙的心才真的落了下来。种菜人家的窗缝里漏出了灯光。

李小龙一口气跑到家里。刚进门，“哇——”大雨就下下来了。

李小龙搬了一张小板凳，在灯光照不到的廊檐下，对着大雨倾注的空庭，一个人呆呆地想了半天。他要想想今天的印象。

李小龙想：我还是走回来了。我走在半道上没有想退回去，如果退回去，我就输了，输给黑暗，又输给了我自己。李小龙回想着鬼火，他觉得鬼火很美。

李小龙看见过鬼火了，他又长大了一岁。

一九八三年九月十三日于北京蒲黄榆新居

# 金冬心

召应博学鸿词杭郡金农，字寿门，别号冬心先生、稽留山民、龙梭仙客、苏伐罗吉苏伐罗，早上起来觉得很无聊。

他刚从杭州扫墓回来。给祖坟加了加土，吩咐族侄把聚族而居的老宅子修理修理，花了一笔钱。杭州官员馈赠的程仪殊不丰厚，倒是送了不少花雕和莼菜，坛坛罐罐，装了半船。装莼菜的瓷罐子里多一半是西湖水。我能够老是饮花雕酒喝莼菜汤过日脚吗？开玩笑！

他是昨天日落西时回扬州的。刚一进门，洗了脸，给他装裱字画、收拾图书的陈聋子就告诉他：袁子才把十张灯退回来了。是托李馥馨茶叶庄的船带回来的。附有一封信。另外还有十套《随园诗话》。金冬心当时哼了一声。

去年秋后，来求冬心先生写字画画的不多，他又买了两块大砚台，一块红丝碧端，一块蕉叶白，手头就有些紧。进了腊月，他忽然想起一个主意：叫陈聋子用乌木做了十张方灯的架子，四面由他自己书画。自以为这主意很别致。他知道他的字画在扬州实在不大卖得动了，——太多了，几乎家家都有。过了正月初六，就叫陈聋子搭了李馥馨的船到南京找袁子才，托他代卖。凭子才的面子，他在南京的交往，估计不难推销出去。他希望一张卖五十两。少说，也能卖二十两。不说别的，单是乌木灯架，也值个三两二两的。那么，不无小补。

袁子才在小仓山房接见了陈聋子，很殷勤地询问了冬心先生的起居，最近又有什么轰动一时的诗文，说："灯是好灯！诗、书、画，可称三绝。先放在我这里吧。"

金冬心原以为过了元宵，袁子才就会兑了银子来。不想过了清明，还没有消息。

现在，退回来了！

袁枚的信写得很有风致："……金陵人只解吃鸭月肃，光天白日，尚无目识字画，安能于光烛影中别其媸妍耶？……"这个老奸巨猾！不帮我卖灯，倒给我弄来十部《诗话》，让我替他向扬州的鹾贾打秋风！——俗！

晚上吃了一碗鸡丝面，早早就睡了。

今天一起来，很无聊。

喝了几杯苏州新到的碧螺春，念了两遍《金刚经》，趿着鞋，到小花圃里看了看。宝珠山茶开得正好，含笑也都有了骨朵了。然而提不起多大兴致。他惦记着那十盆兰花。他去杭州之前，瞿家花园新从福建运到十盆素心兰。那样大的一盆，每盆不愁有百十个箭子！索价五两一盆，不贵！要是袁子才替他把灯卖出去，这十盆剑兰就会摆在他的小花圃苇棚下的石条上。这样的兰花，除了冬心先生，谁配？然而……他踱回书斋里，把袁枚的信摊开又看了一遍，觉得袁枚的字很讨厌，而且从字里行间嚼出一点挖苦的意味。他想起陈聋子描绘的随园：有几棵柳树，几块石头，有一个半干的水池子，池子边种了十来棵木芙蓉，到处是草，草里有蜈蚣……这样一个破园子，会是江宁织造的大观园吗？可笑！①此人惯会吹牛，装模作样！他顺手把《随园诗话》打开翻了几页，到处是倚人自重，借别人的赏识，为自己吹嘘。有的诗，还算清新，然而，小聪明而已。正如此公自道："诗被人嫌只为多！"再看看标举的那些某夫人、某太夫人的诗，都不见佳。哈哈，竟然对毕秋帆也揄扬了一通！毕秋帆是什么？——商人耳！郑板桥对袁子才曾做过一句总评，说他是"斯文走狗"，不为过分！

他觉得心里痛快了一点，——不过，还是无聊。

他把陈聋子叫来，问问这些天有什么函件柬帖。陈聋子捧出了一叠。金冬心拆看了，几封，都没有什么意思，问："还有没有？"

陈聋子把脑门子一拍，说："有！——我差一点忘了，我把它单独放在拜匣里了：程雪门有一张请帖，来了三天了！""程雪门？"

"对对对！请你陪客。"

"请谁？"

"铁大人。"

"哪个铁大人？"

"新放的两淮盐务道铁保珊铁大人。"

"几时？"

"今天！中饭！平山堂！"

"你多误事！——去把帖子给我拿来！——去订一顶轿

---

① 袁枚曾说大观园就是他的随园。

子！——你真是！——快去！——哎哟！”

金冬心开始觉得今天有点意思了。

等着催请了两次，到第三次催请时，冬心先生换了衣履，坐上轿子，直奔平山堂。

程雪门是扬州一号大盐商，今天宴请新任盐务道，非比寻常！果然，等金冬心下了轿，往平山堂一看，只见扬州的名流显贵都已到齐。藩臬二司、河工漕运、当地耆绅、清客名士，济济一堂。花翎补服，辉煌耀眼；轻衣缓带，意态萧闲。程雪门已在正面榻座上陪着铁保珊说话，一眼看见金冬心来了，站起身来，铁保珊早抢步迎了出来。

“冬心先生！久仰！久仰得很哪！”

“岂敢岂敢！臣本布衣，幸瞻丰采！铁大人从都里来，一路风霜，辛苦了！”

“请！”

“请！请！”

铁保珊拉了金冬心入座。程雪门道了一声“得罪！”自去应酬别的客人。大家只见铁保珊倾侧着身子和金冬心谈得十分投机，金冬心不时点头拊掌，不知他们谈些什么，不免悄悄议论。

“雪门今天请金冬心来陪铁保珊，好大的面子！”“听说是铁保珊指名要见的。”

“金冬心这时候才来，架子搭得不小！”

“看来他的字画行情要涨！”

稍顷宴齐，更衣入席。平山堂中，雁翅般摆开了五桌。正中一桌，首座自然是铁保珊。次座是金冬心。金冬心再三谦让，铁保珊一把把他按得坐下，说：“你再谦，大家就不好坐了！”金冬心只得从命。程雪门在这桌的主座上陪着。

今天的酒席很清淡。铁大人接连吃了几天满汉全席，实在是没有胃口，接到请帖，说:“请我，我到！可是我只想喝一碗晚米稀粥，就一碟香油拌疙瘩丝！”程雪门说一定照办。按扬州请客的规矩，菜单曾请铁保珊过了目。凉碟是金华竹叶腿、宁波瓦楞明蚶、黑龙江熏鹿脯、四川叙府糟蛋、兴化醉蛏鼻、东台醉泥螺、阳澄湖醉蟹、糟鹌鹑、糟鸭舌、高邮双黄鸭蛋、界首茶干拌荠菜、凉拌枸杞头……热菜也只是蟹白烧乌青菜、鸭肝泥酿怀山药、鲫鱼脑烩豆腐、烩青腿子口蘑、烧鹅掌。甲鱼只用裙边。鲇花鱼不用整条的，只取两块嘴后腮边眼下蒜瓣肉。车虫敖只取两块瑶柱。炒芙蓉鸡片塞牙，用大兴安岭活捕来的飞龙剁泥、鸽蛋清。烧烤不用乳猪，用果子狸。头菜不用翅唇参燕，清炖杨妃乳——新从江阴运到的河豚鱼。铁大人听说有河豚，说:“那得有炒蒌蒿呀！——‘竹外桃花三两枝，春江水暖鸭先知，蒌蒿满地芦芽短，正是河豚欲上时’，有蒌蒿，那才配称。”有有有！随饭的炒菜也极素净：素炒蒌蒿薹、素炒金花菜、素炒豌豆苗、素炒紫芽姜、素炒马兰头、素炒凤尾——只有三片叶子的嫩莴苣尖、素烧黄芽白……铁大人听了菜单（他没有看）说是“这样好，‘咬得菜根，则百事可做’。”他请金冬心过目，冬心先生说:“‘一箪食，一瓢饮’，侬一介寒士，无可无不可的。”金冬心尝了尝这一桌非时非地清淡而名贵的菜肴，又想起袁子才，想起他的《随园食单》，觉得他把几味家常鱼肉说得天花乱坠，真是寒乞相，嘴角不禁浮起一丝冷笑。

酒过三巡，铁保珊提出寡饮无趣，要行一个酒令。他提出的这个酒令叫作“飞红令”，各人说一句或两句古人诗词，要有

“飞、红”二字，或明嵌、或暗藏，都可以。这令不算苛。他自己先说了两句：“花谢花飞飞满天，红消香断有谁怜？”有人不识出处。旁边的人提醒他：“《红楼梦》！”这时正是《红楼梦》大行的时候，“开谈不说《红楼梦》，纵读诗书也枉然”，不知出处的怕露怯，连忙说：“哦，《红楼梦》！《红楼梦》！”下面也有说“一片花飞减却春”的，也有说“桃花乱落如红雨”的。有的说不上来，甘愿罚酒。也有的明明说得出，为了谦抑，故意说：“我诗词上有限，认罚认罚！”借以凑趣的。临了，到了程雪门。程雪门说了一句：

“柳絮飞来片片红。”

大家先是愕然，接着就哗然了：“柳絮飞来片片红，柳絮如何是红的？”

“无是理！无是理！”

“杜撰！杜撰无疑！”

“罚酒！罚酒！”

“满上！满上！喝了！喝了！”

程雪门也不知道自己怎么会诌出这样一句不通的诗来，正在满脸紫胀，无地自容，忽听得金冬心放下杯箸，从容言道：“诸位莫吵。雪翁此诗有出处。这是元人咏平山堂的诗，用于今日，正好对景。”他站起身来，朗吟出全诗：

廿四桥边廿四风，
凭栏犹忆旧江东。
夕阳返照桃花渡，
柳絮飞来片片红。

大家一听，全都击掌：“好诗！”

“好一个‘柳絮飞来片片红’！妙！妙极了！”

“如此尖新，却又合情合理，这定是元人之诗，非唐非宋！”

“到底是冬心先生！元朝人的诗，我们知道得太少，惭愧惭愧！”

“想不到程雪翁如此博学！佩服！佩服！”

程雪门哈哈大笑，连说：“过奖，过奖！——菜凉了，河豚要趁热！”

于是大家的筷子一齐奔向杨妃乳。

铁保珊拈须沉吟：这是元朝人的诗吗？

金冬心真是捷才！出口成章，不动声色。快，而且好！有意境……

第二天，一清早，程雪门派人给金冬心送来一千两银子。金冬心叫陈聋子告诉瞿家花园，把十盆剑兰立刻送来。陈聋子刚要走，金冬心叫住他：“不忙。先把这十张灯收到厢房里去。”

陈聋子提起两张灯，金冬心又叫住他：“把这个——搬走！”

他指的是堆在地下的《随园诗话》。

陈聋子抱起《诗话》，走出书斋，听见冬心先生骂道：“斯文走狗！”

陈聋子心想：他这是骂谁呢？

一九八三年十月二十五日

# 复　仇

复仇者不折镆干。虽有忮心，不怨飘瓦。

——庄子

一支素烛，半罐野蜂蜜。他的眼睛现在看不见蜜。蜜在罐里，他坐在榻上。但他充满了蜜的感觉，浓，稠。他嗓子里并不泛出酸味。他的胃口很好。他一生没有呕吐过几回。一生，一生该是多久呀？我这是一生了吗？没有关系，这是个很普通的口头语。谁都说:“我这一生……”就像那和尚吧，——和尚一定是常常吃这种野蜂蜜。他的眼睛眯了眯，因为烛火跳，跳着一堆影子。他笑了一下：他心里对和尚有了一个称呼，“蜂蜜和尚”。这也难怪，因为蜂蜜、和尚，后面隐了“一生”两个字。明天辞行的时候，我当真叫他一声，他会怎么样呢？和尚倒有了一个称呼了。我呢？他会称呼我什么？该不是“宝剑客人”吧（他看到和尚一眼就看到他的剑）。这蜂蜜——他想起来的时候一路听见蜜蜂叫。是的，有蜜蜂。蜜蜂真不少（叫得一座山都浮动了起来）。现在，残余的声音还在他的耳朵里。从这里开始了我今天的晚上，而明天又从这里接连下去。人生真是说不清。他忽然觉得这是秋天，从蜜蜂的声音里。从声音里他感到一身轻爽。不错，普天下此刻写满了一个“秋”。他想象和尚去找蜂蜜。一大片山花。和尚站在一片花的前面，实在是好看极了，和尚摘花。大殿上的铜钵里有花，开得真好，冉冉的，像是从钵里升起一蓬雾。他喜欢这个和尚。

和尚出去了。单举着一只手，后退了几步，既不拘礼，又似有情。和尚你一定是自自然然地行了无数次这样的礼了。和尚放下蜡烛，说了几句话，不外是庙宇偏僻，没有什么可以招待；山高，风大气候凉，早早安息。和尚不说，他也听见。和尚说了，他可没有听。他尽着看这和尚。他起身为礼，和尚飘然而去。双袖飘飘，像一只大蝴蝶。

他在心里画不出和尚的样子。他想和尚如果不是把头剃光，他该有一头多好的白发。一头亮亮的白发在他的心里闪耀着。

白发的和尚呀。

他是想起了他的白了发的母亲。

山里的夜来得真快！日入群动息，真是静极了。他一路走来，就觉得一片安静。可是山里和路上迥然不同。他走进小山村，小蒙舍里有孩子读书声，马的铃铛，连枷敲在豆秸上。小路上的新牛粪发散着热气，白云从草垛边缓缓移过，一个梳辫子的小姑娘穿着一件银红色的衫子……可是原来描写着静的，现在全表示着动。他甚至想过自己做一个货郎来给这个山村添加一点声音的，这一会儿可不能在这万山之间拨浪浪摇他的小鼓。

货郎的拨浪鼓在小石桥前摇，那是他的家。他知道，他想的是他的母亲。而投在母亲的线条里着了色的忽然又是他的妹妹。他真愿意有这么一个妹妹，像他在这个山村里刚才见到的，穿着银红色的衫子，在门前井边打水。青石的井栏。井边一架小红花。她想摘一朵，听见母亲纺车声音，觉得该回家了，天不早了，就说:“我明天一早来摘你。你在那儿，我记得！”她可以给旅行人指路:“山上有个庙，庙里和尚好，你可以去借宿。”小姑娘和旅行人都走了，剩下一口井。他们走了一会儿，井栏上的余滴还丁丁咚咚地落回井里。村边的大乌桕树黑黑的。夜开始向它合过来。磨麦子的石碾呼呼的声音停止在一点上。

想起这个妹妹时，他母亲是一头乌青的头发。他多愿意摘一朵红花给母亲戴上。可是他从来没见过母亲戴过一朵花。就是这一朵没有戴上的花决定了他的命运。

母亲呀，我没有看见你的老。

于是他的母亲有一副年轻的眉眼而戴了一头白发。多少年来这一头白发在他心里亮。

他真愿意有那么一个妹妹。

可是他没有妹妹，他没有！

他的现在，母亲的过去。母亲在时间里停留。她还是那样年轻，就像那个摘花的小姑娘，像他的妹妹。他可是老多了，他的脸上刻了很多岁月。

他在相似的风景里做了不同的人物。风景不殊，他改变风景多少？现在他在山上，在许多山里的一座小庙里，许多小庙里的一个小小的禅房里。

多少日子以来，他向上，又向上；升高，降低一点，又升得更高。他爬的山太多了。山越来越高，山头和山头挤得越来越紧。路越来越小，也越来越模糊。他仿佛看到自己，一个小小的人，向前倾侧着身体，一步一步，在苍青赭赤之间的一条微微的白道上走。低头，又抬头。看看天，又看看路。路像一条长线，无穷无尽地向前面画过去。云过来，他在影子里；云过去，他亮了。他的衣裙上沾了蒲公英的绒絮，他带它们到远方去。有时一开眼，一只鹰横掠过他的视野。山把所有的变化都留在身上，于是显得亘古不变。他想：山呀，你们走得越来越快，我可是只能一个劲地这样走。及至走进那个村子，他向上一看，决定上山借宿一宵，明天该折回去了。这是一条线的尽头了，再往前没有路了。

他阖了一会儿眼。他几乎睡着了，几乎做了一个梦。青苔的气味，干草的气味。风化的石头在他的身下酥裂，发出声音，且发出气味。小草的叶子窸窣弹了一下，蹦出了一个蚱蜢。从很远的地方飘来一根鸟毛，近了，更近了，终于为一根枸杞截住。他断定这是一根黑色的。一块卵石从山顶上滚下去，滚下去，滚下去，落进山下的深潭里。从极低的地方传来一声牛鸣。反刍的声音（牛的下巴磨动，淡红色的舌头），升上来，为一阵风卷走了。虫蛀着老楝树，一片叶子尝到了苦味，它打了一个寒噤。一个松球裂开了，寒气伸入了鳞瓣。鱼呀，活在多高的水里，你还是不睡？再见，青苔的阴湿；再见，干草的松软；再见，你硌在胛骨下抵出一块酸的石头。老和尚敲磬。现在，旅行人要睡了，放松他的眉头，散开嘴边的纹，解开脸上的结，让肩膊平摊，腿脚舒展。

烛火什么时候灭了。是他吹熄的？

他包在无边的夜的中心，像一枚果仁包在果核里。

老和尚敲着磬。

水上的梦是漂浮的。山里的梦挣扎着飞出去。

他梦见他对着一面壁直的黑暗，他自己也变细，变长。他想超出黑暗，可是黑暗无穷的高，看也看不尽的高呀。他转了一个方向，还是这样。再转，一样。再转，一样。一样，一样，一样是壁直而平，黑暗。他累了，像一根长线似的落在地上。“你软一点，圆一点嘛！”于是黑暗成了一朵莲花。他在莲花的一层又一层瓣子里。他多小呀，他找不到自己了。他贴着黑的莲花做了一次周游。丁——，莲花上出现一颗星，淡绿的，如磷火，旋起旋灭。余光霭霭，归于寂无。丁——，又一声。

那是和尚在做晚课，一声一声敲他的磬。他追随，又等待，看看到底多久敲一次。渐渐地，和尚那里敲一声，他心里也敲一声，不前不后，自然应节。“这会儿我若是有一口磬，我也是一个和尚。”佛殿上一盏像是就要熄灭，永不熄灭的灯。冉冉的，钵里的花。一炷香，香烟袅袅，渐渐散失。可是香气透入了一切，无往不在。他很想去看看和尚。

和尚，你想必不寂寞？

客人，你说的寂寞的意思是疲倦？你也许还不疲倦？

客人的手轻轻地触到自己的剑。这口剑，他天天握着，总觉得有一分生疏；到他好像忘了它的时候，方知道是如何之亲切。剑呀，不是你属于我，我其实是属于你的。和尚，你敲磬，谁也不能把你的磬的声音收集起来吧？你的禅房里住过多少客人？我在这里过了我的一夜。我过了各色的夜。我这一夜算在所有的夜的里面，还是把它当作各种夜之外的一个夜呢？好了，太阳一出，就是白天。明天我要走。

太阳晒着港口，把盐味敷到坞边的杨树的叶片上。海是绿的，腥的。

一只不知名的大果子，有头颅那样大，正在腐烂。

贝壳在沙粒里逐渐变成石灰。

浪花的白沫上飞着一只鸟，仅仅一只。太阳落下去了。

黄昏的光映在多少人的额头上，在他们的额头上涂了一半金。

多少人逼向三角洲的尖端。又转身，分散。

人看远处如烟。

自在烟里，看帆篷远去。

来了一船瓜，一船颜色和欲望。

一船是石头，比赛着棱角。也许——

一船鸟，一船百合花。

深巷卖杏花。骆驼。

骆驼的铃声在柳烟中摇荡。鸭子叫，一只通红的蜻蜓。

惨绿色的雨前的磷火。

一城灯！

嗨，客人！

客人，这仅仅是一夜。

你的饿，你的渴，饿后的饱餐，渴中得饮，一天的疲倦和疲倦的消除，各种床，各种方言，各种疾病，胜于记得，你一一把它们忘却了。你不觉得失望，也没有希望。你经过了哪里，将去到哪里？你，一个小小的人，向前倾侧着身体，在黄青赭赤之间的一条微微的白道上走着。你是否为自己所感动？

“但是我知道我并不想在这里出家！”

他为自己的声音吓了一跳。这座庙有一种什么东西使他不安。他像瞒着自己似的想了想那座佛殿。这和尚好怪！和尚是一个，蒲团是两个。一个蒲团是和尚自己的，那一个呢？佛案上的经卷也有两份。而他现在住的禅房，分明也不是和尚住的。

这间屋，他一进来就有一种特殊的感觉。墙极白，极平，一切都是既方且直，严厉而逼人。而在方与直之中有一件东西就显得非常的圆。不可移动，不可更改。这件东西是黑的。白与黑之间划出分明界限。这是一顶极大的竹笠。笠子本不是这颜色，它发黄，转褐，最后就成了黑的。笠顶有一个宝塔形的铜顶，颜色也发黑了，——一两处锈出了绿花。这顶笠子使旅行人觉得不舒服。什么人戴了这样一顶笠子呢？拔出剑。他走出禅房。

他舞他的剑。

自从他接过这柄剑，从无一天荒废过。不论在荒村野店，驿站邮亭，云碓茅蓬里，废弃的砖瓦窑中，每日晨昏，他都要舞一回剑，每一次对他都是新的刺激，新的体验。他是在舞他自己，他的爱和恨。最高的兴奋，最大的快乐，最汹涌的激情。他沉酣于他的舞弄之中。

把剑收住，他一惊，有人呼吸。

“是我。舞得好剑。”

是和尚！和尚离得好近。我差点没杀了他。

旅行人一身都是力量，一直贯注到指尖。一半骄傲，一半反抗，他大声地喊：

“我要走遍所有的路。”

他看看和尚，和尚的眼睛好亮！他看着这双眼睛里有没有讥刺。和尚如果激怒了他，他会杀了和尚。然而和尚站得稳稳的，并没有为他的声音和神情所撼动，他平平静静，清清朗朗地说：

“很好。有人还要从没有路的地方走过去。”

万山百静之中有一种声音，丁丁然，坚决地，从容地，从一个深深的地方迸出来。

这旅行人是一个遗腹子。父亲被仇人杀了，抬回家来，只剩一口气。父亲用手指蘸着自己的血写下了仇人的名字，就死了。母亲拾起了他留下的剑。剑在旅行人手里。仇人的名字在他的手臂上。到他长到能够得到井边的那架红花的时候，母亲交给他父亲的剑，在他的手臂上刺了父亲的仇人的名字，涂了蓝。他就离开了家，按手臂上那个蓝色的姓名去找那个人，为父亲报仇。

不过他一生中没有叫过一声父亲。他没有听见过自己叫父亲的声音。

父亲和仇人，他一样想不出是什么样子。如果仇人遇见他，倒是会认出来的：小时候村里人都说他长得像父亲。然而他现在连自己是什么样子都不清楚了。

真的，有一天找到那个仇人，他只有一剑把他杀了。他说不出一句话。他跟他说什么呢？想不出，只有不说。

有时候他更愿意自己被仇人杀了。

有时候他对仇人很有好感。

有时候他觉得自己就是那个仇人。既然仇人的名字几乎代替了他自己的名字，他可不是借了那个名字而存在的吗？仇人死了呢？

然而他依然到处查访这个名字。

“你们知道这个人吗？”

“不知道。”

“听说过吗？”

“没有。”

……

“但是我一定是要报仇的！”

“我知道，我跟你的距离一天天近了。我走的每一步，都向着你。”

“只要我碰到你，我一定会认出你，一看，就知道是你，不会错！”

“即使我一生找不到你，我这一生是找你的了！”

他为自己这一句的声音掉了泪，为他的悲哀而悲哀了。

天一亮，他跑近一个绝壁。回过头来，他才看见天，苍碧嶙峋，不可抗拒的力量压下来，使他呼吸急促，脸色发青，两股紧贴，汗出如浆。他感觉到他的剑。剑在背上，很重。而从绝壁的里面，从地心里，发出丁丁的声音，坚决而从容。

他走进绝壁。好黑。半天，他什么也看不见。退出来？不！他像是浸在冰水里。他的眼睛渐渐能看见面前一两尺的地方。他站了一会儿，调匀了呼吸。丁，一声，一个火花，赤红的。丁，又一个。风从洞口吹进来，吹在他的背上。面前飘来了冷气，不可形容的阴森。咽了一口唾沫。他往里走。他听见自己跫跫足音，这个声音鼓励他，教他走得稳当，不踉跄。越走越窄，他得弓着身子。他直视前面，一个又一个火花爆出来。好了，到了头：

一堆长发。长头发盖着一个人。匍匐着，一手錾子，一手铁锤，低着头，正在开凿膝前的方寸。他一定是听见来人的脚步声了，他不回头，继续开凿。錾子从下向上移动着。一个又一个火花。他的手举起，举起。旅行人看见两只僧衣的袖子。他的披到腰下的长发摇动着。他举起，举起，旅行人看见他的手。这双手！奇瘦，瘦到露骨，都是筋。旅行人后退了一步。和尚回了一下头。一双炽热的眼睛，从披纷的长发后面闪了出来。旅行人木然。举起，举起，火花，火花。再来一个，火花！他差一点晕过去：和尚的手臂上赫然有三个字，针刺的，涂了蓝的，是他的父亲的名字！

一时，他什么也看不见了，只看见那三个字。一笔一画，他在心里描了那三个字。丁，一个火花。随着火花，字跳动一下。时间在洞外飞逝。一卷白云掠过洞口。他简直忘记自己背上的剑了，或者，他自己整个消失，只剩下这口剑了。他缩小，缩小，以至于没有了。然后，又回来，回来，好，他的脸色由青转红，他自己充满于躯体。剑！他拔剑在手。

忽然他相信他的母亲一定已经死了。

铿的一声。

他的剑落回鞘里。第一朵锈。

他看了看脚下，脚下是新开凿的痕迹。在他脚前，摆着另一副锤錾。

他俯身，拾起锤錾。和尚稍微往旁边挪过一点，给他腾出地方。

两滴眼泪闪在庙里白发的和尚的眼睛里。

有一天，两副錾子同时凿在虚空里。第一线由另一面射进来的光。

约一九四四年写在昆明黄土坡

# 异 秉

王二是这条街的人看着他发达起来的。

不知从什么时候起，他就在保全堂药店廊檐下摆一个熏烧摊子。“熏烧”就是卤味。他下午来，上午在家里。

他家在后街濒河的高坡上，四面不挨人家。房子很旧了，碎砖墙，草顶泥地，倒是不仄逼，也很干净，夏天很凉快。一共三间。正中是堂屋，在“天地君亲师”的下面便是一具石磨。一边是厨房，也就是作坊。一边是卧房，住着王二的一家。他上无父母，嫡亲的只有四口人，一个媳妇，一儿一女。这家总是那么安静，从外面听不到什么声音。后街的人家总是吵吵闹闹的。男人揪着头发打老婆，女人拿火叉打孩子，老太婆用菜刀剁着砧板诅咒偷了她的下蛋鸡的贼。王家从来没有这些声音。他们家起得很早。天不亮王二就起来备料，然后就烧煮。他媳妇梳好头就推磨磨豆腐。——王二的熏烧摊每天要卖出很多回卤豆腐干，这豆腐干是自家做的。磨得了豆腐，就帮王二烧火。火光照得她的圆盘脸红红的。（附近的空气里弥漫着王二家飘出的五香味。）后来王二喂了一头小毛驴，她就不用围着磨盘转了，只要把小驴牵上磨，不时往磨眼里倒半碗豆子，注一点水就行了。省出时间，好做针线。一家四口，大裁小剪，很费功夫。两个孩子，大儿子长得像妈，圆乎乎的脸，两个眼睛笑起来一道缝。小女儿像父亲，瘦长脸，眼睛挺大。儿子念了几年私塾，能记账了，就不念了。他一天就是牵了小驴去饮，放它到草地上去打滚。到大了一点，就帮父亲洗料备料做生意，放驴的差事就归了妹妹了。

每天下午，在上学的孩子放学，人家淘晚饭米的时候，他就来摆他的摊子。他为什么选中保全堂来摆他的摊子呢？是因为这地点好，东街西街和附近几条巷子到这里都不远；因为保全堂的廊檐宽，柜台到铺门有相当的余地；还是因为这是一家药店，药店到晚上生意就比较清淡，——很少人晚上上药铺抓药的，他摆个摊子碍不着人家的买卖，都说不清。当初还一定是请人向药店的东家说了好话，亲自登门叩谢过的。反正，有年头了。他的摊子的全副“生财”——这地方把做买卖的用具叫作“生财”，就寄放在药店店堂的后面过道里，挨墙放着，上面就是悬在二梁上的赵公元帅的神龛，这些“生财”包括两块长板，两条三条腿的高板凳（这种高凳一边两条腿，在两头；一边一条腿在当中），以及好几个一面装了玻璃的匣子。他把板凳支好，长板放平，玻璃匣子排开。这些玻璃匣子里装的是黑瓜子、白瓜子、盐炒豌豆、油炸豌豆、兰花豆、五香花生米、长板的一头摆开“熏烧”。“熏烧”除回卤豆腐干之外，主要是牛肉、蒲包肉和猪头肉。这地方一般人家是不大吃牛肉的。吃，也极少红烧、清炖，只是到熏烧摊子去买。这种牛肉是五香加盐煮好，外面染了通红的红曲，一大块一大块的堆在那里。买多少，现切，放在送过来的盘子里，抓一把青蒜，浇一勺辣椒糊。蒲包肉似乎是这个县里特有的。用一个三寸来长直径寸半的蒲包，里面衬上豆腐皮，塞满了加了粉子的碎肉，封了口，拦腰用一道麻绳系紧，成一个葫芦形。煮熟以后，倒出来，也是一个带有蒲包印迹的葫芦。切成片，很香。猪头肉则分门别类地卖，拱嘴、耳朵、脸子，——脸子有个专门名词，叫“大肥”。要什么，切什么。到了上灯以后，王二的生意就到了高潮。只见他拿了刀不停地切，一面还忙着收钱，包油炸的、盐炒的豌豆、瓜子，很少有歇一歇的时候。一直忙到九点多钟，在他的两盏高罩的煤油灯里煤油已经点去了一多半，装熏烧的盘子和装豌豆的匣子都已经见了底的时候，他媳妇给他送饭来了，他才用热水擦一把脸，吃晚饭。吃完晚饭，总还有一些零零星星的生意，他不忙收摊子，就端了一杯热茶，坐到保全堂店堂里的椅子上，听人聊天，一面拿眼睛瞟着他的摊子，见有人走来，就起身切一盘，包两包。他的主顾都是熟人，谁什么时候来，买什么，他心里都是有数的。

这一条街上的店铺、摆摊的，生意如何，彼此都很清楚。近几年，景况都不大好。有几家好一些，但也只是能维持。有的是逐渐地败落下来了。先是货架上的东西越来越空，只出不进，最后就出让“生财”，关门歇业。只有王二的生意却越做越兴旺。他的摊子越摆越大，装炒货的匣子，装熏烧的洋瓷盘子，越来越多。每天晚上到了买卖高潮的时候，摊子外面有时会拥着好些人。好天气还好，遇上下雨下雪（下雨下雪买他的东西的比平常更多），叫主顾在当街打伞站着，实在很不过意。于是经人说合，出了租钱，他就把他的摊子搬到隔壁源昌烟店的店堂里去了。

源昌烟店是个老名号，专卖旱烟，做门市，也做批发。一边是柜台，一边是刨烟的作坊。这一带抽的旱烟是刨成丝的。刨烟师傅把烟叶子一张一张立着叠在一个特制的木床子上，用皮绳木楔卡紧，两腿夹着床子，用一个刨刃有半尺宽的大刨子刨。烟是黄的。他们都穿了白布套裤。这套裤也都变黄了。下了工，脱了套裤，他们身上也到处是黄的。头发也是黄的。——手艺人都带着他那个行业特有的颜色。染坊师傅的指甲缝里都是蓝的，碾米师傅的眉毛总是白蒙蒙的。原来，源昌号每天有四个师傅、四副床子刨烟。每天总有一些大人孩子站在旁边看。后来减成三个，两个，一个。最后连这一个也辞了。这家的东家就靠卖一点纸烟、火柴、零包的茶叶维持生活，也还卖一点趸来的旱烟、皮丝烟。不知道为什么，原来挺敞亮的店堂变得黑暗了，牌匾上的金字也都无精打采了。那座柜台显得特别的大。大，而空。

王二来了，就占了半边店堂，就是原来刨烟师傅刨烟的地方。他的摊子原来在保全堂廊檐是东西向横放着的，迁到源昌，就改成南北向，直放了。所以，已经不能算是一个摊子，而是半个店铺了。他在原有的板子之外增加了一块，摆成一个曲尺形，俨然也就是一个柜台。他所卖的东西的品种也增加了。即以熏烧而论，除了原有的回卤豆腐干、牛肉、猪头肉、蒲包肉之外，春天，卖一种叫作“鵽”的野味，——这是一种候鸟，长嘴长脚，因为是桃花开时来的，不知是哪位文人雅士给它起了一个名称叫“桃花鵽”；卖鹌鹑；入冬以后，他就挂起一个长条形的玻璃镜框，里面用大红腊笺写了泥金字：“即日起新添美味羊糕五香兔肉”。这地方人没有自己家里做羊肉的，都是从熏烧摊上买。只有一种吃法：带皮白煮，冻实，切片，加青蒜、辣椒糊，还有一把必不可少的胡萝卜丝（据说这是最能解膻气的）。酱油、醋，买回来自己加。兔肉，也像牛肉似的加盐和五香煮，染了通红的红曲。

这条街上过年时的春联是各式各样的。有的是特制嵌了字号的。比如保全堂，就是由该店拔贡出身的东家拟制的“保我黎民，全登寿域”；有些大字号，比如布店，口气很大，贴的是“生涯宗子贡，贸易效陶朱”，最常见的是“生意兴隆通四海，财源茂盛达三江”；小本经营的买卖的则很谦虚地写出：“生意三春草，财源雨后花”。这么一副春联，用于王二的超摊子准铺子，真是再贴切不过了，虽然王二并没有想到贴这样一副春联，——他也没处贴呀，这铺面的字号还是“源昌”。他的生意真是三春草、雨后花一样的起来了。“起来”最显眼的标志是他把长罩煤油灯撤掉，挂起一盏呼呼作响的汽灯。须知，汽灯这东西只有钱庄、绸缎庄才用，而王二，居然在一个熏烧摊子的上面，挂起来了。这白亮白亮的汽灯，越显得源昌柜台里的一盏煤油灯十分的暗淡了。

王二的发达，是从他的生活也看得出来的。第一，他可以自由地去听书。王二最爱听书。走到街上，在形形色色招贴告示中间，他最注意的是说书的报条。那是三寸宽，四尺来长的一条黄颜色的纸，浓墨写道：“特聘维扬×××先生在×××（茶馆）开讲××（三国、水浒、岳传……）是月×日起风雨无阻”。以前去听书都要经过考虑。一是花钱，二是费时间，更主要的是考虑这于他的身份不大相称：一个卖熏烧的，常常听书，怕人议论。近年来，他觉得可以了，想听就去。小蓬莱、五柳园（这都是说书的茶馆），都去，三国、水浒、岳传，都听。尤其是夏天，天长，穿了竹布的或夏布的长衫，拿了一吊钱，就去了。下午的书一点开书，不到四点钟就“明日请早”了（这里说书的规矩是在说书先生说到预定的地方，留下一个扣子，跑堂的茶房高喝一声“明日请早——！”听客们就纷纷起身散场），这耽误不了他的生意。

他一天忙到晚，只有这一段时间得空。第二，过年推牌九，他在下注时不犹豫。王二平常绝不赌钱，只有过年赌五天。过年赌钱不犯禁，家家店铺里都可赌钱。初一起，不做生意，铺门关起来，里面黑洞洞的。保全堂柜台里身，有一个小穿堂，是供神农祖师的地方，上面有个天窗，比较亮堂。拉开神农画像前的一张方桌，哗啦一声，骨牌和骰子就倒出来了。打麻将多是社会地位相近的，推牌九则不论。谁都可以来。保全堂的“同仁”（除了陶先生和陈相公），替人家收房钱的抡元，卖活鱼的疤眼——他曾得外症，治愈后左眼留一大疤，小学生给他起了个外号叫“巴颜喀拉山”，这外号竟传开了，一街人都叫他巴颜喀拉山，虽然有人不知道这是什么意思，——王二。输赢说大不大，说小可也不少。十吊钱推一庄。十吊钱相当于三块洋钱。下注稍大的是一吊钱三三四，一吊钱分三道：三百、三百、四百。七点赢一道，八点赢两道，若是抓到一副九点或是天地杠，庄家赔一吊钱。王二下“三三四”是常事。有时竟会下到五吊钱一注孤丁，把五吊钱稳稳地推出去，心不跳，手不抖。（收房钱的抡元下到五百钱一注时手就抖个不住。）赢得多了，他也能上去推两庄。推牌九这玩意，财越大，气越粗，王二输的时候竟不多。

王二把他的买卖乔迁到隔壁源昌去了，但是每天九点以后他一定还是端了一杯茶到保全堂店堂里来坐个点把钟。儿子大了，晚上再来的零星生意，他一个人就可以应付了。

且说保全堂。

这是一家门面不大的药店。不知为什么，这药店的东家用人，不用本地人，从上到下，从管事的到挑水的，一律是淮城人。他们每年有一个月的假期，轮流回家，去干传宗接代的事。其余十一个月，都住在店里。他们的老婆就守十一个月的寡。药店的“同仁”，一律称为“先生”。先生里分为几等。一等的是“管事”，即经理。当了管事就是终身职务，很少听说过有东家把管事辞了的。除非老管事病故，才会延聘一位新管事。当了管事，就有“身股”，或称“人股”，到了年底可以按股分红。因此，他对生意是兢兢业业，忠心耿耿的。东家从不到店，管事负责一切。他照例一个人单独睡在神农像后面的一间屋子里，名叫“后柜”。总账、银钱，贵重的药材如犀角、羚羊、麝香，都锁在这间屋子里，钥匙在他身上，——人参、鹿茸不算什么贵重东西。吃饭的时候，管事总是坐在横头末席，以示代表东家奉陪诸位先生。熬到“管事”能有几人？全城一共才有那么几家药店。保全堂的管事姓卢。二等的叫“刀上”，管切药和“跌”丸药。药店每天都有很多药要切“饮片”切得整齐不整齐，漂亮不漂亮，直接影响生意好坏。内行人一看，就知道这药是什么人切出来的。“刀上”是个技术人员，薪金最高，在店中地位也最尊。吃饭时他照例坐在上首的二席，——除了有客，头席总是虚着的。逢年过节，药王生日（药王不是神农氏，却是孙思邈），有酒，管事的举杯，必得“刀上”先喝一口，大家才喝。保全堂的“刀上”是全县头一把刀，他要是闹脾气辞职，马上就有别家抢着请他去。好在此人虽有点高傲，有点倔，却轻易不发脾气。他姓许。其余的都叫“同事”。那读法却有点特别，重音在“同”字上。他们的职务就是抓药，写帐。“同事”是没有什么了不起的，每年都有被辞退的可能。辞退时“管事”并不说话，只是在腊月有一桌辞年酒，算是东家向“同仁”道一年的辛苦，只要是把哪位“同事”请到上席去，该“同事”就二话不说，客客气气地卷起铺盖另谋高就。当然，事前就从旁漏出一点风声的，并不当真是打一闷棍。该辞退“同事”在八月节后就有预感。有的早就和别家谈好，很潇洒地走了；有的则请人斡旋，留一年再看。后一种，总要做一点“检讨”，下一点“保证”。“回炉的烧饼不香”，辞而不去，面上无光，身价就低了。保全堂的陶先生，就已经有三次要被请到上席了。他咳嗽痰喘，人也不精明。终于没有坐上席，一则是同行店伙纷纷来说情：辞了他，他上谁家去呢？谁家会要这样一个痰篓子呢？这岂非绝了他的生计？二则，他还有一点好处，即不回家。他四十多岁了，却没有传宗接代的任务，因为他没有娶过亲。这样，陶先生就只有更加勤勉，更加谨慎了。每逢他的喘病发作时，有人问：“陶先生，你这两天又不大好吧？”他就一面喘嗽着一面说：“啊，不，很好，很（呼噜呼噜）好！”

以上，是“先生”一级。“先生”以下，是学生意的。药店管学生意的却有一个奇怪称呼，叫作“相公”。

因此，这药店除煮饭挑水的之外，实有四等人：“管事”“刀上”“同事”“相公”。

保全堂的几位“相公”都已经过了三年零一节，满师走了。现有的“相公”姓陈。

陈相公脑袋大大的，眼睛圆圆的，嘴唇厚厚的，说话声气粗粗的——呜噜呜噜地说不清楚。

他一天的生活如下：起得比谁都早。起来就把“先生”们的尿壶都倒了涮干净控在厕所里。扫地。擦桌椅、擦柜台。到处掸土。开门。这地方的店铺大都是“铺闼子门”，——一列宽可一尺的厚厚的门板嵌在门框和门槛的槽子里。陈相公就一块一块卸出来，按“东一”“东二”“东三”“东四”“西一”“西二”“西三”

“西四”次序，靠墙竖好。晒药，收药。太阳出来时，把许先生切好的“饮片”、“跌”好的丸药，——都放在匾筛里，用头顶着，爬上梯子，到屋顶的晒台上放好；傍晚时再收下来。这是他一天最快乐的时候。他可以登高四望。看得见许多店铺和人家的房顶，都是黑黑的。看得见远外的绿树，绿树后面缓缓移动的帆。看得见鸽子，看得见飘动摇摆的风筝。到了七月，傍晚，还可以看巧云。七月的云多变幻，当地叫作“巧云”。那是真好看呀：灰的、白的、黄的、橘红的，镶着金边，一会儿一个样，像狮子的，像老虎的，像马、像狗的。此时的陈相公，真是古人所说的“心旷神怡”。其余的时候，就很刻板枯燥了。碾药。两脚踏着木板，在一个船形的铁碾槽子里碾。倘若碾的是胡椒，就要不停地打喷嚏。裁纸。用一个大弯刀，把一沓一沓的白粉连纸裁成大小不等的方块，包药用。刷印包装纸。他每天还有两项例行的公事。上午，要搓很多抽水烟用的纸枚子。把装铜钱的钱板翻过来，用“表心纸”一根一根地搓。保全堂没有人抽水烟，但不知什么道理每天都要搓许多纸枚子，谁来都可取几根，这已经成了一种“传统”。下午，擦灯罩。药店里里外外，要用十来盏煤油灯。所有灯罩，每天都要擦一遍。晚上，摊膏药。从上灯起，直到王二过店堂里来闲坐，他一直都在摊膏药。到十点多钟，把先生们的尿壶都放到他们的床下，该吹灭的灯都吹灭了，上了门，他就可以准备睡觉了。先生们都睡在后面的厢屋里，陈相公睡在店堂里。把铺板一放，铺盖摊开，这就是他一个人的天地了。临睡前他总要背两篇《汤头歌诀》，——药店的先生总要懂一点医道。小户人家有病不求医，到药店来说明病状，先生们随口就要说出：“吃一剂小柴胡汤吧”，“服三付霍香正气丸”，“上一点七厘散”。有时，坐在被窝里想一会儿家，想想他的多年守寡的母亲，想想他家房门背后的一张贴了多年的麒麟送子的年画。想不一会儿，困了，把脑袋放倒，立刻就响起了很大的鼾声。

陈相公已经学了一年多生意了。他已经给赵公元帅和神农爷烧了三十次香。初一、十五，都要给这二位烧香，这照例是陈相公的事。赵公元帅手执金鞭，身骑黑虎，两旁有一副八寸长的黑地金字的小对联："手执金鞭驱宝至，身骑黑虎送财来。"神农爷虬髯披发，赤身露体，腰里围着一圈很大的树叶，手指甲、脚指甲都很长，一只手捏着一棵灵芝草，坐在一块石头上。陈相公对这二位看得很熟，烧香的时候很虔敬。

陈相公老是挨打。学生意没有不挨打的，陈相公挨打的次数也似稍多了一点。挨打的原因大都是因为做错了事：纸裁歪了，灯罩擦破了。这孩子也好像不大聪明，记性不好，做事迟钝。打他的多是卢先生。卢先生不是暴脾气，打他是为他好，要他成人。有一次可挨了大打。他收药，下梯一脚踩空了，把一匾筛泽泻翻到了阴沟里。这回打他的是许先生。他用一根闩门的木棍没头没脑地把他痛打了一顿，打得这孩子哇哇地乱叫："哎呀！哎呀！我下回不了！下回不了！哎呀！哎呀！我错了！哎呀！哎呀！"谁也不能去劝，因为知道许先生的脾气，越劝越打得凶，何况他这回的错是不小（泽泻不是贵药，但切起来很费工，要切成厚薄一样，状如铜钱的圆片）。后来还是煮饭的老朱来劝住了。这老朱来得比谁都早，人又出名的忠诚耿直。他从来没有正经吃过一顿饭，都是把大家吃剩的残汤剩水泡一点锅巴吃。因此，一店人都对他很敬畏。他一把夺过许先生手里的门闩，说了一句话："他也是人生父母养的！"

陈相公挨了打，当时没敢哭。到了晚上，上了门，一个人呜呜地哭了半天。他向他远在故乡的母亲说：“妈妈，我又挨打了！妈妈，不要紧的，再挨两年打，我就能养活你老人家了！”

王二每年到保全堂店堂里来，是因为这里热闹。别的店铺到九点多钟，就没有什么人，往往只有一个管事在算账，一个学徒在打盹。保全堂正是高朋满座的时候。这些先生都是无家可归的光棍，这时都聚集到店堂里来。还有几个常客，收房钱的抡元，卖活鱼的巴颜喀拉山，给人家熬鸦片烟的老炳，还有一个张汉。这张汉是对门万顺酱园连家的一个亲戚兼食客，全名是张汉轩，大家却都叫他张汉。大概是觉得已经沦为食客，就不必“轩”了。此人有七十岁了，长得活脱像一个伏尔泰，一张尖脸，一个尖尖的鼻子。他年轻时在外地做过幕，走过很多地方，见多识广，什么都知道，是个百事通。比如说抽烟，他就告诉你烟有五种：水、旱、鼻、雅、潮，“雅”是鸦片。“潮”是潮烟，这地方谁也没见过。说喝酒，他就能说出山东黄、状元红、莲花白……说喝茶，他就告诉你狮峰龙井、苏州的碧螺春，云南的“烤茶”是在怎样一个罐里烤的，福建的工夫茶的茶杯比酒盅还小，就是吃了一只炖肘子，也只能喝三杯，这茶太酽了。他熟读《子不语》《夜雨秋灯录》，能讲许多鬼狐故事。他还知道云南怎样放蛊，湘西怎样赶尸。他还亲眼见到过旱魃、僵尸、狐狸精，有时间，有地点，有子有眼。三教九流，医卜星相，他全知道。他读过《麻衣神相》《柳庄神相》，会算“奇门遁甲”“六壬课”“灵棋经”。他总要到快九点钟时才出现（白天不知道他干什么），他一来，大家精神为之一振，这一晚上就全听他一个人刮话。他很会讲，起承转合，抑扬顿挫，有声有色。他也像说书先生一样，说到筋节处就停住了，慢慢地抽烟，急得大家一劲地催他："后来呢？后来呢？"这也是陈相公一天比较快乐的时候。他一边摊着膏药，一边听着。有时，听得太入神了，摊膏药的扦子停留在油纸上，会废掉一张膏药。他一发现，赶紧偷偷塞进口袋里。这时也不会被发现，不会挨打。

有一天，张汉谈起人生有命。说朱洪武、沈万山、范丹是同年同月同日同时，都是丑时建生，鸡鸣头遍。但是一声鸡叫，可就命分三等了：抬头朱洪武，低头沈万山，勾一勾就是穷范丹。朱洪武贵为天子，沈万山富甲天下，穷范丹冻饿而死。他又说凡是成大事业，有大作为，兴旺发达的，都有异相，或有特殊的秉赋。汉高祖刘邦，股有七十二黑子——就是屁股上有七十二颗黑痣，谁有过？明太祖朱元璋，生就是五岳朝天，——两额、两颧、下巴，都突出，状如五岳，谁有过？樊哙能把一个整猪腿生吃下去，燕人张翼德，睡着了也睁着眼睛。就是市井之人，凡有走了一步好运的，也莫不有与众不同之处。必有非常之人，乃成非常之事。大家听了，不禁暗暗点头。

张汉猛吸了几口旱烟，忽然话锋一转，向王二道："即以王二而论，他这些年飞黄腾达，财源茂盛，也必有其异秉。"

"……？"

王二不解何为"异秉"。

"就是与众不同，和别人不一样的地方。你说说，你说说！"

大家也都怂恿王二："说说！说说！"

王二虽然发了一点财，却随时不忘自己的身份，从不僭越自大，在大家敦促之下，只有很诚恳地欠一欠身说：

"我呀，有那么一点：大小解分清。"他怕大家不懂，又解释道:“我解手时，总是先解小手，后解大手。”

张汉一听，拍了一下手，说:“就是说，不是屎尿一起来，难得!”

说着，已经过了十点半了，大家起身道别。该上门了。卢先生向柜台里一看，陈相公不见了，就大声喊:“陈相公!”

喊了几声，没人应声。

原来陈相公在厕所里。这是陶先生发现的。他一头走进厕所，发现陈相公已经蹲在那里。本来，这时候都不是他们俩解大手的时候。

一九四八年旧稿

一九八〇年五月二十日重写

# 受 戒

明海出家已经四年了。

他是十三岁来的。

这个地方的地名有点怪，叫庵赵庄。赵，是因为庄上大都姓赵。叫作庄，可是人家住得很分散，这里两三家，那里两三家。一出门，远远可以看到，走起来得走一会儿，因为没有大路，都是弯弯曲曲的田埂。庵，是因为有一个庵。庵叫菩提庵，可是大家叫讹了，叫成荸荠庵。连庵里的和尚也这样叫。“宝刹何处?”——“荸荠庵。”庵本来是住尼姑的。“和尚庙”“尼姑庵”嘛。可是荸荠庵住的是和尚。也许因为荸荠庵不大，大者为庙，小者为庵。

明海在家叫小明子。他是从小就确定要出家的。他的家乡不叫“出家”，叫“当和尚”。他的家乡出和尚。就像有的地方出劁猪的，有的地方出织席子的，有的地方出箍桶的，有的地方出弹棉花的，有的地方出画匠，他的家乡出和尚。人家弟兄多，就派一个出去当和尚。当和尚也要通过关系，也有帮。这地方的和尚有的走得很远。有到杭州灵隐寺的、上海静安寺的、镇江金山寺的、扬州天宁寺的。一般的就在本县的寺庙。明海家田少，老大、老

二、老三，就足够种的了。他是老四。他七岁那年，他当和尚的舅舅回家，他爹、他娘就和舅舅商议，决定叫他当和尚。他当时在旁边，觉得这实在是在情在理，没有理由反对。当和尚有很多好处。一是可以吃现成饭。哪个庙里都是管饭的。二是可以攒钱。只要学会了放瑜伽焰口，拜梁皇忏，可以按例分到辛苦钱。积攒起来，将来还俗娶亲也可以；不想还俗，买几亩田也可以。当和尚也不容易，一要面如朗月，二要声如钟磬，三要聪明，记性好。他舅舅给他相了相面，叫他前走几步，后走几步，又叫他喊了一声赶牛打场的号子："格当嘚——"，说是"明子准能当个好和尚，我包了！"要当和尚，得下点本——念几年书。哪有不认字的和尚呢！于是明子就开蒙入学，读了《三字经》《百家姓》《四言杂字》《幼学琼林》《上论》《下论》《上孟》《下孟》，每天还写一张仿。村里都夸他字写得好，很黑。

舅舅按照约定的日期又回了家，带了一件他自己穿的和尚领的短衫，叫明子娘改小一点，给明子穿上。明子穿了这件和尚短衫，下身还是在家穿的紫花裤子，赤脚穿了一双新布鞋，跟他爹、他娘磕了一个头，就随舅舅走了。

他上学时起了个学名，叫明海。舅舅说，不用改了。于是"明海"就从学名变成了法名。

过了一个湖。好大一个湖！穿过一个县城。县城真热闹：官盐店，税务局，肉铺里挂着成爿的猪肉，一个驴子在磨芝麻，满街都是小磨香油的香味，布店，卖茉莉粉、梳头油的什么斋，卖绒花的，卖丝线的，打把式卖膏药的，吹糖人的，耍蛇的……他什么都想看看。舅舅一劲地推他："快走！快走！"

到了一个河边，有一只船在等着他们。船上有一个五十来岁的瘦长瘦长的大伯，船头蹲着一个跟明子差不多大的女孩子，在剥一个莲蓬吃。明子和舅舅坐到舱里，船就开了。

明子听见有人跟他说话，是那个女孩子。

“是你要到荸荠庵当和尚吗?”

明子点点头。

“当和尚要烧戒疤瞅！你不怕?”

明子不知道怎么回答，就含含糊糊地摇了摇头。

“你叫什么?”

“明海。”

“在家的时候?”

“叫明子。”

“明子！我叫小英子！我们是邻居。我家挨着荸荠庵。——给你！”

小英子把吃剩的半个莲蓬扔给明海，小明子就剥开莲蓬壳，一颗一颗吃起来。

大伯一桨一桨地划着，只听见船桨拨水的声音：“哗——许！哗——许！”

……

荸荠庵的地势很好，在一片高地上。这一带就数这片地势高，当初建庵的人很会选地方。门前是一条河。门外是一片很大的打谷场。三面都是高大的柳树。山门里是一个穿堂。迎门供着弥勒佛。不知是哪一位名士撰写了一副对联：

大肚能容容天下难容之事

开颜一笑笑世间可笑之人

弥勒佛背后，是韦驮。过穿堂，是一个不小的天井，种着两棵白果树。天井两边各有三间厢房。走过天井，便是大殿，供着三世佛。佛像连龛才四尺来高。大殿东边是方丈，西边是库房。大殿东侧，有一个小小的六角门，白门绿字，刻着一副对联：

一花一世界
三藐三菩提

进门有一个狭长的天井，几块假山石，几盆花，有三间小房。

小和尚的日子清闲得很。一早起来，开山门，扫地。庵里的地铺的都是箩底方砖，好扫得很，给弥勒佛、韦驮烧一炷香，正殿的三世佛面前也烧一炷香，磕三个头，念三声“南无阿弥陀佛”，敲三声磬。这庵里的和尚不兴做什么早课、晚课，明子这三声磬就全都代替了。然后，挑水，喂猪。然后，等当家和尚即明子的舅舅起来，教他念经。

教念经也跟教书一样，师父面前一本经，徒弟面前一本经，师父唱一句，徒弟跟着唱一句。是唱哎。舅舅一边唱，一边还用手在桌上拍板。一板一眼，拍得很响，就跟教唱戏一样。是跟教唱戏一样，完全一样哎。连用的名词都一样。舅舅说，念经：一要板眼准，二要合工尺。说：当一个好和尚，得有条好嗓子。说：民国二十年闹大水，运河倒了堤，最后在清水潭合龙，因为大水淹死的人很多，放了一台大焰口，十三大师——十三个正座和尚，各大庙的方丈都来了，下面的和尚上百。谁当这个首座？推来推去，还是石桥——善因寺的方丈！他往上一坐，就跟地藏王菩萨一样，这就不用说了；那一声“开香赞”，围看的上千人立时鸦雀无声。说：嗓子要练，夏练三伏，冬练三九，要练丹田气！说：要吃得苦中苦，方为人上人！说：和尚里也有状元、榜眼、探花！要用心，不要贪玩！舅舅这一番大法要说得明海和尚实在是五体投地，于是就一板一眼地跟着舅舅唱起来：

“炉香乍爇——”

“炉香乍爇——”

“法界蒙薰——”

“法界蒙薰——”

“诸佛现金身……”

“诸佛现金身……”

……

等明海学完了早经——他晚上临睡前还要学一段，叫作晚经——荸荠庵的师父们就都陆续起床了。

这庵里人口简单，一共六个人。连明海在内，五个和尚。

有一个老和尚，六十几了，是舅舅的师叔，法名普照，但是知道的人很少，因为很少人叫他法名，都称之为老和尚或老师父，明海叫他师爷爷。这是个很枯寂的人，一天关在房里，就是那“一花一世界”里。也看不见他念佛，只是那么一声不响地坐着。他是吃斋的，过年时除外。

下面就是师兄弟三个，仁字排行：仁山、仁海、仁渡。庵里庵外，有的称他们为大师父、二师父；有的称之为山师父、海师父。只有仁渡，没有叫他“渡师父”的，因为听起来不像话，大都直呼之为仁渡。他也只配如此，因为他还年轻，才二十多岁。

仁山，即明子的舅舅，是当家的。不叫“方丈”，也不叫“住持”，却叫“当家的”，是很有道理的，因为他确确实实干的是当家的职务。他屋里摆的是一张账桌，桌子上放的是账簿和算盘。账簿共有三本。一本是经账，一本是租账，一本是债账。和尚要做法事，做法事要收钱——要不，当和尚干什么？常做的法事是放焰口。正规的焰口是十个人。一个正座，一个敲鼓的，两边一边四个。人少了，八个，一边三个，也凑合了。荸荠庵只有四个和尚，要放整焰口就得和别的庙里合伙。这样的时候也有过。通常只是放半台焰口。一个正座，一个敲鼓，另外一边一个。一来找别的庙里合伙费事；二来这一带放得起整焰口的人家也不多。有的时候，谁家死了人，就只请两个，甚至一个和尚咕噜咕噜念一通经，敲打几声法器就算完事。很多人家的经钱不是当时就给，往往要等秋后才还。这就得记账。另外，和尚放焰口的辛苦钱不是一样的。就像唱戏一样，有份子。正座第一份。因为他要领唱，而且还要独唱。当中有一大段“叹骷髅”，别的和尚都放下法器休息，只有首座一个人有板有眼地曼声吟唱。第二份是敲鼓的。你以为这容易呀？哼，单是一开头的“发擂”，手上没功夫就敲不出迟疾顿挫！其余的，就一样了。这也得记上：某月某日，谁家焰口半台，谁正座，谁敲鼓……省得到年底结账时赌咒骂娘。……这庵里有几十亩庙产，租给人种，到时候要收租。庵里还放债。租、债一向倒很少亏欠，因为租佃借钱的人怕菩萨不高兴。这三本账就够仁山忙的了。另外香烛、灯火、油盐“福食”，这也得随时记记账呀。除了账簿之外，山师父的方丈的墙上还挂着一块水牌，上漆四个红字：“勤笔免思”。

仁山所说当一个好和尚的三个条件，他自己其实一条也不具备。他的相貌只要用两个字就说清楚了：黄，胖。声音也不像钟磬，倒像母猪。聪明吗？难说，打牌老输。他在庵里从不穿袈裟，连海青直裰也免了。经常是披着件短僧衣，袒露着一个黄色的肚子。下面是光脚趿拉着一对僧鞋——新鞋他也是趿拉着。他一天就是这样不衫不履地这里走走，那里走走，发出母猪一样的声音：“呣——呣——”。

二师父仁海。他是有老婆的。他老婆每年夏秋之间来住几个月，因为庵里凉快。庵里有六个人，其中之一，就是这位和尚的家眷。仁山、仁渡叫她嫂子，明海叫她师娘。这两口子都很爱干净，整天地洗涮。傍晚的时候，坐在天井里乘凉。白天，闷在屋里不出来。

三师父是个很聪明精干的人。有时一笔账大师兄扒了半天算盘也算不清，他眼珠子转两转，早算得一清二楚。他打牌赢的时候多，二三十张牌落地，上下家手里有些什么牌，他就差不多都知道了。他打牌时，总有人爱在他后面看歪头和。谁家约他打牌，就说“想送两个钱给你”。他不但经忏俱通（小庙的和尚能够拜忏的不多），而且身怀绝技，会“飞铙”。七月间有些地方做盂兰会，在旷地上放大焰口，几十个和尚，穿绣花袈裟，飞铙。飞铙就是把十多斤重的大铙钹飞起来。到了一定的时候，全部法器皆停，只几十副大铙紧张急促地敲起来。忽然起手，大铙向半空中飞去，一面飞，一面旋转。然后，又落下来，接住。接住不是平平常常地接住，有各种架势，“犀牛望月”“苏秦背剑”……这哪是念经，这是耍杂技。也许是地藏王菩萨爱看这个，但真正因此快乐起来的是人，尤其是妇女和孩子。这是年轻漂亮的和尚出风头的机会。一场大焰口过后，也像一个好戏班子过后一样，会有一个两个大姑娘小媳妇失踪——跟和尚跑了。他还会放“花焰口”。有的人家，亲戚中多风流子弟，在不是很哀伤的佛事——如做冥寿时，就会提出放花焰口。所谓“花焰口”就是在正焰口之后，叫和尚唱小调，拉丝弦，吹管笛，敲鼓板，而且可以点唱。仁渡一个人可以唱一夜不重头。仁渡前几年一直在外面，近二年才常住在庵里。据说他有相好的，而且不止一个。他平常可是很规矩，看到姑娘媳妇总是老老实实的，连一句玩笑话都不说，一句小调山歌都不唱。有一回，在打谷场上乘凉的时候，一伙人把他围起来，非叫他唱两个不可。他却情不过，说：“好，唱一个。不唱家乡的。家乡的你们都熟，唱个安徽的。”

姐和小郎打大麦，
一转子讲得听不得。
听不得就听不得，
打完了大麦打小麦。

唱完了，大家还嫌不够，他就又唱了一个：

姐儿生得漂漂的，
两个奶子翘翘的。
有心上去摸一把，
心里有点跳跳的。
……

这个庵里无所谓清规，连这两个字也没人提起。

仁山吃水烟，连出门做法事也带着他的水烟袋。

他们经常打牌。这是个打牌的好地方。把大殿上吃饭的方桌往门口一搭，斜放着，就是牌桌。桌子一放好，仁山就从他的方丈里把筹码拿出来，哗啦一声倒在桌上。斗纸牌的时候多，搓麻将的时候少。牌客除了师兄弟三人，常来的是一个收鸭毛的、一个打兔子兼偷鸡的，都是正经人。收鸭毛的担一副竹筐，串乡串镇，拉长了沙哑的声音喊叫："鸭毛卖钱——"

偷鸡的有一件家什——铜蜻蜓。看准了一只老母鸡，把铜蜻蜓一丢，鸡婆子上去就是一口。这一啄，铜蜻蜓的硬簧绷开，鸡嘴撑住了，叫不出来了。正在这鸡十分纳闷的时候，上去一把薅住。

明子曾经跟这位正经人要过铜蜻蜓看看。他拿到小英子家门前试了一试，果然！小英子的娘知道了，骂明子："要死了！儿子！你怎么到我家来玩铜蜻蜓了！"

小英子跑过来："给我！给我！"

她也试了试，真灵，一个黑母鸡一下子就把嘴撑住，傻了眼了！

下雨阴天，这二位就光临荸荠庵，消磨一天。

有时没有外客，就把老师叔也拉出来，打牌的结局，大都是当家和尚气得鼓鼓的："×妈妈的！又输了！下回不来了！"

他们吃肉不瞒人。年下也杀猪。杀猪就在大殿上。一切都和在家里一样，开水、木桶、尖刀。捆猪的时候，猪也是没命地叫。跟在家里不同的，是多一道仪式，要给即将升天的猪念一道"往生咒"，并且总是老师叔念，神情很庄重："……一切胎生、卵生、息生，来从虚空来，还归虚空去，往生再世，皆当欢喜。南无阿弥陀佛！"

三师父仁渡一刀子下去，鲜红的猪血就带着很多沫子喷出来。

……

明子老往小英子家里跑。

小英子的家像一个小岛，三面都是河，西面有一条小路通到荸荠庵。独门独户，岛上只有这一家。岛上有六棵大桑树，夏天都结大桑葚，三棵结白的，三棵结紫的；一个菜园子，瓜豆蔬菜，四时不缺。院墙下半截是砖砌的，上半截是泥夯的。大门是桐油油过的，贴着一副万年红的春联：

向阳门第春常在

积善人家庆有余

门里是一个很宽的院子。院子里一边是牛屋、碓棚，一边是猪圈、鸡窠，还有个关鸭子的栅栏。露天地放着一具石磨。正北面是住房，也是砖基土筑，上面盖的一半是瓦，一半是草。房子翻修了才三年，木料还露着白茬。正中是堂屋，家神菩萨的画像上贴的金还没有发黑。两边是卧房。隔扇窗上各嵌了一块一尺见方的玻璃，明亮亮的——这在乡下是不多见的。房檐下一边种着一棵石榴树，一边种着一棵栀子花，都齐房檐高了。夏天开了花，一红一白，好看得很。栀子花香得冲鼻子。顺风的时候，在荸荠庵都闻得见。

这家人口不多，他家当然是姓赵。一共四口人：赵大伯、赵大妈，两个女儿，大英子、小英子。老两口没得儿子。因为这些年人不得病，牛不生灾，也没有大旱大水闹蝗虫，日子过得很兴旺。他们家自己有田，本来够吃的了，又租种了庵上的十亩田。自己的田里，一亩种了荸荠——这一半是小英子的主意，她爱吃荸荠，一亩种了慈姑。家里喂了一大群鸡鸭，单是鸡蛋鸭毛就够一年的油盐了。赵大伯是个能干人。他是一个“全把式”，不但田里场上样样精通，还会罾鱼、洗磨、凿砻、修水车、修船、砌墙、烧砖、箍桶、劈篾、绞麻绳。他不咳嗽，不腰疼，结结实实，像一棵榆树。人很和气，一天不声不响。赵大伯是一棵摇钱树，赵大娘就是个聚宝盆。大娘精神得出奇。五十岁了，两个眼睛还是清亮亮的。不论什么时候，头都是梳得滑溜溜的，身上衣服都是格挣挣的。像老头子一样，她一天不闲着。煮猪食，喂猪，腌咸菜——她腌的咸萝卜干非常好吃，舂粉子，磨小豆腐，编蓑衣，织芦席。她还会剪花样子。这里嫁闺女，陪嫁妆，瓷坛子、锡罐子，都要用梅红纸剪出吉祥花样，贴在上面，讨个吉利，也才好看：“丹凤朝阳”呀，“白头到老”呀，“子孙万代”呀，“福寿绵长”呀。二三十里的人家都来请她：“大娘，好日子是十六，你哪天去呀？”——“十五，我一大清早就来！”

“一定呀！”——“一定！一定！”

两个女儿，长得跟她娘像一个模子里托出来的。眼睛长得尤其像，白眼珠鸭蛋青，黑眼珠棋子黑，定神时如清水，闪动时像星星。浑身上下，头是头，脚是脚。头发滑溜溜的，衣服格挣挣的。——这里的风俗，十五六岁的姑娘就都梳上头了。这两个丫头，这一头的好头发！通红的发根，雪白的簪子！娘女三个去赶集，一集的人都朝她们望。

姐妹俩长得很像，性格不同。大姑娘很文静，话很少，像父亲。小英子比她娘还会说，一天咭咭呱呱地不停。大姐说：“你一天到晚咕咕呱呱——”

“像个喜鹊！”

“你自己说的！——吵得人心乱！”

“心乱？”

“心乱！”

“你心乱怪我呀！”

二姑娘话里有话。大英子已经有了人家。小人她偷偷地看过，人很敦厚，也不难看，家道也殷实，她满意。已经下过小定，日子还没有定下来。她这二年，很少出房门，整天赶她的嫁妆。大裁大剪，她都会。挑花绣花，不如娘。她可又嫌娘出的样子太老了。她到城里看过新娘子，说人家现在绣的都是活花活草。这可把娘难住了。最后是“喜鹊”忽然一拍屁股：“我给你保举一个人！”

这人是谁？是明子。明子念《上孟》《下孟》的时候，不知怎么得了半套《芥子园》，他喜欢得很。到了荸荠庵，他还常翻出来看，有时还把旧账簿子翻过来，照着描。小英子说：“他会画！画得跟活的一样！”

小英子把明海请到家里来，给他磨墨铺纸，小和尚画了几张，大英子喜欢得了不得：“就是这样！就是这样！这就可以乱孱！”——所谓“乱孱”是绣花的一种针法：绣了第一层，第二层的针脚插进第一层的针缝，这样颜色就可由深到淡，不露痕迹，不像娘那一代绣的花是平针，深浅之间，界限分明，一道一道的。小英子就像个书童，又像个参谋：

“画一朵石榴花！”

“画一朵栀子花！”

她把花掐来，明海就照着画。

到后来，凤仙花、石竹子、水蓼、淡竹叶，天竺果子、蜡梅花，他都能画。

大娘看着也喜欢，搂住明海的和尚头："你真聪明！你给我当一个干儿子吧！"

小英子捺住他的肩膀，说："快叫！快叫！"

小明子跪在地下磕了一个头，从此就叫小英子的娘做干娘。

大英子绣的三双鞋，三十里方圆都传遍了。很多姑娘都走路坐船来看。看完了，就说："啧啧啧，真好看！这哪是绣的，这是一朵鲜花！"她们就拿了纸来央大娘求了小和尚来画。有求画帐檐的，有求画门帘飘带的，有求画鞋头花的。每回明子来画花，小英子就给他做点好吃的，煮两个鸡蛋，蒸一碗芋头，煎几个藕团子。

因为照顾姐姐赶嫁妆，田里的零碎生活小英子就全包了。她的帮手，是明子。

这地方的忙活是栽秧、车高田水、薅头遍草，再就是割稻子、打场了。这几茬重活，自己一家是忙不过来的。这地方兴换工。排好了日期，几家顾一家，轮流转。不收工钱，但是吃好的。一天吃六顿，两头见肉，顿顿有酒。干活时，敲着锣鼓，唱着歌，热闹得很。其余的时候，各顾各，不显得紧张。

薅三遍草的时候，秧已经很高了，低下头看不见人。一听见非常脆亮的嗓子在一片浓绿里唱：

栀子哎开花哎六瓣头哎……

姐家哎门前哎一道桥哎……

明海就知道小英子在哪里，三步两步就赶到，赶到就低头薅起草来，傍晚牵牛“打汪”，是明子的事。——水牛怕蚊子。这里的习惯，牛卸了轭，饮了水，就牵到一口和好泥水的“汪”里，由它自己打滚扑腾，弄得全身都是泥浆，这样蚊子就咬不透了。低田上水，只要一挂十四轧的水车，两个人车半天就够了。明子和小英子就伏在车杠上，不紧不慢地踩着车轴上的拐子，轻轻地唱着明海向三师父学来的各处山歌。打场的时候，明子能替赵大伯一会儿，让他回家吃饭。——赵家自己没有场，每年都在荸荠庵外面的场上打谷子。他一扬鞭子，喊起了打场号子：“格当嘚——”

这打场号子有音无字，可是九转十三弯，比什么山歌号子都好听。赵大娘在家，听见明子的号子，就侧起耳朵：“这孩子这条嗓子！”

连大英子也停下针线：“真好听！”

小英子非常骄傲地说：“一十三省数第一！”

晚上，他们一起看场。——荸荠庵收来的租稻也晒在场上。他们并肩坐在一个石磙子上，听青蛙打鼓，听寒蛇唱歌——这个地方以为蝼蛄叫是蚯蚓叫，而且叫蚯蚓叫“寒蛇”，听纺纱婆子不停地纺纱，“吵——”，看萤火虫飞来飞去，看天上的流星。

“呀！我忘了在裤带上打一个结！”小英子说。

这里的人相信，在流星掉下来的时候在裤带上打一个结，心里想什么好事，就能如愿。

……

“捱”荸荠，这是小英子最爱干的生活。秋天过去了，地净场光，荸荠的叶子枯了——荸荠的笔直的小葱一样的圆叶子里是一格一格的，用手一捋，哔哔地响，小英子最爱捋着玩——荸荠藏在烂泥里。赤了脚，在凉浸浸、滑溜溜的泥里踩着——哎，一个硬疙瘩！伸手下去，一个红紫红紫的荸荠。她自己爱干这生活，还拉了明子一起去。她老是故意用自己的光脚去踩明子的脚。

她挎着一篮子荸荠回去了，在柔软的田埂上留了一串脚印。明海看着她的脚印，傻了。五个小小的指头，脚掌平平的，脚跟细细的，脚弓部分缺了一块。明海身上有一种从来没有过的感觉，他觉得心里痒痒的。这一串美丽的脚印把小和尚的心搞乱了。

……

明子常搭赵家的船进城，给庵里买香烛，买油盐。闲时是赵大伯划船；忙时是小英子去，划船的是明子。

从庵赵庄到县城，当中要经过一片很大的芦花荡子。芦苇长得密密的，当中一条水路，四边不见人。划到这里，明子总是无端端地觉得心里很紧张，他就使劲地划桨。

小英子喊起来："明子！明子！你怎么啦？你发疯啦？为什么划得这么快？"

……

明海到善因寺去受戒。

"你真的要去烧戒疤呀？"

"真的。"

"好好的头皮上烧十二个洞，那不疼死啦？"

"咬咬牙。舅舅说这是当和尚的一大关，总要过的。"

"不受戒不行吗？"

"不受戒的是野和尚。"

“受了戒有啥好处?”

“受了戒就可以到处云游，逢寺挂褡。”

“什么叫‘挂褡’?”

“就是在庙里住。有斋就吃。”

“不把钱?”

“不把钱。有法事，还得先尽外来的师父。”

“怪不得都说‘远来的和尚会念经’。就凭头上这几个戒疤?”

“还要有一份戒牒。”

“闹半天，受戒就是领一张和尚的合格文凭呀!”

“就是!”

“我划船送你去。”

“好。”

小英子早早就把船划到荸荠庵门前。不知是什么道理，她兴奋得很。她充满了好奇心，想去看看善因寺这座大庙，看看受戒是个啥样子。

善因寺是全县第一大庙，在东门外，面临一条水很深的护城河，三面都是大树，寺在树林子里，远处只能隐隐约约看到一点金碧辉煌的屋顶，不知道有多大。树上到处挂着“谨防恶犬”的牌子。这寺里的狗出名的厉害。平常不大有人进去。放戒期间，任人游看，恶狗都锁起来了。

好大一座庙!庙门的门槛比小英子的胳膝都高。迎门矗着两块大牌，一边一块，一块写着斗大两个大字——“放戒”，一块是“禁止喧哗”。这庙里果然是气象庄严，到了这里，谁也不敢大声咳嗽。明海自去报名办事，小英子就到处看看。好家伙，这哼哈二将、四大天王，有三丈多高，都是簇新的，才装修了不久。天井有二亩地大，铺着青石，种着苍松翠柏。“大雄宝殿”，这才真是个“大殿”！一进去，凉飕飕的。到处都是金光耀眼。释迦牟尼佛坐在一个莲花座上，单是莲座，就比小英子还高。抬起头来也看不全他的脸，只看到一个微微闭着的嘴唇和胖墩墩的下巴。两边的两根大红蜡烛，一搂多粗。佛像前的大供桌上供着鲜花、绒花、绢花，还有珊瑚树、玉如意、整根的大象牙。香炉里烧着檀香。小英子出了庙，闻着自己的衣服都是香的。挂了好些幡。这些幡不知是什么缎子的，那么厚重，绣的花真细。这么大一口磬，里头能装五担水！这么大一个木鱼，有一头牛大，漆得通红的。她又去转了转罗汉堂，爬到千佛楼上看了看。真有一千个小佛！她还跟着一些人去看了看藏经楼，藏经楼没有什么看头，都是经书！妈吔！逛了这么一圈，腿都酸了。小英子想起还要给家里打油，替姐姐配丝线，给娘买鞋面布，给自己买两个坠围裙飘带的银蝴蝶，给爹买旱烟，就出庙了。

等把事情办齐，晌午了。她又到庙里看了看，和尚正在吃粥。好大一个“膳堂”，坐得下八百个和尚。吃粥也有这样多讲究：正面法座上摆着两个锡胆瓶，里面插着红绒花，后面盘膝坐着一个穿了大红满金绣袈裟的和尚，手里拿了戒尺。这戒尺是要打人的。哪个和尚吃粥吃出了声音，他下来就是一戒尺。不过他并不真的打人，只是做个样子。真稀奇，那么多的和尚吃粥，竟然不出一点声音！她看见明子也坐在里面，想跟他打个招呼又不好打。想了想，管他禁止不禁止喧哗，就大声喊了一句：“我走啦！”她看见明子目不斜视地微微点了点头，就不管很多人都朝自己看，大摇大摆地走了。

第四天一大清早小英子就去看明子。她知道明子受戒是第三天半夜——烧戒疤是不许人看的。她知道要请老剃头师傅剃头，要剃得横摸顺摸都摸不出头发茬子，要不然一烧，就会“走”了戒，烧成了一片。她知道是用枣泥子先点在头皮上，然后用香头子点着。她知道烧了戒疤就喝一碗蘑菇汤，让它“发”，还不能躺下，要不停地走动，叫作“散戒”。这些都是明子告诉她的。明子是听舅舅说的。

她一看，和尚真在那里“散戒”，在城墙根底下的荒地里。一个一个，穿了新海青，光光的头皮上都有十二个黑点子。——这黑疤掉了，才会露出白白的、圆圆的“戒疤”。和尚都笑嘻嘻的，好像很高兴。她一眼就看见了明子。隔着一条护城河，就喊他：“明子！”

“小英子！”

“你受了戒啦？”

“受了。”

“疼吗？”

“疼。”

“现在还疼吗？”

“现在疼过去了。”

“你哪天回去？”

“后天。”

“上午？下午？”

“下午。”

“我来接你！”

“好！”

……

小英子把明海接上船。

小英子这天穿了一件细白夏布上衣，下边是黑洋纱的裤子，赤脚穿了一双龙须草的细草鞋，头上一边插着一朵栀子花，一边插着一朵石榴花。她看见明子穿了新海青，里面露出短褂子的白领子，就说："把你那外面的一件脱了，你不热呀！"

他们一人一把桨。小英子在中舱，明子扳艄，在船尾。

她一路问了明子很多话，好像一年没有看见了。

她问，烧戒疤的时候，有人哭吗？喊吗？

明子说，没有人哭，只是不住地念佛。有个山东和尚骂人："俺日你奶奶！俺不烧了！"

她问善因寺的方丈石桥是相貌和声音都很出众吗？

"是的。"

"说他的方丈比小姐的绣房还讲究？"

"讲究。什么东西都是绣花的。"

"他屋里很香？"

"很香。他烧的是伽楠香，贵得很。"

"听说他会作诗，会画画，会写字？"

"会。庙里走廊两头的砖额上，都刻着他写的大字。"

"他是有个小老婆吗？"

"有一个。"

"才十九岁？"

"听说。"

"好看吗？"

"都说好看。"

"你没看见？"

“我怎么会看见？我关在庙里。”

明子告诉她，善因寺一个老和尚告诉他，寺里有意选他当沙弥尾，不过还没有定，要等主事的和尚商议。

“什么叫‘沙弥尾’？”

“放一堂戒，要选出一个沙弥头、一个沙弥尾。沙弥头要老成，要会念很多经。沙弥尾要年轻，聪明，相貌好。”

“当了沙弥尾跟别的和尚有什么不同？”

“沙弥头、沙弥尾，将来都能当方丈。现在的方丈退居了，就当。石桥原来就是沙弥尾。”

“你当沙弥尾吗？”

“还不一定哪。”

“你当方丈，管善因寺？管这么大一个庙？！”

“还早呐！”

划了一气，小英子说：“你不要当方丈！”

“好，不当。”

“你也不要当沙弥尾！”

“好，不当。”

又划了一气，看见那一片芦花荡子了。

小英子忽然把桨放下，走到船尾，趴在明子的耳朵旁边，小声地说：“我给你当老婆，你要不要？”

明子眼睛鼓得大大的。

“你说话呀！”

明子说：“嗯。”

“什么叫‘嗯’呀！要不要，要不要？”

明子大声地说：“要！”

“你喊什么!”

明子小小声说:“要——!”

“快点划!”

英子跳到中舱，两只桨飞快地划起来，划进了芦花荡。

芦花才吐新穗。紫灰色的芦穗，发着银光，软软的，滑溜溜的，像一串丝线。有的地方结了蒲棒，通红的，像一枝一枝小蜡烛。青浮萍，紫浮萍。长脚蚊子，水蜘蛛。野菱角开着四瓣的小白花。惊起一只青桩（一种水鸟)，擦着芦穗，扑鲁鲁鲁飞远了。

……

一九八〇年八月十二日，写四十三年前的一个梦

载一九八〇年第十期《北京文艺》